非常人傳奇之

太虛

・大考驗
・太虛幻境

倪匡——著

大考驗

太虛幻境

大考驗

意外死亡的錢幣收藏家

年輕人並沒有完全聽他叔叔的話，他將奧麗卡帶出來後，就離她而去，而不是和她在一起，與他叔叔那樣的說法，和她去羅曼蒂克談情。不過這一次，他也沒有躲起來，而是回他最喜歡的遠東的一個大城市中，像是甚麼事都沒有發生一樣，住了下來。

在表面上看來，年輕的人心境，好像很平靜，但是，在實際上，他卻一點也不平靜。

他留心看任何有關奧麗卡的新聞。奧麗卡現在是世界上最美麗而又最富有的寡婦，而且，她又被牽涉進一項巨大的武裝叛變事件之中，她的新聞之多，可想而知。巴西政府曾要封去她一切的財產（亨特的財產），但是卻被巴西的最高法院否決了，所以奧麗卡仍然承繼了亨特的大量財產。

年輕人知道，奧麗卡是一定會來找他的，但是什麼時候來呢？年輕人卻不知道。而且，年輕人也不知道，再和奧麗卡相見時，他應該怎麼樣。

在這樣的情形之下，他的心境，又怎麼可能平靜無事？

年輕人曾作種種的努力，使他自己不去想那令他困擾的事，他開始積極地進行他一直在持續著，但是未曾真正努力過的中國金幣和銀幣的收集工作。

一切的搜集活動之所以吸引千千萬萬的人，成為他們的嗜好，是因為每一個收集者都知道，不論他們收集的目的是什麼，一到了一定的程度，就必然出現「有錢得不到」的局面，並不是有錢就一定可以達到目的的，而是還要靠不斷的努力和機緣。

錢對於年輕人來說，是完全不成問題的，但是他的機緣，顯然不夠好，兩天之前，他曾看到一份專門性的雜誌上，有一位收藏家出讓一枚光緒十三年，兩廣總督張之洞監造的「廣東省造，庫平七錢二分」的銀幣，那是中國銀幣中極其罕有的一種，鑄成之後，並未正式發行，存量極少，他立時發電報去訂購，但是對方的回答，表示抱歉，這枚罕有的銀幣，已經被別人捷足先得了。

這一天，年輕人正在檢視他的收藏品，電話響了起來，年輕人拿起電話，對方是一個近月來他聽熟了的聲音，那是一個錢幣商，他的聲音之中，充滿了興奮，說道：「我這裏有兩枚罕見的珍品，你可要來看看？」

年輕人道：「是什麼？」

錢幣商甚至不由自主地在喘著氣，道：「一枚是咸豐六年，郁盛森足紋銀餅，還有一枚是金幣，真想不到能見到這枚珍品！」

錢幣商的聲音，甚至流於激動，年輕人反倒笑了起來，說道：「別緊張，是什麼？」

錢幣商終於在喘了幾口氣之後，叫了起來道：「是一枚光緒丙午年造成的一兩金幣！」

年輕人立時站了起來，他也不禁有點緊張，中國的金幣極少，每一枚都是珍品，而尤以光緒丙午、丁未兩年所為的「庫平一兩」金幣，是珍罕之極的極品，是任何錢幣收集家夢寐以求的東西，幾乎已被列為不可能得到的物品了！

年輕人一站了起來之後，立時道：「我就來！」

他放下了電話，拿起了外套，就離開了住所。

那家專為錢幣收集者服務的公司規模並不大，在一個商場的三樓，只佔了一間舖位。可是這家公司卻在世界上享有盛名，最主要的，自然是因為那位錢幣商朱豐，本身是真正的錢幣鑑賞專家之故。

年輕人大約在接到了電話之後二十分鐘，來到了錢幣公司的門口，可是當他到了公司門口之際，卻發現門口的玻璃上，已拉下了遮蔽的百葉簾，同時，掛著寫有「休息」的牌子。

年輕人不禁呆了一呆，他伸手在玻璃上敲了兩下，那時候，他並未意料到可能有什麼意外發生，他想，朱豐關上了門，可能是想單獨和他欣賞那兩枚罕有的中國錢幣，而不想有別的顧客來打擾。

但是，當他敲門達一分鐘之久，而且越敲越大聲，而仍然沒有人回答之際，他後退了一步，充滿疑惑地望著那緊閉的門。

也就在這時，在他的身後，忽然响起了一個女人的聲音，道：「朱先生出去了，才離開的！」

年輕人轉過身來，在向他搭訕的，是一個上了年紀的胖女人，乍一看來，就像是一隻花花綠綠，五彩繽紛的啤酒桶，年輕人的心中，起了一陣厭惡感，每當他看到這一類上了年紀的五彩啤酒桶之際，他會自然而然的，想起一條蠕動著的大毛蟲來。

但為了禮貌，他並沒有顯露他的厭惡，只是搖著頭，道：「奇怪，朱先生和我約好了的。」

那七彩啤酒桶搖擺著，道：「朱先生好像有甚麼急事，匆匆走開去的，一面走開去的時候，一面口中還在喃喃地說什麼『三隻』、『四隻』，我想出來問問他有什麼事，他已經走遠了！」

年輕人用疑惑的神情，打量著七彩啤酒桶，道：「妳是——」

七彩啤酒桶忙指著錢幣商店旁邊的一家舖子，道：「這是我的古董店，你請進來坐坐？」

年輕人「哦」地一聲，他心中不禁有點同情朱豐，可憐的朱豐，每天和這樣的人為鄰！他忙搖手道：「不，我在這裏等他！」

七彩啤酒桶還不肯放過年輕人，掀著肥厚的嘴唇，張開血盆大口，道：「先生，我的店子雖然不大，但是也有不少精品，你不妨來看看！」

年輕人嘆了一聲，他不是不喜歡古董，但是在見過伊通古董店之後，這種專門做遊客生意的古董店，簡直不知算是什麼東西，再加上那個不斷搖晃著的啤酒桶，實在令人無法忍受。

所以年輕人只是冷冷地道：「對不起，我沒有興趣！」

七彩啤酒桶瞪了瞪眼，年輕人已經轉過身，向前走開了，商場是由一條迂迴的走廊組成的，走廊的兩旁，全是各種各樣的商店，年輕人信步向前走著，約莫在二十分鐘之後，他已經兜了一個圈，又回到了錢幣店的門口，可是門仍然關著。

年輕人不禁皺了皺眉頭，他認識朱豐的日子也不算長，但是卻對朱豐的為人，有相當的了解，事實上，要了解收集家的性格，是一件相當容易的事，因為每一項收集，都需要仔細分類、保存，所以，收集家往往是一個十分有規律，近乎刻板的人。

朱豐就是這樣的一個人。

一個這樣的人，並不會約了顧客之後突然離去，但是一定有極其重要的事，才會使得他這樣做，年輕人決定再兜一個圈子。

可是，當又過一二十分鐘，他再度兜回來之際，門仍然關著，年輕人沒有再等下去，只是在小日記本上，扯下了一張紙，寫了幾句，在門縫中塞了進去，就離開了那商場，上了停車場。

他才踏進停車場，就知道在停車場中，有什麼意外發生了，很多看熱鬧的人，圍成一個圈，有很多警員，有的正在趕開看熱鬧的人。

年輕人直走向自己的車子，打開車門，當他準備坐進車子之際，他才看到，幾個警官正在看視一個倒在地上的人，從那倒在地上的人的背部，可以看到還沒徹底凝固的鮮血。

年輕人的心中道：一件兇殺案！可是隨後，他震動了一下，那死人的背影太熟悉了，那是朱豐。

年輕人在陸地震動了一下之後，心頭不禁大起疑惑，朱豐怎麼會突然死在停車場的？他自然也立刻想到了那枚光緒丙午年的金幣，但他隨即又搖了搖頭，一枚這樣的金幣，當然是收藏家心目中的珍品，但是實際上，它的價值，也不會超過二十萬美元，好像還不足以造成一件謀殺案。

年輕人可以說是一個不務正業的人，他從來就和警察保持著一定的距離，不和他們發生任何關係，他雖然認出死者是朱豐，但也絕不會走過去看個明白。

他所立即想到的只是，他塞進門縫中去的那張紙，在警察弄明白了朱豐的身分之後，一定會進入他的店子，也一定會發現那張紙，是不是會根據那張紙，而找到他呢？

然而，他在對自己留下的字句，想了一遍之後，覺得沒有任何線索可以使警察找到自己的。

他又向朱豐的屍體望了一眼，心中很有點感到人生無常，然後，進了車子，駛出了停車場。

第二天，在報紙上，年輕人看到了「錢幣收藏家朱豐在停車場慘死」的新聞，他參閱了好幾份報紙，說的都大同小異，不外是身上財物盡失，可能是遇劫抗拒，遭劫匪刺死云云。

年輕人又嘆了一聲，他倒很想知道，朱豐還有什麼親人，和那家雖然小，但是卻可以供應第一級珍罕錢幣的店子，歸誰來管理。

可是，兇殺案在大都市中，已經不是什麼了不得的新聞，隔了幾天，就沒有什麼消息了。

一直到了大半個月之後，他才又在報上看到了一則拍賣廣告，那則廣告登得相當地大：「拍賣錢幣收藏家朱豐先生所有，店內商品，包括朱先生生前個人收藏在內，已將全部有價值的藏品，編有目錄，每份十美元，拍賣為一次進行，即承繼人需在落槌後，立即以現金或銀行支票付清所有款項……」

年輕人看了看拍賣的日期，是在三個月之後，當然，這樣大宗的拍賣，一定要在全世界找尋買主，三個月的時間是必須的。

年輕人也知道，朱豐的收藏，極其豐富，世界各國的錢幣都有，朱豐的收藏品作為基礎，再加以擴大，就可以成為世界上第一流的權威錢幣收藏家。

年輕人決定參加拍賣，當天下午，就到拍賣公司，去買了一份目錄，目錄才到手，就有人在他的肩頭上拍了一下，道：「想和我競爭麼？」

自年輕人身後傳來熟悉的聲音，熟悉的煙味，使得年輕人自然而然地，笑了起來，他沒有轉過身，就說道：「叔叔！」

在年輕人身後的，正是他的叔叔，當年輕人轉過身來的時候，他叔叔笑著，用煙斗指著他的胸口，說道：「怎麼樣，收集錢幣，不見得可以排遣你心中的寂寞吧！」

年輕人笑了起來，笑得有點苦澀，道：「叔叔，你這個長輩，有點特別！」

老人家卻笑得很爽朗，道：「我明白你的意思，你是說，別的長輩，總是阻止你和奧麗卡這樣的女孩子來往，而我卻反倒鼓勵你，是不是？」

年輕人點著頭，道：「是！」

老人家卻大搖其頭，道：「你完全弄錯了，不是我在鼓勵你，而是你自己的內心深處，有著一股不可抗拒的感情存在著，你想要和自己的感情作對，那是一定失敗的事，我只不過不想你失敗而已！」

年輕人又苦笑了起來，他在口頭上，自然不肯承認他叔叔的話，但是事實上，他心中有數，他叔叔是對的，看來他非失敗不可。

他實在不願意再多說下去，所以岔開了話題，說道：「叔叔，你可看到目錄中有什麼珍品沒有？」

老人家笑起來，道：「有，有一片七枚連在一起的楚國郢鍰，那是世界上最早的金幣——你看了全部拍賣的底價沒有，想不到朱豐的收藏，如此之多！」

年輕人翻了翻手中的目錄，他立時看到了全部賣品的底價：六百萬美元。

年輕人聳了聳肩，說道：「這只不過是底價，三個月後賣出的價錢，不知是多少？」

老人家表示同意，道：「這倒是真的，你看，他有四枚光緒丙午金幣，真是非同小可！」

年輕人怔了一怔，立時又翻開目錄中的「中國錢幣」部份，果然，在一九〇六年「天津造幣廠鑄造之中國第一枚機製金幣」的項目下，數量一欄上，是一個「四」字。

年輕人輕搖著頭，說道：「四枚，奇怪得很，他打電話給我的時候，說只有一枚！」

老人家望了年輕人一眼，他們一起離開了拍賣公司，年輕人一面將那天朱豐來了電話之後，他趕到朱豐的店子之後，所發生的事，講了一遍。

老人家沒有什麼表示，只是淡然聽著，然後分了手，說道：「拍賣會再見，多保重！」

年輕人和他叔叔分手之後，回到了家中，詳細地研究著那份目錄，記載在目錄上的，世界各地珍罕的錢幣，簡直是美不勝收，看了這份目錄，年輕人才知道朱豐是一個十分深藏不露的人，因為在他和朱豐幾個月的交往之中，朱豐從來沒有向他透露過有著這樣巨量的收藏。

年輕人也可以預料到，三個月後的拍賣，一定轟動世界的一次拍賣，任何人如果買到了朱豐的全部收藏，那麼他可以留下自己喜愛的部份，將其餘的零碎賣出去，不但可以得到許多珍貴的錢幣，而且還可以獲得可觀的利潤。

朱豐的死，已經成了疑案，年輕人間或在報上看到一點消息，但是都無關宏旨，兇手也沒有下落。而年輕人也一直花時間在研究著那份目錄。

接著，在年輕人收到專門性的錢幣收集雜誌中，幾乎也全將這次拍賣，當作話題，至少有三十篇以上的文章，剖析朱豐藏品之豐富，幾乎已到了難以想像的地步。

然後，拍賣的日子，終於來臨了。

從世界各地前來的買家之多，遠出乎拍賣公司的意料之外，所以，拍賣臨時改在一間大酒店的大堂中舉行，而全部藏品，也在拍賣前十天，開始展出，展出的場地上，有數以百計的護衛人員守護著。

年輕人幾乎每天都去看，消磨上好幾小時，和其他有心參加競買的人一樣，有時，只在一枚金幣之前，就可以待上好久的時間。

由於展出的時間長，所以到了正式拍賣的那一天，到場的人，幾乎全是在以前見過面的，大家見了，都作會心的微笑。

年輕人到得很早，坐了一個很有利的位置，三分鐘之後，他叔叔也來了，坐在他的身邊。

年輕人低聲道：「叔叔，照你估計，一百萬元的底價會被抬高多少倍？」

老人家連想也不想，就道：「三十到五十倍！」

年輕人聳了聳肩，這本來也是他意料中的事。這時，他心中想到的只是一點：只怕朱豐自己也不知道他的藏品，有著這樣駭人的市場價格。

就算以底價的三十倍拍賣出去，那就是三千萬美元，無論如何，那是一筆相當大的數目了；這筆數字巨大的金錢，是歸什麼人所有呢？

年輕人也曾下過一番功夫，想在拍賣公司方面，調查一下委託人究竟是誰，可是沒有結果。

年輕人心中不禁有點後悔，這些日子來，他對於朱豐的死因，並沒有作進一步的調查，他總算是最後一個，曾和朱豐在電話中通過電話的人，朱豐是因為什麼而死的？是因為他那筆巨大的收藏？是因為他死了之後，有人可以得到巨大的益處？

現在已經事隔三個多月，再去調查，是不是太遲了？

年輕人皺著眉，正在思索著，他叔叔忽然輕輕碰了他一下，道：「你看，是什麼人來了！」

年輕人轉過頭去，他看到一個身形高大，深目高鼻，英俊瀟洒，氣派，風度，好到了無以復加的中年男子，走了進來，那個人是年輕人所熟悉的，土耳其皇！老人家又低聲道：「看來有一場熱鬧！」

希特勒是不是沒有死？

土耳其皇進場之後，東張西望，他也看到了年輕人和他的叔叔，立時微笑著，走了進來，坐在他們的背後，笑道：「中國人，我早知你有興趣，我就不來了！」

老人家也笑著，道：「你代表誰來出價？」

土耳其皇的神態有點傲然，道：「我自己！」

他一面說著，一面又在年輕人的肩上，輕輕拍了一下，說道：「你在倫敦玩的那一手，聽說令得奧麗卡公主破了產，是不是？」

年輕人並不想在這個問題上多作討論，所以他只是冷冷地道：「那是很久以前的事情了！」

土耳其皇打了一個哈哈，沒有再說下去。這時，一直有人進場來，土耳其皇指著一個凸起大肚子的胖子道：「看到沒有，奇勒博士也來了！」

收集錢幣的人，是沒有人不認識這胖子的，他是中世紀西班牙金幣的專家，權威的錢幣收藏者，土耳其皇壓低了聲音，道：「據我所知，他代表美國德州的火油商集團來參加出價，我看，這一份全是他的了！」

年輕人揚了揚眉，向一個身材瘦削，看來一點也不起眼的老頭子，努了努嘴，道：「這一個專家呢？羅馬教廷的財政你以為教廷敵不過德薩斯的油商？」

年輕人的叔叔打了一個呵欠，道：「別忽略了那三個阿拉伯人，他們的錢多得可以將撒哈拉大沙漠全用鈔票蓋起來，我看他們也志在必得！」

土耳其皇聳了聳肩，道：「不知道是誰想出來的，一定要將全部藏品一次買去，應該拆開來拍賣！」

年輕人和他叔叔沒有再表示什麼意見，老人家又打了一個呵欠，年輕人看了看手錶，已經九點五十五分，拍賣的主持人已經走上臺去了。

酒店的大堂中，已經滿是人群，來得遲的，只好站著，沒有座位，十點正，拍賣主人站了起來，道：「各位，歡迎各位來參加拍賣，抱歉的是，在各位之中，只有一個人能夠達到目的，我們曾收到二十七封並且附有支票的信參加拍賣，其中出價最高的一位，將我們的底價，提高了十八倍，也就是說，如果在場的各位，沒有人出價高過一千八百萬美元的話，拍賣品就歸這位南美洲的匿名先生所得。」

在拍賣主持人宣布了這一點，酒店的大堂中，起了一陣小的騷動，從很多人的神情上，可以看得出來，他們已經完全放棄了。

拍賣主持人清了一下喉嚨，道：「有沒有人出更高的價錢？」在年輕人的身後，土耳其皇略舉了舉手，用宏亮的聲音道：「一千九百萬！」

三個阿拉伯人一起叫了起來：「兩千萬！」

年輕人和他叔叔互望了一眼，老人家微笑著，低聲道：「別心急，先讓他們去熱鬧熱鬧！」

他們的身後，土耳其皇又叫道：「兩千一百萬！」

年輕人轉頭，向土耳其皇眨了眨眼，土耳其皇一副充滿信心的樣子。

年輕人轉回頭來，低聲道：「叔叔，我曾詳細算過，就算以四千萬的價錢買下來之後，逐枚賣出去，也可賺兩成利潤！」

老人家道：「錯了，可以賺一倍！」

年輕人有點愕然，老人家低聲笑道：「你太不會做生意了，當全世界僅有的幾枚金幣，全在你手中的時候，價錢就由你來定了！」

年輕人直了直身子，他聽到奇勒博士參加出價了，他的聲音有點嘶啞，但極其鎮定，他叫著道：「三千兩百萬！」

被老人家形容為可以將鈔票鋪滿整個撒哈拉大沙漠的阿拉伯人有點憤怒，叫道：「三千三百萬！」酒店的大堂中，又起了一陣騷動，在人聲嗡嗡之中，一個低沉的聲音，立時令得在場的所有聲音，全靜了下來，一起向那聲音的來源看去。

發出那聲音的，是一個普普通通，神情有點陰森，鉤鼻子的歐洲人，他說的話很簡單，只不過是三個字：「四千萬！」

在所有人的注視下，那歐洲人也全然若無其事。

拍賣的主持人吞了一口口水，然後重覆著，道：「四千萬，還有沒有人出更高的價錢？」

酒店大堂中，一陣沉寂，那三個阿拉伯人低聲商議了幾秒鐘，其中一個，舉起手來，道：「主持人，我們要求知道競爭者的真正實力！」

三個阿拉伯人一起盯著那個歐洲人，像是將他當成了敵人一樣。

那歐洲人仍然用他低沉的聲音，道：「難道你們要我將四千萬美元的現鈔，帶在身上？」

酒店大堂中，響起一陣哄笑聲，三個阿拉伯人，顯得有點發怒，也有點狼狽。

拍賣主持人大聲道：「靜一靜！靜一靜！」

等到大堂中靜了下來，主持人才向那歐洲人望去，道：「先生，要求是合理的，閣下的銀行是——」

歐洲人道：「瑞士商業銀行。」

這個答案，是每一個人意料之中的事，主持人立時問他的助手道：「接通瑞士商業銀行的電話！」他隨即又向歐洲人道：「先生，戶頭的號碼，或者是戶頭的名字，我們要問一下銀行！」

歐洲人面不改色，聲音也仍然低沉，道：「希特勒，阿道爾夫・希特勒！」

那歐洲人一說出他在瑞士銀行用以開戶頭的姓名，酒店大堂之中，引起的那一陣混亂，簡直是難以形容的，有的人尖叫了起來，有的張大口，發出莫名其妙的聲音，有的叫道：「不！不！」也有的陡地站了起來，由於起得實在太急了，以至連椅子也跌倒。年輕人發著怔，他叔叔皺著眉，正在他們身後的土耳其皇喃喃地道：「荒謬，太荒謬了！」那三個阿拉伯人，用阿拉伯語，高叫了起來，在混亂之中也沒有人聽得懂他們在叫什麼。

主持人在呆了足有兩分鐘之後，才叫道：「靜一靜，各位靜一靜！」

主持人的助手也大聲叫道：「電話接通了！」

助手那一句話，比主持人叫喊有用得多，大堂中總算靜了下來。

主持人將電話聽筒，擱在一具擴音器上，同時，又做了一個手勢，示意大家靜些。

大堂中的混亂已經停止，自擴音器中傳出的聲音，人人可以聽到，那是一個中年人的聲音，道：「瑞士商業銀行營業部副經理樸安‧鍾斯，有什麼指教？」

主持人變得很笨拙，一時之間，說不出話來。

主持人又清喉嚨，說道：「對不起，我們在進行拍賣，有一位先生，喊價四千萬美元，我們要知道他銀行方面的情形！」

擴音器中的聲音道：「樂於服務，我們的這位客戶，他的戶頭——」

主持人再度清理一下喉嚨，說道：「他的戶頭，是用阿道爾夫‧希特勒的名字開的！」

擴音器中的聲音道：「請等一等，阿道爾夫‧希特勒——」在略一停頓之後，又繼續道：「對，我們曾接到過通知，會有這樣的查詢！」

主持人又問道：「我可以得到什麼答覆？」

擴音機中的聲音道：「毫無問題！」

主持人吞了一口口水，道：「四千萬美元的支票，在希特勒先生的戶頭中，是否可以隨時兌現？」

擴音機中傳來那位銀行經理的笑聲，說道：「先生，希特勒先生的戶頭，不時有人來查詢，真的，因為四千萬美元，這樣的小數目，而來查詢的，閣下還是第一個！」

主持人忙道：「對不起，對不起！」

他放下了電話，解開了領帶，大大地呼了一口氣，望向那三個阿拉伯人。

那三個阿拉伯人，也有點目定口呆，主持人又望向那歐洲人，道：「希特勒先生，你是不是要作同樣的要求？」

主持人逕自稱那位歐洲人為「希特勒先生」，在大堂中，又起了一陣小小的騷動。

那歐洲人卻仍然若無其事，道：「不用了！」

三個阿拉伯人中的一個大聲道：「我們也有保證！」

他一面說著，一面取出一張本票來，道：「這是瑞士第一銀行的本票，空白的，可以由我們填上任何數目！」

主持人的助手，走向前去，在阿拉伯人手中，取過那張本票來，仔細察看了一回，交還給那阿拉伯人，這時，大堂中是竊竊私議之聲，年輕人也低聲在和他叔叔交談，他問道：「叔叔，希特勒是什麼意思？」

老人家笑笑道：「你怎麼啦？那只不過是德國人的一個姓，德國人有許多希特勒！」

年輕人道：「這我知道，可是阿道爾夫．希特勒——」

老人家揮了揮手，說道：「就像中國人的張得標，李得功一樣，只是同名同姓而已！」

年輕人再道：「可是瑞士銀行中的巨額存款——」

老人家笑了起來，道：「你究竟想得到什麼樣的答案？你以為他就是那個曾想征服世界的德國元首？」

年輕人也笑了起來，可是他的笑聲，有點茫然，而且，他不由自主地搖著頭，阿道爾夫．希特勒那個混世魔王就算真的像傳說中一樣，還在人世，只怕他也不會公開用原來的名字的，但是，如果想深一層，如果他還在世，那麼，還有什麼辦法再比公然使用這個名字更安全的呢？

不錯，每一個人在聽到這個名字之後，一定都會引起震驚，但是在一陣震驚之後，也一定會想到：「那只不過是同名同姓而已。」而不會再去深究的。

年輕人又向那歐洲人望了一眼，那歐洲人像是完全不知道他引起了全場騷動一樣，行動仍若無其事，看來神態還像是很悠閒。

主持人又咳嗽了幾下，才道：「從現在開始，為了公平起見，每一位有意出價的先生，都請出示有意購買的證明，有哪一位——」

主持人的話還沒有說完，凸著肚子的奇勒博士已經說道：「我帶來的是五千萬美元面額的支票——」

他的話還沒有說完，一個阿拉伯人已經冷冷地道：「五千一百萬！」

奇勒博士的額上，冒出汗來，一聲不出，轉身就走出了酒店大堂。一個美國德州紳商集團的代表人，在一次拍賣之中，如此慘敗，不等拍賣有結果就退出了會場，只怕還是有史以來的第一次。

那個教廷代表，抿著嘴不出聲，顯然他也無意競投了。土耳其皇輕拍年輕人叔叔一下肩頭，道：「我們聯合競投，怎麼樣？」

老人家笑著，道：「我放棄了，而且，如果我的姪子有興趣，我會支持他！」

年輕人立時也笑了起來，道：「我當然有興趣，但是我有興趣的，只不過是中國錢幣，我看還是等有人投到了，我再向他購買吧！」

土耳其皇聳了聳肩，低聲地說道：「早知會投到這樣的價錢，我可以用另外的方法來得到它們！」

年輕人和他叔叔互望了一眼，年輕人道：「說得對，不過現在已經遲了！」

主持人又在高叫道：「五千一百萬！五千一百萬！」

競爭的只剩下了那位希特勒先生，和那三個阿拉伯人，價錢一百萬一百萬地向上加，一直到了七千萬，主持人已經滿面是汗了，就在這時，酒店大堂外，突然傳來了一陣人聲，緊接著，幾個警官，如臨大敵一樣，急匆匆地走了進來。

一個階級最高的警官，來到了主持人的身邊，低聲講了幾句話，主持人神色凝重，尖聲道：「什麼！」

那警官點了點頭，主持人的雙手按在桌上，身子搖搖欲墮，口中發出「咯咯」的聲響，有不少人已經站了起來，年輕人，他叔叔和土耳其皇是站起來的人中的三個，他們在站了起來之後，互望了一眼，同時失聲道：「有人比我們想得更早！」

拍賣主持人喘著氣，上氣不接下氣地，顫聲叫道：「各位，各位，剛才接到警方的報告，這次拍賣的全部珍貴無匹的錢幣，都……都……」

主持人講到這裏，大堂中的混亂，已經令得他無法再講下去，主持人聲嘶力竭地道：「全部失竊了！」

其實，不必等主持人宣布，已經人人都知道是怎麼一回事了，有的人呆若木雞地坐著，有的人開始向外湧去，年輕人向他叔叔使了一個眼色，他們一起擠在人叢中，向外面走去。

可是，當他們走出酒店的大門之際，土耳其皇卻一直跟在他們的後面，神色神秘，當他們兩人略停了一停之際，土耳其皇走近來，道：「不請我吃一杯酒麼？」

年輕人立時有點不客氣地，望著他叔叔，道：「叔叔，你有這打算麼？」

老人家笑了起來，向土耳其皇道：「你有什麼話，不妨直截了當地說！」

土耳其皇將聲音壓得極低，道：「中國人，不是你的傑作？」

老人家笑了起來，道：「不是！」

土耳其皇的神情仍然十分疑惑，年輕人道：「陛下，我們一直和你在一起，如果你有興趣知道是誰下的手，你應該到現場去看看！」

土耳其皇喃喃地道：「我會去看的，我會去看的！」

他一面說，一面有點失神落魄地走了開去，這時，別說土耳其皇，就是年輕人和他的叔叔，也有一點失神落魄，或者說，是一種極度的茫然之感。

要知道，他們原來是世界上，做這種事的頂尖兒好手，年輕人也曾在那批錢幣展出的場地，仔細觀察過，要下手將全部錢幣偷去，幾乎是沒有可能的事，但是，現在有人做到了這一點：怎能不令他們心頭茫然？他們都這樣問自己：我落伍了嗎？

和他叔叔默默無言走出了幾條街，年輕人才和他叔叔分了手，回到了自己的住所。

他才進門，他的男僕阿華就道：「有一位小姐，在你書房等你！」

年輕人又望了阿華一眼，阿華又在低聲道：「就是油畫上的那一位！」

年輕人的心頭怦怦跳了起來，奧麗卡，她終於來了。

年輕人站在門口，一時之間，無法決定是進去的好，還是立時退出去，但是他至少得好好地想一想才是，所以他向阿華打了一個手勢，先在華麗客廳的一個角落上的一張安樂椅中，坐了下來。

那張古老的安樂椅，柔軟而寬大，他將整個身子躺在椅中，好像暫時得到了庇護一樣。

他足足坐了兩分鐘之久，才站了起來，伸手在臉上，重重抹了一下，他極是希望自己有「七十二變化」的本領，一抹臉，就可以變成另一個人，那麼，他和奧麗卡之間的一切糾纏，就可以一筆勾銷了。

但是，神話是神話，事實是事實，他不能變化，也沒有別的辦法，可以擺脫那已存在的糾葛。

他走向書房的門，伸手握住了門柄，然後，下定決心，轉動門柄，推開門，走了進去。門一推開，他就看到了奧麗卡。

年輕人不得不承認，奧麗卡看來，永遠是那麼迷人，她不但迷人，而且高貴，那種高貴的神態，是應該在王后或是公主的身上才有；年輕人不禁笑了起來，奧麗卡本來就是公主，奧麗卡公主！

奧麗卡正坐在書桌之後，並沒有因為書房的門被推開了而抬起頭來，烏黑瀑布一樣的長髮，鬆鬆地垂下來，遮住了她的一邊臉頰，她手中拿著一支放大鏡，正在仔細地察看，看年輕人錢幣收集冊的一枚錢幣。

年輕人向前走著，奧麗卡仍然不抬起頭來。但是，明顯地可以看得出，她這時仍然低著頭，只不過是一種矜持的做作。

年輕人直來到了書桌之前，才道：「妳好！」

奧麗卡抬起頭來，她並沒有伸手去掠頭髮，而她柔順的頭髮，隨著她抬頭的動作，自然而然地，垂到了腦後，她的眼睛，仍然是如此明亮澄澈，所以年輕人在望著她的時候，可以清楚地在她的瞳仁之中，看到自己的影子。

奧麗卡的神態很平靜，像是她是一個經常來的熟客一樣，微笑著，說道：「你好！」

她又在那樣講了之後，頓了頓，又道：「為什麼你那麼緊張，怕見到我？」

年輕人是有點緊張，要不然，他剛才也不會在外面客廳的安樂椅子坐上那麼久了，他也並不否認這一點，點著頭，走開幾步，坐了下來，道：「是的，緊張，因為見到了你！」

奧麗卡半轉著那張椅子，使她自己面對著年輕人，仍然微笑著，說道：「這一次，你可以不必緊張，我沒有什麼要你幫助的，我只不過是來了這裏，所以來看看你！」

年輕人緩緩的搖著頭，表示不相信，奧麗卡突然一面笑著，一面站了起來，道：「好了，我已經見到你了，看來你並沒有久留我的意思——」

她一面說著，一面來到了年輕人的身前，年輕人感到了一陣窒息，奧麗卡繼續說道：「你甚至於忘了最起碼的禮貌，再見！」

她向門口走去，年輕人忙道：「等一等！」

他一面也站了起來，奧麗卡以一個十分迷人的姿勢，轉過頭來，望定了年輕人，年輕人攤了攤手，說：「既然來了，有什麼事，不妨說了吧！」

奧麗卡笑了起來，道：「你感到好奇了？」

年輕人也笑著，道：「我只是想知道，事情是不是和我有關係，我早一點知道，可以早一點防備！」

奧麗卡搖搖頭道：「完全無關，我是追蹤著一個怪人到這裏來的，當然，我知道你在這裏，所以我來看看你！」

奧麗卡說得很認真，年輕人的神情，鬆弛了下來，說道：「既然是這樣，如果不妨礙妳的追蹤——」

奧麗卡不等他講完，就搖頭道：「不必了，我要追蹤這個人，並不是容易的事，因為我無法知道他的下一個目的地是什麼地方！」

年輕人「哦」地一聲，道：「那太可惜了！」

在通常的情形下，年輕人是應該問一問，奧麗卡在追蹤的怪人，究竟是何等樣的人，可是年輕人卻實在不願意多生枝節，而且他畢竟不是一個好奇心太強烈的人，所以他並沒有問下去，只是走向前，準備和奧麗卡一起走出書房去。

當他來到了奧麗卡的身邊之際，奧麗卡才突然道：「我有一個疑問，你的叔叔對近代史有研究，他應該可以解答，你可以代我問一下麼？」

年輕人沒有出聲，奧麗卡皺著眉，道：「希特勒是不是沒有死？」

會見希特勒

年輕人陡地一怔，他有點明白奧麗卡公主在追蹤的那個「怪人」，究竟是什麼人了。

年輕人略頓了一頓，道：「希特勒的生死是一個謎，但就算他沒有死，他一定也不會再用本來的名字出現的，何況，他看來一點不像！」

奧麗卡陡地一震，後退了半步，望定了年輕人，滿臉疑惑的神色，過了好一會，她才道：「你怎麼知道我的事，你準備怎樣對付我？」

年輕人忙搖著頭，道：「別緊張，我完全不知道妳的事，也絕沒有什麼打算，只不過妳問起了希特勒的生死，而我又恰好在今天見到一個自稱阿道爾夫‧希特勒的人，要將這兩件事聯想在一起，是一件很容易的事，整件事，就是那樣！」

奧麗卡用半信半疑的目光，望定了年輕人，年輕人講的全是實話，所以也坦然地承受了奧麗卡懷疑的目光。

奧麗卡過了一會，才道：「你是在什麼地方，見到那個自稱希特勒的人的？」

年輕人道：「一次拍賣之中！」

奧麗卡喃喃地道：「又是拍賣！」

年輕人攤了攤手，不過看來，奧麗卡顯然已打消了要離去的主意，她來回踱了幾步，索性坐了下來，年輕人斟了一杯酒給她，奧麗卡啜著酒，道：「三個月前，這個希特勒，在布魯塞爾的一個鑽石拍賣中，買下了一批鑽石，包括了一顆三十二克拉的紅色鑽石。接著，在巴黎的一次油畫拍賣之中，他一口氣買下了二十多幅油畫，那一次拍賣的拍賣顧問之一，是我們的朋友——」

年輕人微微笑了一笑，說道：「哥耶四世！」

奧麗卡也笑了一下，道：「是的，哥耶四世告訴我，那一批油畫之中，他只對其中的一幅表示懷疑，其餘的全是價值極高的珍品，這個人，好像有用不完的錢！」

年輕人聳了聳肩，說道：「要買那些東西，我相信，妳的經濟能力也可以做得到！」

奧麗卡道：「是的，但是我卻買不起那個島。」

年輕人笑道：「妳在南美洲的土地，總面積加起來，比任何島都要大！」

奧麗卡咬了咬下唇，道：「好，我也買得起那個島，可是在那個島上，建造起現代化的機場來，供他的私人飛機降落，這筆錢，我可花不起！」

年輕人微笑地望著奧麗卡，道：「我不明白妳的意思是什麼，妳是想和他比財富？」

奧麗卡搖頭道：「不是，我只是想弄清楚他是什麼人！」

年輕人深深吸了一口氣，不再出聲。

年輕人深知奧麗卡的性格，他知道，事情的開端，當然不僅是因那個怪人有著一個叫著「阿道爾夫・希特勒」的名字，而且也因為在那兩次拍賣會場上，奧麗卡的失敗，自然能令她懷恨在心，那個希特勒有一個島，這個島上又在建築現代化的機場，這自然不是在拍賣會中能夠知道的事，毫無疑問，是奧麗卡事後調查得來的。

奧麗卡既然有了這樣的念頭，年輕人知道勸她是沒有用的，可是他還是道：「不管他是誰，那和妳又有什麼關係？」

奧麗卡略呆了一呆，說道：「我並沒有要你的幫助，你知道，我自己可以應付得來！」

年輕人道：「事實上，我也不會幫助妳！妳想弄清楚，他是不是就是那個德國元首？」

奧麗卡道：「是的，只有他，才可能有那麼多的錢——」她做了一個手勢，搶著說：「容貌是可以改變的，容貌、指紋、聲音，全是可以改變的！」

年輕人不置可否，道：「好了，就算給妳證明了，那又怎樣？」

奧麗卡笑了起來，笑容之中，充滿了神秘，將杯中的酒喝完，放下杯子道：「正如你所說，那不關你的事，是不是？」

年輕人點頭道：「對，不過作為朋友，我得告訴妳，不管這個希特勒的真正身分是什麼，他能這樣公開地大量花費金錢，一定不怕被人追蹤和調查，他一定有充份的準備，妳要小心，在妳來說，要追究他是什麼人，只不過是一種消遣——」

年輕人還沒有講完，奧麗卡已經踮起腳來，在他的臉上，輕輕地吻了一下，道：「你那句『作為朋友』，是世界上最動聽的話。」

年輕人的話給她打斷，而奧麗卡在講完了這句話之後，翩然轉過身，飄起了一陣香氣，走了出去。

年輕人怔怔地站著，當他想起應該送出去之際，阿華已站在書房的門口，道：「那位小姐走了！」

年輕人「哦」了一聲，那時，電話也響了起來，他走過去聽電話，是他叔叔打來的，他叔叔道：「展覽的拍賣錢幣，並沒有被盜，只不過是一場小小的誤傳，現在，這批金幣，已經歸那位希特勒先生所有了！」

年輕人呆了片刻，老人家又道：「那位希特勒先生，住在明珠酒店頂樓的套房之中。」

年輕人道：「你的意思是，我該去找找他，要求他出讓幾枚給我？」

老人家笑道：「你怎麼啦？收集錢幣的是你，不是我！」

年輕人實在是想對他叔叔提及奧麗卡曾經來過，而且她正是追蹤那個希特勒的事，但是他略想了一想，道：「好的，我想我應該去看看他！」

老人家笑著，道：「祝你好運！」

年輕人放下了電話，立時離開了住所，他才來到車子旁，就看到了土耳其皇站在一根柱子旁邊，年輕人怔了一怔，土耳其皇向他做了一個手勢，走了過來，年輕人不禁皺起了眉。

土耳其皇滿面笑容，道：「剛才我看到公主離去，你不覺得今天的拍賣，有點奇特麼？」

年輕人打開車門：道：「我不明白你是指哪一方面說。」

土耳其皇用手在車頂上敲著，道：「第一，那位希特勒先生，第二，展出的錢幣，忽然說全被人偷去了，但是忽然之間，又說只是誤會！」

年輕人略呆了一呆，道：「你的消息倒靈通！」

土耳其皇「呵呵」笑了起來，道：「我是幹什麼的？」他陡然壓低了聲音，道：「你可想知道，後來那位希特勒先生，何以拍賣到那批錢幣？」

年輕人搖了搖頭，已經進了車子，可是土耳其皇卻拉住了車門，彎著身，道：「那幾位阿拉伯人放棄了，於是，希特勒先生，得到了他所要的東西。」

年輕人指著土耳其皇拉住車門的手，道：「如果你方便的話，請你放開你的手，我有事要出去！」

土耳其皇鬆開了手，道：「當然方便，我要勸你一句話，因為我和你叔叔是老朋友了──」

土耳其皇一面說著，年輕人已關上了車門，車子也在向前，駛了出去，所以土耳其皇最後一句話，是大聲叫了出來的，他叫道：「我勸你最好別去找那位希特勒先生！」

年輕人呆了一呆，一時之間，他也弄不明白土耳其皇這樣說是什麼意思，他的車子，已響起了「轟」地一聲，向車房外直駛了出去。

年輕人一面駕著車，一面心頭湧起了不少疑問，從朱豐突然遭人殺害開始，一切的事情，似乎全是淩淩亂亂，不發生關係的，但是，事情是不是真的如此呢？他又覺得每一件事情之間，好像有著看不見的線在牽著，但是究竟是怎麼一回事，卻一點也找不到，連土耳其皇為什麼會在他住所門口，他也找不到答案。

一面駕著車，一面想著，車子到了酒店的門前，年輕人下了車，順手將車匙拋給了穿著鮮明制服的司閽，走進了酒店的大堂。

他到這家酒店來，是為了向那位希特勒先生，請他出讓幾枚金幣的，可是，當他走進酒店大堂之後，他卻猶豫，並不是因為土耳其皇的那一句叫喊，而是他想到，不論是朱豐的橫死，拍賣會上的奇事，希特勒、奧麗卡和土耳其皇是懷著什麼目的，事情和他，都是全然無關的。

可是，如果他去見那位希特勒先生的話，是不是會為了一點小事，而導致他捲進了一樁他對之還全然沒有頭緒的大事之中呢？

由於心中猶豫，他放慢了腳步，就在這時，他聽到了一陣喧嘩的人聲，當他回頭去看時，看到酒店門口，武裝的護衛人員排成了兩列，從門口一直到升降機前，還有酒店的保安人員，也幾乎全出動了，酒店中別的人，卻好奇地站著看。

在門口，停著一輛裝甲車，四個護衛人員，正從車上，將一中等大小的鐵箱搬下來，那個鐵箱看來很沉重，四個人搬著，還顯得很吃力，鐵箱搬下來之後，直搬進電梯去，有八個護衛人員跟著進了電梯，其餘的循著樓梯，奔了上去。

年輕人看到這樣的陣仗，又望著鐵箱搬進去的那電梯，一直升到了頂樓，自然知道，那鐵箱中裝的東西，就是朱豐的藏品，由希特勒先生以高價拍賣來的了，這箱錢幣，價格如此之高，也難怪要動員那麼多護衛人員來保衛了，年輕人等著，等到大部份的護衛人員都下了樓，離開了酒店，他才走出電梯，電梯直升到頂樓去，到頂樓，門一打開，年輕人才跨出一步，就被四個護衛人員，攔住了去路，其中的一個，以極不客氣的態度說道：「你是幹什麼的？」

年輕人笑了一下，道：「我要見希特勒先生，有事情和他商量！」

那護衛員又道：「事先有約麼？」

年輕人道：「沒有！」

護衛員上下打量著年輕人，伸手指了一指，道：「先在秘書那裏去登記，等候通知，希特勒先生可能不見你，也可能和你約定時間！」

年輕人依他所指看去，看到一間房間的門打開著，有一位淺金頭髮的美人，正在和幾個中年人講話。

年輕人不置可否，向那房間走了進去，他看到那淺金髮的美人，在那幾個中年人的手中，收回一張表格來，說道：「我在請示希特勒先生之後，再和你們聯絡，希望你們等在登記了號碼的電話旁，不要離開！」

那幾個中年人唯唯答應著，走出了房間，在護衛人員的監視下，走進了電梯。

年輕人看到了這種情形，不禁「嘿」地一聲，而那位美人兒，也抬起頭來，將一張表格，向前推了推，道：「你必須填上表格上的每一項，才能決定你是否能見到希特勒先生！」年輕人將表格取起來，看了一看，心中不禁又好氣又好笑，那表格的詳盡之處，只差沒有了填表人六歲以前，曾經做過什麼事。

年輕人用手指輕彈著那份表格，向那金髮美人說道：「希特勒先生不是想與世隔絕的，這樣子，誰還肯見他？」

金髮美人冷冷地一哼，道：「你可以不見他！」

年輕人已經將表格放回桌上，而且，也準備一笑置之了，可是，他究竟是一個好事的人，覺得就這樣離去，心中多少有點不服氣，所以他在放回表格之際，略俯著身，向那金髮美人道：「本來，我想見他，只為了要告訴他一句話，請妳轉告他也是一樣。」那金髮美人自顧自整理著文件，連頭也不抬起來，像是根本未聽到年輕人的話，年輕人笑了笑，道：「請妳告訴他，我知道他想見的人的下落！」

金髮美人抬起頭來，用奇怪的眼色，望了年輕人一眼，而年輕人已經轉過身，走了出去。

年輕人進了電梯，電梯向下落去，他心裏只覺得好笑，他曾見過很多人鬧排場，可是鬧到這等程度，連來求見的人，幾乎要將三代履歷全填上的，他還未曾見過，所以他才決定與之開一個玩笑。

年輕人剛才對金髮女郎所講的那句話，其實是一點意義也沒有的，他只不過根據幾點事實，推斷那位希特勒先生，在各地貴重物品的拍賣場中出現，可能是迫不及待地希望有人知道他，那可能有很多目的，也可能是一種叫他要找的人來見他的方法。總之，就算他那句話是完全沒有意義的，至少，也可以叫對方困惑一陣，那麼，他開玩笑的目的就達到了！電梯到了大堂，年輕人走了出來，直向大門走去，可是急驟的腳步聲，起自他的身後，年輕人立時機警，他轉過身來，兩個大漢忙不迭在他的身前站定，年輕人望著他們，做了一個令他們鎮定點的手勢。

那兩個人中的一個道：「先生，你想見希特勒先生？」

年輕人怔了一怔，他迅速地轉著念，在那一剎間，他也不知道那兩個人的來意是什麼，他立時道：「本來是的，可是在看到了那份表格之後，我改變了主意。」

那人一副道歉的神情，道：「真對不起，現在，希特勒先生請你去！」

年輕人感到極度的意外，但是他也立即明白了，他臨走時，向那金髮美人講的話，原意只不過是開一個小玩笑，但可能歪打正著，剛好道中了那個神秘莫測的希特勒先生的心事。

年輕人不禁笑了起來，道：「他要見我？」

那兩人忙道：「是的，請你立即跟我們來！」

年輕人揮了揮手，道：「可以的，但不是現在！」

那兩個人現出愕然的神色來，年輕人立即道：「是等他填好了那份表格之後，等我看過了再決定！」

那兩個人的臉上，一直維持著一眼可以看出是裝出來的，但是總算是十分客氣的微笑，可是年輕人這句話一出口，他們兩人臉上的笑容就僵住了，以致看來變得十分滑稽。而年輕人則現出一個表示抱歉的笑容來，用一個十分漂亮的姿勢，轉過身，向外走去。

年輕人料到那兩個人一定會向前追來的，但是那兩個人一定被年輕人的那種態度嚇呆了，所以直到他出了酒店的門口，那兩個人才氣喘喘地追了上來，一個身形較高大的，立時攔在年輕人的身前，道：「請等一等！」

年輕人冷冷地道：「怎麼，表格已經填好了麼？」

身形高大的悶哼一聲，道：「先生，你究竟想怎樣，不妨直說！」

年輕人聽得對方問得這樣直截了當，也不禁一怔。他要那位希特勒，也照樣填上一份表格，這自然是開玩笑，而他本來的目的，也只不過是為了要見這一個人，如今，這樣的情形之下，如果再鬧下去，是不是見得到這位希特勒，只怕很有問題了。

他想了一想，道：「我其實不想什麼，不過想起剛才那位秘書小姐的神態，有點氣惱。」

那兩個人想也想不到對方轉彎轉得如此之快，怔了一怔，才道：「真對不起，但是希特勒先生，也有他的苦衷，要是他不那樣的話，每天不知道有多少人要見他，先生，請！」

年輕人點了點頭，跟著那兩個人，走向電梯，直上了頂樓。

當他們從電梯中走出來之際，那位美麗的金髮小姐，早已等在電梯門口，年輕人向她微微一笑，在那兩個人的帶領之下，逕自向前走去，到了一扇另外有兩個壯漢守著的門前，帶他來的兩個，和守門的壯漢略一點頭，守門的壯漢將門推了開來。

走進門去的，只有年輕人一個人，而且，當年輕人一走進去之後，門就在他的身後關上。

年輕人略定了定神，他是憑著一句自己也沒有下文的話，才能來到這裏的，等一會兒如何應付，他已經有了個算盤，但是究竟應該如何應付，還得看對方怎麼說，才能隨機應變。

他打量著房間的情形，頂樓的大套房，呈「國家元首」級的，華麗寬宏，自不必說，年輕人才走進了幾步，就看到希特勒走了出來。

希特勒穿著一件黑底繡金，東方式的吸煙服裝，口中咬著一根雪茄。

年輕人一看到希特勒先生咬著一支雪茄，便不禁呆了一呆。

本來，像希特勒這樣的有錢人，吸食雪茄，是極其普通的一件事，可是年輕人看到之後，就有一種怔愕之感，那也是有理由的。

因為自從在拍賣場上，那人自報姓名之後，年輕人就自然而然地，將他和那個同名的德國元首，連想在一起，雖然年輕人的心中，也知道這樣想，其實是很糟，而且極可笑的，但是他卻總不能消除這個印象，他這時之所以有驚愕之感，是因為第二次世界大戰時的那個德國元首，不但自己不吸煙，而且是最恨人吸煙的。

在年輕人略發怔間，濃郁的煙香，已經和希特勒先生，一起來到他的面前，希特勒先生上下打量著他，年輕人也用同樣的目光，打量對方。

看來，希特勒先生，和在拍賣場上看到的，並沒有不同，只不過這時，他的臉上有著一種硬擠出來的歡迎的笑容，他們兩人，像是兩頭狹路相逢的老鼠一樣地打量對方，然後，主人擺了擺手，道：「請坐！」

年輕人坐了下來，主人坐在他的對面，將一隻銀煙盒打了開來，向年輕人做了一下手勢，年輕人也做了一個拒絕的手勢，自己取出了煙來。

年輕人是不會先開口的，而那位希特勒先生，似乎也不想先開口，大家都吸著煙，又再將煙噴了出來，簡直就那樣的僵著。

等到年輕人手上的煙，煙灰已積到一吋光景時，看來希特勒倒還沉得住氣，仍然坐著一動不動，年輕人心中暗嘆一聲，看來他得先開口了。

年輕人輕輕咳嗽了一下，道：「希特勒先生，你的名字使人想到——」

希特勒揮了揮手，道：「這純粹是巧合，事實上，我取這個名字的時候，那位希特勒，根本還沒有什麼人知道他。」

年輕人淡笑了一下，說道：「閣下有這樣的名字，當年是遭到了不便，還是方便？」

希特勒皺了皺眉，道：「我們要討論的，好像不是為了我的名字吧！」

年輕人笑了起來，道：「也不盡然，先生，——」

他講到這裏，直視對方，然後用一種十分肯定的語氣道：「我倒認為，你是故意用這個名字的，目的是在引人注意。」

希特勒一動也不動，並沒有出現年輕人預期的震動，可以說對年輕人的話，一點反應也沒有！

年輕人仍然維持著微笑，可是他的心中，卻不免有點緊張，在他的經驗而論，知道所有的人之中，最難應付的人，就是不動聲色的人。

年輕人又道：「很多人都認為，那位德國元首，在盟軍攻入柏林之前，就已經溜走了，留在柏林的，只不過是他的替身而已！」

希特勒不在意地笑了一下，像是這件事，全然與他無關一樣，道：「先生，你剛才對我的女秘書說——」

年輕人欠了欠身子，道：「是的，我知道你的一些事，你要是——」

玩笑成真

他們兩個人，每人都只將話講一半，希望對方能夠接下去，可是看來，誰也不是那麼容易上當。希特勒立時冷笑著，道：「你知道什麼，只管講出來，如果我認為對我有價值，你就可以得到報酬！」

年輕人苦笑了起來，他知道什麼呢？他其實什麼也不知道，可是在這樣的情形下，他卻又非說一些什麼不可，而且，他還得裝出胸有成竹的樣子來。

他向前略俯了俯，道：「希特勒先生，你在找一個人，是不是？」

希特勒仍不動聲色，只是用他灰黃色的眼珠，望定了對方，年輕人覺得在他的逼視之下，喉嚨有點發乾，他索性無中生有地道：「我知道這個人的下落。」

年輕人在半小時之前，就是憑著這句話，才能見到這位古怪的希特勒先生的，這時，他講來講去，其實還只是那句無中生有的話，並沒有什麼新的講出來，可是這一次，他這句話一出口，他卻看到希特勒將手伸向煙灰缸，在不斷地彈著煙灰。

希特勒雖然沒有出聲，可是他的那種小動作，卻充份說明了他心中相當緊張，對某一件事，希望獲得答案，而且還十分焦切，這是一個人的行動所表現出來的語言，自然瞞不過年輕人的眼睛。

然而年輕人的心中，也在思潮起伏，他知道自己，誤打誤撞，已經說中了對方的事，這位古怪的希特勒先生，的確是在找一個人。

令人奇怪的是，他是在找什麼人呢？以他的財力而論，要找一個人是十分容易的事，全世界的私家偵探，都可以為他服務，照說是不應該出現什麼困難的。

在年輕人思索之間，希特勒已經恢復了鎮定，噴出了一口煙，說道：「好，那麼，請你告訴我，她在哪裏？」

希特勒先生講了這一句，略頓了一頓，年輕人心中又是一動，直到這時，他才知道希特勒要找的，原來是一個女人。

而在年輕人還沒有回答之前，希特勒又道：「同時，你可以提出你所希望得到的報酬！」

年輕人深深地吸了一口氣！這個古怪的傢伙，亟想知道一個女人的下落，這個女人是什麼人呢？是奧麗卡公主？年輕人一想到這裏，立時不由自主地搖搖頭，心中道：「不會，雖然奧麗卡在追蹤他。但是看來，他和奧麗卡扯不上任何關係。」

花心思去猜想他在找的女人是什麼人，那實在是絕不會有任何結果的事，但是如果根本不知道他要找的女人是什麼人，又怎麼能繼續混下去呢？

年輕人又咳嗽了一下，在那一剎間，他突然生出了一個很有趣的念頭來，無論如何，他得假設一個女人，才能無中生有地講下去，希望能夠多了解對方一點，那麼，假設一個什麼女人呢？

從對方的名字上著想，當然，假設的女人，最好是伊娃了。那個有著淡金色頭髮的美麗女郎，曾經是德國元首希特勒的情婦，而據說，他們是在柏林被圍攻，最危急的時候，在地下室中結婚的，婚後，立即就自殺了。

有了這樣的一個假設，年輕人立時覺得輕鬆起來，要再說下去就容易得多了。

年輕人一面迅速地轉著念，一面道：「當然我希望得到你們的報酬，不過我不能保證你可以見到她！」

希特勒又有點焦急，道：「為什麼？她在哪裏，你說，她在哪裏？」

年輕人決定將自己的假設，進行到底，假設眼前這個希特勒，就是德國元首，他逃了出來隱匿了多年，又經過了整容，甚至改變了他的習慣，這時，又想找回他生平唯一愛過的女人。（在他作這樣假設的時候，他自己也覺得好笑。）

年輕人又想，在當時危急情形下，德國元首可能是在倉猝間一個人逃亡，沒有來得及攜帶他心愛的女人，而最先攻進柏林直搗元首秘穴的是蘇聯紅軍，那麼當他想到這一點之際，他不禁高興起來，覺得自己的想像力很豐富。

他又向前俯了俯身子，道：「先生，你聽說過『契卡』？」

年輕人在這樣問的時候，預期看對方的反應，一定還十分冷淡的。

可是，出乎他的意料之外，那位希特勒先生，卻陡地挺直了身子，而且，他的面肉，也在不住抽動著。

過了半晌，希特勒才道：「是的，我聽說過，但是這個組織，在列寧死了之後，就已經被解散了！」

年輕人笑了笑，道：「是的，這個名稱的組織被解散了，但是另一個同樣性質的組織，在史達林的控制之下，更嚴密地組織起來，而且，在他們的內部，還是沿著『契卡』這個名字，這個組織，就是西方情報機關，傷透了腦筋的蘇聯國家安全局。」

希特勒先生乾笑了起來，任何人都可以聽得出，他的那種笑聲，並不是覺得對方的話好笑而笑了出來的，全然因為對方的話，令得他有一種極端的無可奈何之感，他才會這樣乾笑起來的。

年輕人也不禁有點吃驚，他本來全然是在胡言亂語的，而他一切胡言的根據，是全在於眼前的這個希特勒，是真的德國元首，可是如今，他講的話，似乎全觸動了對方的心事，那樣說來，豈非……

就在年輕人吃驚之際，那位希特勒先生，已經站了起來，道：「我明白了，謝謝你，你要什麼，請告訴我！」

年輕人又怔了一怔，一時間，他倒提不出什麼條件，只好道：「隨便你吧，先生。」

希特勒先生擺了擺手，已經做出了送客的姿勢，年輕人只好向門口走去，當他離開那房間之後，那位女秘書已經走了過來，手中拿著一張支票，微笑著，交到了年輕人的手中，道：「這是希特勒先生給你的！」

年輕人接在手中，看了一看，不禁吹了一下口哨，支票的面額是十萬鎊。

他自然不會在乎十萬鎊，可是，他做了些什麼？他只不過是講了一番連他自己也不相信的鬼話，而且，就算他講的那些鬼話，希特勒先生又在他的話中，領悟到了什麼？難道他以為他要找的那個女人，真的落在蘇聯特務的手裏了？這實在是不可思議的一件事。

年輕人拿著支票，一直向前走著，那位女秘書，也一直送他到了電梯前，年輕人轉過頭來，向那位金髮美人，望了一眼，笑道：「妳知道嗎？妳的臉上如果有笑容，那就美麗得多了！」

女秘書笑著，作了一個接受讚美的神情，年輕人順手將那張支票，塞進她的手中，道：「這算是我送給妳的禮物，謝謝妳的微笑！」

在女秘書的極度錯愕間，年輕人已踏進了電梯，而電梯的門，也隨即關上了。

出了電梯，穿過酒店的大堂，向外面走去，年輕人的心中，仍然是一片惘然，當他快到了門口之際，奧麗卡公主突然在他的身邊出現，掀起了寬邊帽子，向他做了一個鬼臉。

年輕人忙拉住了她的手，說道：「來，我有話要對妳說，關於妳追究的那個怪人！」

奧麗卡不屑地說道：「你對他知道多少？」

年輕人笑道：「可能比妳更多——我剛才見到了他，和他交談了二十分鐘！」

奧麗卡現出滿臉不相信的神色來，於是她仍是被年輕人拉著，來到了酒吧。

酒吧中，人不多，很適宜促膝談心，年輕人一面啜著酒，一面將剛才的經過，毫無保留地對奧麗卡講了一遍，包括他自己的假設在內。

奧麗卡怔怔地聽著，等到年輕人講完，她才道：「他，他究竟是什麼人？」

年輕人攤了攤手，道：「這正是我想問的問題！」

奧麗卡斜著眼，將頭湊向年輕人，年輕人可以感到她口中噴出來的那股暖意，而奧麗卡的神情，也十分神祕，壓低了聲音，道：「他就是那個希特勒！」

年輕人也壓低了聲音，道：「看來，這是唯一的答案！」

奧麗卡又道：「他要找的那個女人，就是伊娃！」

年輕人也道：「對，他生平只愛過一個女人！」

兩人互望著，眨著眼，然後，又突然一起大笑了起來，他們這時，忽然大笑，當然是認定了他們剛才所談的，全然是絕不可能之事的緣故。

就是在他們縱笑之際，一個身形高大，儀表非凡的人，向他們走了過來，而且，他自己拉開椅子，道：「為什麼那麼好笑？」

他一面問，一面坐了下來，奧麗卡和年輕人互望了一眼，坐下來的是土耳其皇，奧麗卡立即道：「陛下，看來你不是無意之中遇到我們的！」

土耳其皇道：「是，我知道你——」他望著年輕人，「你剛才見過那位希特勒先生。」

年輕人點頭道：「是的，你是不是想打他的什麼主意？陛下？」

土耳其皇笑了起來，搓著手，道：「對，我想兩位不致於插手？」

年輕人又和奧麗卡互望了一眼，同時搖著頭，土耳其皇十分高興，年輕人道：

「你有什麼計劃，是不是可講來聽聽？」

土耳其皇立時做出一個狡獪的神情，搖著一隻手指，道：「當然不！」

年輕人笑著，道：「我教你一個法子，可以使你立即會見希特勒先生，而且如果應付得宜，你還可以得到一張十萬鎊的支票。」

土耳其皇幾乎跳了起來，道：「真的，請你告訴我！」

奧麗卡道：「條件是你的計劃！」

土耳其皇苦笑了起來，道：「現在我究竟是在向誰講話，他還是妳？」

奧麗卡立時道：「他就是我，我就是他！」

土耳其皇望了望年輕人，又望了望奧麗卡，喃喃地道：「恭喜，恭喜！」

年輕人的臉上有點發熱，心頭也怦怦跳著，當然他不會是害羞，而是奧麗卡的那句話，使他感到了興奮和刺激。

奧麗卡又道：「怎麼樣？」

土耳其皇嘆了一聲，道：「我實在還沒有具體的計劃，但是那個怪人，好像有用不完的錢，當然，得想辦法，幫他用一點。」

奧麗卡道：「對！幫他用一點！」

年輕人皺著眉，道：「如果利用人家的感情，我不是十分同意！」

奧麗卡道：「怕什麼，給他一點希望，總比他完全沒有希望好！」

土耳其皇叫了起來，道：「我不明白你們在講些什麼！」

年輕人向土耳其皇招了招手，土耳其皇忙伸過頭來，年輕人在他的耳際，低聲說了幾句，土耳其皇極其高興，道：「好，我這就去，我甚至可以代他到莫斯科，只要他肯出錢！」

年輕人和奧麗卡已一起站了起來，離開了酒吧。土耳其皇怎麼和希特勒打交道，他們都沒有興趣過問，因為在他們來說，一切都只不過是遊戲而已。

走出酒店，奧麗卡一直依在年輕人的身邊，他們毫無目的慢慢走著，誰也不說話。

自年輕人和奧麗卡相識，共聚以來，很少有這樣平靜的時候，他們慢慢向前走著，說著一點無關緊要的話，漸漸地來到了一座大噴水池之前，他們又自然而然，在噴水池邊，坐了下來，望著一股股的水柱。

年輕人很欣賞這一刻光陰，他講著自己這些日子來的興趣，也提及了朱豐，更提及了這次拍賣會，和朱豐的珍藏，出乎意料之外的多。

奧麗卡公主靜靜地聽著，她甚至像一個小女孩一樣，伸手去兜住噴泉灑下來的水，神情開朗而快樂。

等到年輕人的話，告了一個段落，奧麗卡忽然眨著眼道：「你難道不覺得，一個藉藉無名的錢幣商，竟然有著這樣豐富的珍藏，這一點，不令人感到奇怪麼？」

年輕人略想了一想，道：「當然，我感到奇怪，但是……」他自己也不知道說什麼才好，講到這裏，搖了搖頭又道：「而且他死得很離奇，兇手也沒找到——」

奧麗卡忙道：「他住在哪裏？」

年輕人仍然搖著頭，道：「我不知道，我從來也沒有問起過，我只是和他在他的店子中碰頭的！」

奧麗卡忙道：「帶我到他的店子裏去看看！」

年輕人怔了一怔，道：「為什麼？」

奧麗卡完全若無其事，道：「不為什麼，只是覺得奇怪，而我的心中，是最藏不下奇怪的事情的！」

年輕人又皺了皺眉，他心中卻有點覺得不對勁，是由奧麗卡忽然對朱豐產生了濃厚興趣這一點而來。

但是，他還是無可不可地點了點頭，答應了奧麗卡。

他們離開了噴水池，繼續向前走著，不多久，就走進了那個商場，可是，當年輕人帶著奧麗卡，來到了朱豐的錢幣店門口之際，兩人都不禁笑了起來。

那家小古董店還在，可是朱豐的錢幣店，已經不見了，代之而設的，是一家服裝店。

他們笑著，又向前走了開去，令得旁人莫名其妙，來到了商場的出口處，奧麗卡停了下來，掠了掠頭髮，道：「很高興和你見面，再見。」

年輕人呆立著，不出聲。

他和奧麗卡的每次見面，大大小小，總有一場風波，這次，奧麗卡什麼也沒有說，就這樣要分手了，在別人而言，這是很正常的，但是對奧麗卡來說，那卻是一種反常，年輕人剛才就有點感到不對勁，這時，這種感覺更甚了。他微笑著，道：「妳住在哪裏，我送妳回去！」

奧麗卡伸手在年輕人的胸口，輕輕一推，神情溫柔，聲音動聽，道：「不必了，謝謝你！」

年輕人趁機握住了奧麗卡的手，道：「妳真的沒有話要對我說的了！」

奧麗卡微笑著，搖著頭，她的雙眼之中閃著光，道：「真的沒有了！」

奧麗卡雙眼中閃耀的那種光芒，更令年輕人不放心。但是他卻沒有說什麼，只是默默點了點頭，兩人一起來到商場出口處，奧麗卡揚手，一輛有穿制服司機駕駛的大房車，立刻駛了過來，奧麗卡來到車前，向年輕人回眸一笑，登上車，車駛走了。

年輕人在商場門口，只多站了半分鐘，立時截了一輛街車，十分鐘之後，他走進一家汽車出租服務公司。這家公司的業務是連司機出租華貴的汽車給人，年輕人在奧麗卡登車之際，留意到了車尾的一塊小招牌，就是這家汽車出租的。

一個女職員有禮貌地接待年輕人，年輕人道：「我知道貴公司和每一輛車的司機，都有無線電聯絡，我想知道其中一輛車子，現在在什麼地方？」

女職員現出為難的神色來，年輕人笑著，取出了一張大鈔來，塞進女職員的手裏，女職員開始有點不知所措，但隨即微笑著走了開去，三分鐘之後，她就回來，微笑道：「車子到了一家拍賣公司的辦事處。」

年輕人呆了一呆，奧麗卡到那家拍賣公司去幹什麼？但是他立即明白了，奧麗卡是去查誰要委託拍賣行，拍賣朱豐的那批珍藏。

十五分鐘之後，年輕人也走進了那家拍賣公司的辦事處，他不能確知奧麗卡是不是得到了她所要的資料。但是奧麗卡已經離去了，奧麗卡要做一件事，是很少會不達到目的就離開的，所以他可以猜到，奧麗卡成功了。

他走向離他最近的一個職員，道：「剛才有一個黑髮美人來，是哪一位和她接頭的？」

那職員指了指坐在最裏面一張桌子後面的一個禿頭男子，走了過去，伸手在桌上敲了兩下，等到禿頭男子抬起頭來，他就道：「剛才那位小姐得到了什麼答案，我要同樣的一份！」

禿頭男子現出慌張的神情來，年輕人俯下身，道：「別怕，她給你什麼報酬，我付給你同樣的。」

禿頭男子忙低聲說道：「低聲點，低聲點，這是不合規矩的！」

他一面說，一面眼珠轉動著，東張西望，然後在一張紙上，迅速地寫了一個數字，年輕人用身子遮著自己的雙手，取出鈔票，向禿頭男子眨著眼，將鈔票塞了給他，禿頭男子抽出一張表格來，推向年輕人。

那是一份拍賣委託的表格，由委託人填寫的，年輕人第一眼就看到，拍賣物件一欄之中，填著「大批珍罕錢幣，目錄另詳」。

他迅速地看下去，委託人一欄上的名字是朱蘭，年輕人才剛看到了地址，在身後聽到了腳步聲，禿頭男子慌忙用一份文件，將那表格蓋上。

年輕人向禿頭男子笑一笑，轉身走了開去。

不出他所料，奧麗卡果然是來找朱豐的承繼人的，朱蘭，那是一個女人的名字。但是年輕人卻不明白奧麗卡的目的是什麼。

他也知道，奧麗卡這時，一定是去找那位朱蘭小姐了。他離開拍賣公司，來到了住所，並不進去，立時上了車，照著那個地址，疾駛而去。

那地址是在郊外，當車子駛上了車輛稀疏的郊外公路之後，年輕人加快了速度，朱豐的住所竟然會在那麼遙遠偏僻的郊外，這一點倒是年輕人實在料不到的。

等到車子快駛到目的地時，夕陽已經西斜，眼前是一片金紅色，在一片晚霞之中，年輕人看到了那幢孤零零，豎立在圍牆之中的房子。

圍牆是灰磚砌成的，灰磚已經剝蝕了，近牆腳處生著厚厚的青苔，由此可知它年代的久遠，那屋子的樣子也很古怪，不中不西，看來有一股陰沉之感。

年輕人停下了車，向前看去，看不到奧麗卡的車子，也看不到有別的人，當他車子的引擎聲停止之後，除了清風微微吹拂，和圍牆內幾株大樹上，傳來一兩下歸鴉的叫聲之外，簡直靜得一點聲音都沒有，那幢古老大屋，在晚霞的籠罩之下，仍是一樣不減其詭秘。

年輕人略想了一想，下了車，在一條雜草叢生的小徑上向前走著，來到了圍牆腳下，然後，又貼著圍牆向前走著，他期望他在這樣走的時候，可以聽到圍牆內傳來的犬吠聲。

可是他什麼聲音也聽不到，四周圍仍然那樣寂靜，這種寂靜，更使心頭增加一種莫名的詭異之感。

轉過了牆角，年輕人來到了大鐵門之前，鐵門看來很厚重，但是所有的鐵枝，全生著銹，從鐵門中可以看到那個被圍牆圍住的大花園，那個大花園，在全盛時期，一定很引人入勝，但這時看去，卻一片荒涼，一個明明是大噴水池之中，一點水也沒有，反倒長滿了雜草。

這時，晚霞已迅速地轉為紫色，映在屋子面前，大廳的那一排亮窗的花玻璃上，閃閃生光。

年輕人想在門旁尋找門鈴，可是卻找不到，他只好伸手去推鐵門，鐵門倒是一推就開，只不過在鐵門被推開之際，發出一陣軋軋的聲響。

年輕人走了進去，碎石舖成的道路上，長滿了野草，年輕人來到屋子的石階之前，褲腳上已經沾上了十幾顆攝衣、刺芒草。他未曾跨上石階前，竟大聲道：「有人麼？」

古屋裏的𧎸屍

沒有人回答，年輕人一面俯身除去黏在褲腳上的攝衣，一面又連問了幾聲，最後一聲，簡直是大聲叫了出來的，可是，仍然沒有回答。

這時，晚霞的一切色彩，都已經迅速地消失了，暮色自四面八方壓了下來。在走進鐵門的那一剎那，年輕人就有一個感覺，這屋子是根本沒有人住的，現在，這種感覺，更加強烈，可是他的的確確記得是這個地址，而且，當他走到石階前的時候，他至少可以肯定，在他來到之前，一定有人來過，因為在那條小路上，有不少野草，分明是才被人踐踏過的。

得不到回答，他只好走上石階，到了明窗之前，又伸手敲了兩下，然後，伸手推開了亮窗，在暮色朦朧中，看到了那屋子的大廳中的情形。

一看到大廳中的情形，年輕人就不禁吸了一口氣，大廳中的一切陳設，全是典型中國式的。

那種典型的中國式的陳設，使年輕人引起一種遙遠的回憶。他的童年，就是在一幢那樣的屋中度過的，他世代當大官的祖先，留下了這樣的大屋，他記得自己怎樣爬在又硬又大的紅木椅子上，用刀去刮鑲嵌在椅上的大理石，想看看那天然像人一樣的花紋，被刮深了之後是什麼樣子。

他也曾躲在那巨大的仙桌下生悶氣，直到沉沉睡去，他也曾呆呆地站在那種比人還高的自鳴鐘前望著鐘擺，奇怪它何以能不停地擺動。

年輕人慢慢向前走著，他的腳步很輕，而屋內比外面更靜，所以，那座巨大的自鳴鐘，所發出來的「滴答」聲，聽來也格外響亮。

年輕人走了七八步，抬頭看看掛在中堂正中的一幅大畫，那是一幅巨大的鷹，在昏暗中，看來展翅欲飛。年輕人並不期望這樣的屋子中會有電燈，是以他只是站在黑暗中，大聲道：「有人麼？」

他的聲音，只引來一陣空洞而短促的回音，年輕人皺了皺眉，轉到樓梯口，抬頭向上望去，樓梯上更黑，可是年輕人立時看到，在樓上，有一個人，手扶在樓梯的扶手上。看他那種姿勢，像是想下樓來，但卻又無法決定是不是該下樓來一樣。

一看到有人，年輕人不禁怔了一怔。他以為屋子中一定是沒有人的了，而如今，屋中有人，他卻這樣自說自話闖了進來，那多少令他有點不好意思，他忙道：

「對不起，我在外面時——」

他想解釋一下，他在外面時，已經大聲請問過好多次了，可是他的話還未曾講完，就聽到了一下極其微弱的呻吟聲。

那一下呻吟聲，在黑暗中聽來，簡直令人悚然，年輕人立時知道事情不對了，他向樓梯上竄了上去，或許是由於他向上竄去的時候，震動了樓梯，那個人的身子，突然往前一衝，向前直仆了下來。

但年輕人在那一剎間，也已來到了那人的身前，恰好將他扶住，他看不清那人是什麼樣子，但是卻可以感到，那是一個女人。

他扶住了那女人，那女人發出了一下極其微弱的呻吟聲，接著，就以低得幾乎聽不到的聲音道：「我……不會說的，我什麼也不會說的！」

年輕人扶著那女人，走了幾步，一腳踢開了一扇門，扶著那女人進去，將那女人放在床上，天色已十分黑，年輕人先燃著了打火機。

當年輕人打著了打火機之後，他就看到，屋中是有電燈的，他立時找到了電燈開關，亮著了電燈，而當電燈一亮，他轉過頭去時，不禁呆住了。

那女人半躺在床上，雙眼睜得極大，誰都可以一眼看得出來，那女人死了。

而且，誰也可以看得出來，那女人是怎麼死的，她身上的衣服，全都碎成一片一片，而露在外面的肌膚，都又青又腫，她是在遭到了極其殘酷的毒打後致死的。

年輕人只覺得血向上湧，他完全可以看得出，那女人是被一種軟棍子打傷的，只有毒打的專家，才用那種棍子打人，令年輕人憤怒得不可言狀的是，那女人的右手，緊緊地握著一件東西，但是在她的指縫中，可以看到，她手中緊捏著的，是一片湖藍色的輕紗。

而奧麗卡公主所穿的衣服，正是湖藍色的輕紗。

年輕人雙手緊握著拳，不由自主，大叫了一聲，轉身衝出了屋子，衝下樓梯，衝過花園，衝到了他車子中。

然後，他以極高的速度，駛回市區，他的耳際，一直在嗡嗡作響，他眼前所看到的，只是那女人慘死的樣子，而他的心中，也只想到一個人……奧麗卡。

年輕人在那家酒店的門口，急剎車，停下了車，打開車門，不理會酒店職員的叫嚷，推開了兩個人，就走進了酒店大堂，在電梯門口，他又粗暴地將另外一個人推開，跨進了電梯。

電梯升上，停下，年輕人走了出來，他直來到一扇門前，用手握住了門柄，旋轉著，他全部氣力，都集中在門柄上，門雖然鎖著，可是也給他轉得發出一陣「格格」的聲響來，幾乎整柄鎖都要給他拆了下來。

接著，他聽到門內傳來奧麗卡的聲音，道：「怎麼啦，什麼人？」

門立時打了開來，年輕人閃身擠進去，奧麗卡望著他，一臉錯愕，還未曾來得及開口，年輕人的手已經揚了起來，重重一個耳光，打在奧麗卡的臉上，奧麗卡發出了一下憤怒的悶哼聲，身子向後連退了三步，跌倒在一張沙發上，可是她立時跳了起來，順手抓起了她的手袋，將手袋翻轉，手袋中的東西，全露了出來，她立時抓住了其中的一根十吋長的軟棍，向年輕人狠狠撲了過來。

年輕人不等她撲向前，就逼向前去，一伸手，抓住了她的手腕，揚手又是一個耳光，打得奧麗卡又向前直跌了出去，跌在地上。

奧麗卡在向前跌出之際，年輕人已順手將那根短棍，奪了過來，他額上青筋綻起，在他的一生之中，好像還未曾如此憤怒過，那個死在古老大屋中的女人，他根本不認識，而年輕人也很難解釋他這時何以如此憤怒的原因，或許是為了他才享受過奧麗卡溫柔的一面，對這一面充滿了希望，但是又立即看到了奧麗卡殘酷醜惡的一面之故。所以他才變得完全不能控制自己。

當他握著短棍，向奧麗卡走過去的時候，奧麗卡現出極其駭然的神情，一面迅速站了起來，一面尖聲大叫道：「你瘋了？」

她叫著，順手拿起一只大水壺，向著年輕人，疾拋了過來。

年輕人一揚手，短棍打在水壺上，水壺破裂，壺中的冰水，淋得年輕人一頭一臉，年輕人教冰水兜頭一淋，陡地停了下來。

雖然他還是一樣發怒，但是他至少已從剛才那種激動得幾乎瘋狂的情形之中，醒了過來。

他手中握著短棍，盯著奧麗卡，奧麗卡站在他的面前，也惡狠狠地盯著他。奧麗卡的半邊俏臉，又紅又腫，可是看她的情形，憤怒使她忘記了疼痛。

接著，奧麗卡就以一種極尖厲的聲音叫道：「我叫你死，叫你慢慢地死！」

年輕人用力拋出了手中的短棍，冷笑著，鐵青著臉，道：「就像妳打死那屋子裏的那個女人一樣？妳究竟想得到什麼？又在玩點什麼把戲！」

奧麗卡陡地一怔，伸手掩住了被重重摑過的臉頰，像是一時之間，不知該說什麼才好，但是她立時道：「你這頭老鼠，你一直在跟蹤我？」

年輕人冷笑道：「不錯，我知道妳絕不會不生事的！」

奧麗卡陡地轉過身去，年輕人也待轉過身去，可是剎那間，他呆住了。

他看到奧麗卡的肩頭在抽動著，而且，他還聽到了奧麗卡的啜泣聲。

奧麗卡在哭！

這實在是令人難以相信的，奧麗卡絕不是一個會哭的女人。但奧麗卡當然不是全然不會哭的人，只要在極端傷心的情形下，她感到需要哭的時候，她自然一樣會哭。

這實在是出乎年輕人意料之外的事，年輕人站著不動，奧麗卡也一直哭著。足足僵持了五六分鐘之久，奧麗卡的哭聲，才漸漸止了，她挺了身，向前走去，來到了臥室的門口，停了一停，道：「我本來不必向你解釋，但是你一定要明白，我沒有殺人，在我到那屋子的時候，那女人已經受了重傷，快死了！」

年輕人的口角，向上翹了翹，他當然不相信奧麗卡的話，那女人手中的湖藍色輕紗，奧麗卡手袋中的短棍，這一切，全證明了奧麗卡是兇手。不過他望著奧麗卡挺直的背影，心中也不免起了一絲懷疑，奧麗卡如果殺了人，她絕不會否認，如果她連殺了一個普通的女人都要否認的話，那麼，她就不是一個要建立自己王國的奧麗卡公主了。

那麼，是不是表示奧麗卡真的沒有對那個女人下毒手呢？如果下毒手的不是奧麗卡，那麼又是什麼人？這一連串的事情，又有著什麼樣錯綜複雜的內幕和聯繫？

年輕人的心中很亂，他還想說幾句話，可是什麼也說不出來。

奧麗卡已推開了臥室門，當她推開臥室門之後，她並沒有立時走進去，而是停了一停，然後又聽得她道：「剛才的一切，你一定要償還，我不會放過你的！」

上。

她說完了這句話，一步跨了進去，接著「砰」地一聲，臥室的門，已重重關上。

年輕人站著，漸漸冷靜下來，他開始感到，自己可能做錯什麼了，他挾著極大的怒意而來，怒意是由於看到了在那屋中被殘酷毆打致死的那個女人而產生的，他以為那是奧麗卡下的毒手，但如果不是呢？

年輕人苦笑了一下，他並不是一個喜歡後悔的人，因為不論做錯了什麼，後悔並沒有用處，問題是在於做錯了事之後，所引起的後果，應該如何應付。

年輕人還不能肯定自己是不是真的做錯了什麼事，但是他卻知道，他已經介入了那件事中，他還不知道那是件什麼事，只知道和這件事有關的幾個人：朱豐，朱豐的承繼人（可能就是死在古屋中的那女人），那個希特勒、奧麗卡，甚至土耳其皇，全和這件事有關，然後，再加上他自己。

年輕人苦笑了一下，離開了酒店的房間，他進來的時候，幾乎是撞進來的，但是在離去的時候，他卻輕輕地關上門。

走出了酒店的大門，陽光耀目，年輕人的心中，卻一片陰沉，只是低著頭向前走著。

年輕人想去找他的叔叔商量一下，可是他隨即打消了這個念頭，因為他自己全然不知道是怎麼一回事，一切的瑣事，和與之有關的人物，看來是完全沒有關連的，但是他卻又隱隱感到其中有某些聯繫。

他低著頭，沿街走著，走了很久，才站定，抬起頭來，定了定神，才知道已經離開酒店很遠了，他又慢慢走回酒店去，去找回他的車子。

就在他又回到酒店的大門口之際，他看到奧麗卡公主在幾個人的簇擁下，盛裝走了出來，年輕人忙將身子閃在一邊。奧麗卡戴著一頂大寬邊帽子，而且，還戴著面紗，目的可能是不給人看到她臉頰上的指印。

那四個男人，擁著奧麗卡，上了一輛極華麗的房車，駛走了。

年輕人可以肯定奧麗卡沒有看到他，但是他卻看得很清楚，他還看到，那四個男人之中，有兩個很臉熟，只不過略略一想，年輕人就想到，那兩個男人，就是希特勒先生的手下。

年輕人很有一點惘然，他也不知道何以希特勒會派人來請奧麗卡，他找到了自己的車子，在駛回家途中，經過一個電話亭，他已經駛過去了，又退了回來，下了車，打了一個電話通知警方，告訴他們，在郊外的一幢古老大屋之中，有一個女人死了。

年輕人回到家中，喝了很多酒，蒙頭大睡，等到他醒來時，已經是第二天早晨了。

攤開報紙，報上的標語是「古屋艷屍」。而且，警方查明了死者的身世，是朱豐的繼承人朱蘭，朱豐也是遭謀殺的，所以警方對這件案子，十分重視，希望接見向警方報訊的那個男子。

報上也有提及那次錢幣拍賣，說朱蘭可以得到幾千萬美金的拍賣所得，但是她死了，沒有遺囑，也沒有親人，這筆錢變成了沒有主人。

年輕人放下了報紙，怔了半晌，這真是有點不可思議了。一般來說，謀財害命，但是朱氏父女死了，沒有任何人可以得到好處，那麼，兇手又是為了什麼呢？

年輕人想不透，實在想不透，他有點精神恍惚地起了床，就在他坐上餐桌準備吃早餐時，僕人領著一個客人走了進來，客人是土耳其皇。

土耳其皇看來精神煥發，笑容滿面，他也不等主人客氣，就拉開一張椅子，在年輕人的對面坐了下來，自己替自己，斟了一杯咖啡。

年輕人皺了皺眉，土耳其皇笑道：「怎麼樣，不歡迎我麼？」

年輕人淡然一笑，道：「無所謂，但是記著，別向我提出任何要求！」

土耳其皇笑道：「你比你叔叔還厲害，不錯，我正是有事來的，但不是求你，只是合作，三個人的合作！」

一聽到「三個人的合作」，年輕人的身子，不禁震動了一下，連他手中的咖啡，也灑了一點出來。土耳其皇「哈哈」笑了起來，道：「看來，你們之間，有一點不愉快，是不是？」

年輕人已經料到，所謂「三個人合作」，除了他和土耳其皇之外，另一個是奧麗卡，如今土耳其皇又這樣說，那更加沒有疑問了。

年輕人之所以震動，是因為他知道，任何事情，如果有奧麗卡參加，那就絕不會是小事情，不是天翻地覆的大事，奧麗卡不會有興趣，尤其在經過了昨天的不愉快事件之後，聽土耳其皇的語氣，好像奧麗卡已經同意了「三個人合作」，那麼，更可以知道那絕不是一件小事了。

年輕人吸了一口氣，望著土耳其皇，緩緩地道：「我想，這不是一件小事，對麼？」

土耳其皇俯了俯身子，壓低了聲音，道：「是的，不是小事，自從一九四五年以後，可以說是最大的大事！」

土耳其皇掩不住他興奮的情神，年輕人又略略一怔，他特別提及「一九四五年之後」，那是什麼意思？第二次世界大戰是在一九四五年結束的，那個希特勒……年輕人不由自主，搖了搖頭。

年輕人搖著頭，可是坐在他對面的土耳其皇，卻像是料到了他為什麼搖頭一樣，望著他，不住地點頭。

年輕人放下咖啡杯，道：「不論是什麼事，我想，不必我參加了！」

土耳其皇攤開雙手，道：「如果你知道是什麼事，你一定不會這樣說！」

年輕人沉聲道：「這件事，一定是很秘密的，是不是？」

土耳其皇點著頭，說道：「是的，不過你既然是合夥人，我們之間，就沒有秘密。」

年輕人站了起來，道：「你為什麼這樣相信我？或者說，你們為什麼這樣相信我？」

土耳其皇也站了起來，道：「因為首先，我們得找到一個人——你向希特勒先生提及的那個人。」

年輕人一怔，隨即大笑了起來。

年輕人笑得如此大聲，土耳其皇睜大了眼望著他，一臉迷惑的神色。

「向希特勒提及的那個人」，這完全是年輕人自己的捏造，是年輕人假設那個希特勒，就是那個德國元首，這些全是他的一派胡言，怎麼可以信以為真？而且這件事的始末，自己和奧麗卡講過的，土耳其皇未免太天真了。

年輕人止住了笑聲，道：「你已和奧麗卡談過了？」

土耳其皇仍然有點莫名其妙，點了點頭。

年輕人又道：「你準備先到莫斯科去，找一個金頭髮的女人，那女人和蘇聯國家安全局有關？」

土耳其皇又點了點頭，年輕人卻搖著頭，他之所以搖頭，是因為他實在不明白，何以奧麗卡明明知道自己捏造事實的始末，而土耳其皇又是曾和她商量過的，何以還會有這樣的情形出現？

年輕人吸了一口氣，再壓低聲音，道：「那個金髮女人原來的名字叫伊娃？」

土耳其皇現出較緊張的神情來，道：「我全知道了，你不必提醒我，這件事，需要極端的秘密，即使我們三個人之間，也是別作討論的好！」

年輕人本來又想轟然大笑起來的，可是他看到土耳其皇那種嚴肅，緊張的樣子，他倒笑不出來了，他嘆了一聲，停了片刻，才說道：「你知道這件事是怎麼來的麼？」

土耳其皇像是不知道年輕人這樣說是什麼意思，所以只是瞪大了眼望著他。

年輕人伸手拍了拍土耳其皇的肩頭，從他想見那位希特勒先生開始，以及他如何假設這個希特勒，是想在找一個人，或是在引起什麼人的注意，又再進一步假設這個希特勒，就是那個德國元首，所以才又捏造出蘇聯國家安全局的那一派鬼話來的全部經過，向土耳其皇，詳詳細細，講了一遍。

土耳其皇很耐心聽著，絕不打斷話頭。年輕人在講完之後，攤了攤手，用十分誠懇的聲音說道：「你看，這一切，全是我製造出來的，如果你只不過想騙他一點錢，我倒可以理解，可是，奧麗卡有的是錢——」

年輕人搖搖頭，現出不解的神情來。

土耳其皇這時，伸手按在年輕人的肩上，神情也很誠懇道：「多謝你將這一切經過告訴我，不過有一點，你還未曾明白！」他頓了一頓，立時道：「你的假設，完全是和事實吻合的！」

年輕人陡地一怔，雙眼睜得極大，屏住了氣，一時之間，不知說什麼才好，土耳其皇後退了一步，道：「你還不明白？你的猜測，完全猜中了！」

年輕人的臉上肌肉，有點發硬，勉強地擺著手，土耳其皇大聲道：「你怎麼對自己那麼沒有信心？他——」

土耳其皇講到這裏，陡地降低了聲音，道：「他就是那個德國元首，只不過改變了容貌，聲音，習慣，他故意用原名，為的就是使人想不到他就是他，他也的確是在找他唯一愛過的那個女人！」

土耳其皇的聲音很急促，一面說，一面還揮著手，年輕人則一直後退著，直返到了沙發前，坐了下來，才道：「你有什麼根據！」

土耳其皇現出很有把握的神情來，道：「他自己告訴我，親口說的！」

年輕人呼了一口氣道：「他親口告訴你的，這對他應該是一件最大的秘密，他為什麼要告訴你！」

土耳其皇揚了揚眉，道：「很簡單，因為他愛那個女人，他要我替他找那個女人，他還給了我那個女人的照片，你看！」土耳其皇說著，將一張照片，遞給了年輕人。

年輕人接過了相片，看了一眼，也不禁呆了。

歷史上最大的謎

照片顯然年代久遠了，而且，不能說是一張照片，只能說是半張，因為照片本來是兩人合影的，但是另一個人，已經被剪去，照片上留下來的，是一個很美麗的女人，背景是一間寬大的，有著玻璃窗頂的大房間之中。那個有玻璃窗頂的大房間，年輕人一眼就可以看得出來，那是著名的「鷹巢」。

而那個美人，年輕人也一眼可以看得出，是當年德國元首的情婦伊娃。

年輕人抬起眼來，望著土耳其皇，苦笑了一下，道：「好了，就算那傢伙真是希特勒，那女人在蘇聯國家安全局的手上，這一點，也只不過是我的玩笑！」

土耳其皇道：「雖然只是你的假設，但是只要她還在世上，那是唯一她所在的地方了！」

年輕人皺著眉，土耳其皇那麼說，也不是沒有理由的，當年首先攻進柏林的是蘇聯紅軍，首先攻進希特勒總部的，也是蘇聯紅軍，其中的情形，究竟如何，外間所知的，不外只是種種的傳說，而不是真相。

年輕人怔了半晌，才道：「他一定對你說了很多，當時的情形怎麼樣？」

土耳其皇自然明白年輕人所問「當時情形怎麼樣」是什麼意思，他立時點著頭，說道：「你先得聽我說，我去見他的情形！」

年輕人在沙發上伸了一個懶腰，雙手交叉，放在腦後，道：「你說！」

土耳其皇道：「我去見他的目的，本來，只不過是為了他的錢看來實在太多，想幫他花用一點，我先見到了那可厭的女秘書——」

想起了那一份表格，年輕人不禁微笑了起來。

土耳其皇接著道：「可是，我照你教我的話一說，女秘書立時和他通話，他立時叫我進去，我見到了他，他顯得很神經質，一見我，就吼叫著道：『你們究竟想要什麼條件，別一個走了一個又來，只管說，你們要什麼條件，我只不過要她！』我當時實在不知怎麼應付才好，他忽然又雙手掩著臉，發起抖來，他那種神經質的動作，實在不是假裝出來的，而——」

年輕人插了一句，道：「我知道，那個德國元首，就是神經質的。」

土耳其皇道：「是，當時我也想到了這一點，我心中也起了疑惑，可是不等我再發問，或是用話去試探他，他已經先投降了！」

年輕人反問道：「投降？」

土耳其皇道：「是的，投降，我猜他是受不住感情上的壓力才投降的，當時，他放下了掩住臉的手，在那一剎間，我覺得他陡地蒼老了許多，他本來看起來，只不過是一個五十左右的中年人，但是在那時，看來完全是一個老人，他斷斷續續地對我說，他曾有過世界上的一切，直到現在，他仍然擁有許多世人所夢想的東西，可是，他失去了他的愛人，失去了近三十年，他已經超過八十歲了，他不可能一直活著，他願意用他現在所有的一切，換他所愛的人回來！」

土耳其皇停了一停，喃喃地道：「這不是很動人麼？」

年輕人只是悶哼了一聲，沒有別的表示。

土耳其皇又道：「我完全相信他的感情是真摯的，那絕不可能是假的！」

年輕人道：「接著，他就向你說，他就是那個德國元首了？」

土耳其皇道：「不，接著，他說起了他和她失散的經過，我一聽，就知道他就是那個德國元首了！」

年輕人立時坐直了身子，道：「他怎麼說？」

土耳其皇道：「在他訴說的時候，完全像是在喃喃自語，他說，在匆匆舉行了婚禮之後，他就走了，離開了地下室，經過一條早就安排好的密道路口，離開了柏林，因為他知道，局勢已經無法挽回了，他的逃亡，除了他的新婚妻子之外，沒有第三個人知道。」

年輕人皺著眉，道：「多少有點不對，根據可靠的記載，他在結婚之後，還有許多高級將領和他見過面！」

土耳其皇道：「是，記載是那樣，可是他說得很明白，在地下指揮總部之中，有一個外人所不知道的密室，他在婚禮舉行之後，去換衣服，那時就是他逃亡的開始，他進了密室，逃走，而預先躲在密室中的那一個和他一模一樣的替身就出來，這時，只有他妻子一個人知道，他已經走了，出現在高級將領面前的，只不過是替身。」

年輕人吸了一口氣，道：「如果那是真的，那麼，這是歷史上最大的謎！」

土耳其皇又道：「他又說，他也想不到，敵人來得那麼快，本來，他的計劃是，當他離開德國之後，再安排和他妻子相會的，可是他自己才一脫險，整個柏林已被盟軍佔領，他失去了任何聯絡，只好自己遠走他方，他一直到了烏拉圭，躲了下來，經過了長期的整容，在六〇年代初，搬到了瑞士，他需要長期地改變習慣，接受各種各樣的治療，使他看來年輕，他早在逃亡之前，已經將極大數量的財產，和搜括來的各種珍寶，轉移到了安全而秘密的地方——」

土耳其皇說到這裏，臉上不禁現出興奮的紅色來，說道：「你可知道，他的那些錢和寶物，使得他成為世界上最有錢的人！」

年輕人呆了片刻，道：「當時，你的反應怎樣？」

土耳其皇道：「我只是聽著，聽他斷斷續續地講著，等他告一段落時，我才這樣問他：『元首，你將這一切告訴了我，不是將你的秘密完全暴露了麼？』他的回答是：『我已經不在乎了，我只要找到她！』你看看，他什麼都可以放棄，只要見到他的妻子！」

年輕人站起來，又坐下，事情發展到這一地步，那是他全然料不到的。

土耳其皇接著道：「他答應，只要我們能找到他的妻子，他可以給我們一切，老天，你可知道，他手中旁的不說，單是那一百多幅油畫，已經——」

年輕人揮著手，打斷了土耳其皇的話頭，可是當土耳其皇住口之後，他又不出聲。

過了好久，年輕人才道：「你已經和奧麗卡見過面，她的意見怎樣？我和她之間——」

土耳其皇道：「我知道，當時我對希特勒說，我可以替他找到他的妻子，但是必須有兩個人和我一起工作，希特勒就派人叫奧麗卡來——」

年輕人閉上眼睛一會，他想起奧麗卡戴著面紗，離開酒店的情形。

土耳其皇又道：「希特勒又對我說，自從上兩年開始，他一直用他這個名字，在各種引人注目的場合出現，希望他的妻子能主動來找他，可是沒有結果，他也想到，他的妻子，一定是在蘇聯，那和你的猜想，完全一樣！」

年輕人不知是應該高興，還是應該苦笑，這種情形，實在是令他不知所措的，他本來全然以開玩笑的心情，來作種種假設，誰知道這些假設，全是真的。

年輕人道：「你還未說到奧麗卡！」

土耳其皇道：「是的，你一定很得罪了奧麗卡，我從未看到她如此盛怒過！」

年輕人皺著眉，不出聲。不錯，他是得罪了奧麗卡，他這時，也有點相信，奧麗卡和慘死在古屋中的那個女人是沒有關連的。但是事實是：朱蘭死在古屋中。不過眼前一連串的事，似乎又和朱豐、朱蘭兩父女，一點關連都沒有，年輕人找不出任何地方，可以將朱豐父女慘死和這個希特勒聯繫起來，唯一的聯繫，只不過是希特勒曾參加了朱豐遺物的拍賣，但那決不足成為兩者之間有關連的根據。

看來，那是兩件完全獨立的事，可是連年輕人自己也不知道為了什麼，雖然一點證據也沒有，但是他總覺得這些事，是有關係的。

年輕人自管自皺著眉在沉思，土耳其皇接著道：「我向她一提到你的名字，她就怒不可遏，但是，她畢竟是一個很聰明的人，知道這件事，非要我們三個人合作不可，所以，我想你們應該忘記那件不愉快的事。」

年輕人怔了一怔，有如夢乍醒的感覺，他望著土耳其皇，緩緩地說：「你的意思是，你已經說服了奧麗卡，她肯和我合作？」

土耳其皇神情高興地點了點頭，而年輕人也在這時，腦海之中，有千百個疑問在打著轉。

不錯，奧麗卡對這種事有興趣，但是她絕不是天真到了單為興趣就肯做這種事的人，一定還要有好處，可是，什麼樣的好處，能使她隱忍怒意呢？

年輕人一想到這個疑問之際，思緒還十分混亂，他想到有兩個可能，一個可能是，朱蘭的死就是奧麗卡下的毒手，奧麗卡表示受了冤枉，那是裝出來的。在那樣的情形下，奧麗卡為了利益，自然比較容易放下這件「不愉快的誤會」。第二個可能，利益實在太大，大到了使奧麗卡感到，就算被人冤枉，也不值得再計較。

年輕人一面迅速地轉著念，一面喃喃地道：「為什麼？為什麼？」

土耳其皇連續不斷地拍著年輕人的肩頭，道：「你怎麼還不明白？這個人是希特勒，他曾經擁有大半個世界，他現在還擁有不知多少財富——」

土耳其皇講到這裏，不由自主，喘息起來，不知是因為興奮，還是緊張，接著又道：「而他現在，寧願什麼都不要，換回他的妻子！」

年輕人吸了一口氣，道：「他難道沒有想到，就算他的妻子真的還在，年紀已經接近六十歲了！」

土耳其皇立時說道：「他也不是年輕人！」

年輕人不由自主地搖著頭，這一切，全是不可能的，根本不能成立的事。但是，一切堆上來的事，彷彿都從不可能變為可能。

土耳其皇揚了揚頭，道：「別猶豫了，我可以保證，在我們以前的任何買賣之中，沒有一樁能比這樁的利潤更高的，除非你沒有勇氣！」

年輕人不禁有點啼笑皆非，道：「這不是勇氣的問題，事實上，那個女人是不是在人世，還是疑問，就算她還活著，也不一定在蘇聯——」

年輕人的話還未講完，土耳其皇已經眨著眼，笑了起來，道：「她一定在，一定會被我們找到！」

年輕人陡地一呆，但是他的發怔，只是極短時間的事，他隨即明白了。他睜大了眼，土耳其皇的神情很高興，道：「你終於明白了，這就是為什麼，我們一定要三個人合作的原因。」

年輕人吸了一口氣，壓低了聲音，道：「騙局？」

土耳其皇立時道：「別說得那麼難聽，應該說，由我們設計，使一個已失去了人生樂趣的人重新燃起了生命之火。」

年輕人「哼」地一聲，道：「由奧麗卡假扮那個女人？那何必要我，只要你們兩個人就可以了！」

土耳其皇來回踱了幾步，自己斟了一杯酒，一飲而盡，才又轉回身來。

土耳其皇轉過身來之後，望定了年輕人，道：「一定需要你，我和奧麗卡已經有了初步的行動計劃，你是不是要和她見一見？」

年輕人皺著眉，未置可否，土耳其皇已經走向電話，拿起了電話來。

年輕人的心緒很亂，而土耳其皇的聲音又很低，是以他並沒有聽到土耳其皇在電話中，講了一些什麼，土耳其皇只講了幾句話，就放下了電話，轉過身來，道：「走吧，我們應該在一起商量一下！」

年輕人本能的反應，是想拒絕，可是他卻非但沒有開口拒絕，而且也沒有做出拒絕的動作，他只是看來有點發怔，卻跟著土耳其皇，走了出去。

年輕人的心境，實在很矛盾，他不想參與這件事，可是整件事，從朱豐被殺算起，又有著太多的疑竇，如果他不參加進去，他就無法揭開這些謎。

跟著土耳其皇離開了住所，上了土耳其皇的車，車子一直向郊外駛去，不一會，就駛進了一幢建築在海邊崖上的房子的花園之中。

車子還沒有停下來，年輕人已經看到了奧麗卡。

在花園的一個噴泉之旁，奧麗卡側對著車子的來路，站著，一動也不動，噴泉的水落在水池中，發出沙沙的聲響，四周圍的環境很幽靜。

車子停下，土耳其皇先下車，年輕人略停了片刻，也下了車，奧麗卡站著不動，風吹著她的臉紗，年輕人和土耳其皇一起向前走過去。

奧麗卡仍然站著不動，土耳其皇大聲道：「他來了！」

奧麗卡的聲音很冷淡，道：「你對他說就可以了，何必又帶他來？」

土耳其皇笑著，一副和事老的樣子，道：「算了吧，這是一件大事！」

奧麗卡始終沒有望向年輕人，只是向前略走了幾步，在噴水池邊，坐了下來，年輕人一直不出聲，土耳其皇拍著噴水池的邊，示意年輕人也坐下來，三個人全坐下之後，是一陣靜寂。

土耳其皇輕輕咳了一聲，說道：「我先將計劃的大概說一說，看看你有什麼意見。」

年輕人無可無不可地點著頭，土耳其皇指著奧麗卡，道：「首先，我們都應該肯定，由奧麗卡來假扮那個女人，一定可以瞞過希特勒。」

年輕人並沒有立時回答。

年輕人沒有立時回答，並不是他不想回答，而是他要將這個可能，好好地想一想。

在過了約莫兩分鐘之後，他才道：「是的。」

他的回答很肯定，是有根據的，第一，希特勒和他的妻子，已經分開了將近三十年，第二，現在的化裝術，可以使奧麗卡徹底變成第二個人，第三，奧麗卡可以先熟讀有關那女人的一切資料，以她的隨機應變的能力而論，的確可以假冒得天衣無縫。

土耳其皇立時道：「所以，問題就在於要希特勒相信，這女人真是我們從蘇聯國家安全局的手中弄出來的，這一點最重要！」

年輕人揮了揮手道：「等一等，你們已經完全肯定，兩個希特勒是一個人？」

土耳其皇望向奧麗卡，顯然是要奧麗卡回答這個問題，奧麗卡卻仍然望著在陽光下光芒閃耀的噴泉，她的聲音很平板，道：「是的。」

年輕人立時道：「為什麼？」

奧麗卡仍然像一尊石像一樣地坐著，但是她的回答也來得很快，道：「除了他，沒有人可能有那批美術品。」

奧麗卡打開手袋，取出了一本袖珍的照片簿來，她仍然不望向年輕人，只是揮一揮手，將那本照相簿向年輕人拋了過來，道：「你自己去看。」

年輕人接過照相簿來，隨便打開了一頁，就怔了一怔，他看到的兩幅照片，是油畫的攝影，一幅是花果，另一幅，是一個坐在一張搖椅上的小女孩。他對於藝術品不算是很有研究，但是這兩幅畫都相當出名，那是二次世界大戰期間，被德國佔領軍掠奪走的許多幅名畫中的兩幅。

年輕人又翻過了一頁，他看到了更多同一類的名畫，掛在一個地窖的牆上，而那位希特勒先生，坐在地窖的中心，看來很冷清。

照片一共有十幾張，全是同類的，展示出來的藝術品，不但有油畫，雕塑，還有許多著名的古物，都是極其精美，價值連城，而且，大半是查有實據，被德國佔領軍在各國搶走，而戰後又蹤跡杳然的東西。

年輕人呆了半晌，道：「照片是可以偽造的。而且，沒有人能夠在照片上判斷這些東西的真或假。」

土耳其皇立時道：「說得對，但是這許多失蹤的東西全在一起，你沒有一點懷疑？」

年輕人聽了，不禁苦笑了起來。

土耳其皇又道：「我肯定那些東西全是真的，這些東西在什麼地方，也只有希特勒一個人知道，我相信，這裏顯示的，還只是一部份，不是全部。而且，別忘記，除了藝術品之外，還有大量的黃金、鑽石，寶石、現金，甚至於不知多少，意想不到的財富！」

年輕人仍然充滿了疑惑，道：「我認為，至少他得將這個地窖的所在告訴我們，讓我們看到了這些東西，才能證明他真正的身分！」

土耳其皇又向奧麗卡望去，奧麗卡也仍然看著噴泉，道：「我認為不必了，看看他給我們的第一期活動費，就可以證明了。」

奧麗卡又揮過了一張支票來，年輕人接在手中，看清了它的面額，土耳其皇已經迫不及待地道：「我已經和瑞士銀行聯絡過，這張支票是隨時可以兌現的！」

年輕人不禁悶哼了一聲，為了一個將近六十歲的女人，肯花那樣大數目的金錢，這個人，除了是深愛著這個老婦人的人之外，不會再有別的人。這一點，真是不必再懷疑的了。

土耳其皇自年輕人的手中，輕輕取回支票來，道：「這還不過是第一期的活動費！」

年輕人停了片刻，才道：「好，你的計劃是——」

土耳其皇道：「我的計劃分成兩部份，一部份，由奧麗卡獨力完成，她將在土耳其一個隱秘的地方住下來，那地方接近蘇聯的邊境，在那裏，她要研究一切有關那女人的資料，包括很少但可以找得到的影片，而且化裝起來，等待我和你完成另一部份的計劃。」

年輕人聳了聳肩，道：「我和你，偷進蘇聯的國境去？」

土耳其皇道：「不，公開進去。」

年輕人笑了起來，道：「憑什麼？」

土耳其皇有不愉之色，道：「別忘記，我是土耳其皇，我的身分，對俄國人有一定的利用價值，多年之前，就曾有俄國特務和我接頭過。」

年輕人點了點頭，喃喃地道：「對，他們對一切政治垃圾，都有興趣！」

土耳其皇的臉色變得很難看，緊揑著拳，指節骨格格作聲，道：「我原諒你第一次！」

年輕人不置可否，過了一會，土耳其皇的神色才緩和了下來，道：「我可以和他們接頭，他們一定會有興趣，我就可以入境，而你，就作為我的隨員，我們一起進去，問題就那麼簡單。」

年輕人似可非可地道：「然後呢？」

土耳其皇道：「以我的身分而論，當然是他們的貴賓，但是也絕不會公開招待我們，招待我們的，自然是國家安全局，而且絕對保密，但不論如何保密，莫斯科是一個充滿了各種各樣職業特務的地方，我和你到達的消息，一定會傳開去，我相信希特勒一定會通過種種途徑，知道我們已在蘇聯的消息。」

年輕人又喃喃地道：「是的，使他知道我們的確在蘇聯，這一點很重要。」

土耳其皇剛才的不愉快，已經一掃而空了，他又說道：「然後，我們就暗中散佈謠言，一定也會很快地傳出去。然後，在適當的時機，我們製造一點小意外，例如爆炸秘密警察的一個拘押所之類，再製造謠言，說希特勒的妻子，已經叫人救走了。」

年輕人微笑了起來，說道：「只要我們將事情做得乾淨俐落，我們就可以離開了！」

土耳其皇伸手在噴水池的邊上，用力一拍，道：「對，我可以對他們說，我要回土耳其去，從事有利他們的活動，我們安然離境，和奧麗卡會合，再等上一段時間，那時候——」

年輕人接上道：「那時候，在莫斯科的謠言，一定也傳到希特勒的耳中了！」

土耳其皇攤了攤手，道：「是，大功告成了！」

年輕人向奧麗卡望了一眼，奧麗卡自始至終，不曾望向他，年輕人站了起來道：「好計劃，可以說天衣無縫，希特勒一定會上當的。」

土耳其皇向年輕人伸出手來，道：「合作？」

年輕人略為猶豫了一下，也伸出手來，和土耳其皇握著手，兩個人一起向奧麗卡望去，奧麗卡的神色很冷很冷，但她也伸出手來，三個人的手握在一起。

直到這時候，年輕人的心中，仍然有滑稽的感覺，因為一切似乎都是在不可能的基礎上進行的，可是一切又那麼實在。

他也只好相信，兩個希特勒真的只不過是一個人，因為如果不相信這一點，他就不知道自己在做些什麼。

在分手之後，好幾次，他想找他的叔叔，將事情告訴他老人家，可是他卻沒有那樣做，土耳其皇和他保持聯絡，奧麗卡第二天就走了，當然，是到土耳其，鄰近蘇聯的一個秘密地方去了。

基度山恩仇記男主角

在第七天，早上，天還未曾全亮，土耳其皇就來了，態度很神秘，年輕人只帶了一點應用的東西，就和土耳其皇一起離開了住所，他們來到碼頭，天才亮，在一艘巨大的貨輪旁，有幾個俄國人，神情緊張地在探望，一看到了他們，就迎了上來，雙方也不說話，立時上了輪船，到了輪船上的一間房間中。

在那間堪稱華麗的房間中，有一個六十歲左右，身形很矮的俄國人在等著他們，房間的門關上，那俄國人還未曾開口，年輕人已經覺得船在開航了。

土耳其皇和那俄國人相擁為禮，那俄國人好像很看不起年輕人，只是向他略點點頭，就坐了下來，不住道：「別說什麼，什麼也別說！」

接著，他就轉身，拉開了窗簾，望著窗外，海港兩旁的建築物，在移動著，直到一小時後，望出去已經全是汪洋大海，那俄國人拿起電話來，問了一句話，又放下電話來，這才滿面笑容地道：「我們已經在公海上了！」

他的一句話，打破了將近一小時的沉寂，土耳其皇也吁了一口氣。

那俄國人又道：「歡迎你，陛下！」

他在稱呼「陛下」之際，口氣中全然沒有最起碼的尊敬，土耳其皇的神情多少也有點尷尬，可是他顯然不在乎這一點。

俄國人又道：「我是齊非少校，記得，陛下從現在起，我是你的直接聯絡人，你明白這個身分的意思麼？」

聽到對方的官銜，只不過是一個「少校」，土耳其皇的神情，顯得很委屈，可是他卻忙道：「是，是，我知道，那是說，我的一切行動，都要……要徵求你的同意？」

齊非少校放肆地笑了起來，道：「可以那麼說，可以那麼說！」

俄國人的話，令得土耳其皇不由自主抹著汗，齊非又向年輕人望來，道：「陛下，對於你的隨員，我們經過調查，但是我們查不到什麼！」

土耳其皇忙道：「這正是他的優點。幾乎沒有人知道他是什麼人，所以，他可以進行任何工作，而不會在事先有人懷疑他。」

齊非少校摸著下顎，仍然望定年輕人，不住發出「唔唔」的聲音，道：「我們不是很喜歡這一點，但是基於雙方精誠無私的合作，我們還會繼續調查，反正現在是不要緊的了！」

他的話，意思很容易明白，年輕人一點沒有反對的表示。

船在海參威海岸，齊非少校、土耳其皇和年輕人三個人首先上岸，碼頭上有一輛軍車，車廂是密封的，土耳其皇名義上是貴賓，實際上和囚犯無異，才登車，車子就轉向機場，接著，就上了一架軍機。

軍機一升空，就在高空飛行，齊非少校虎視眈眈地盯著土耳其皇，像是怕他在忽然之間，改變了主意，自飛機上跳下去一樣。

年輕人心中覺得很滑稽，土耳其皇看來很鎮定，用他流利的俄語，不斷和齊非少校交談。

飛行持續了十小時以上，在這十小時之中，停了兩次，都是停在不知名的軍用機場上，最後一次，是在一個較大的機場上，飛機才一停下，齊非少校的神情，就顯得相當緊張，艙門打開，他向土耳其皇做了一個手勢，示意他留在座位上，然後，他已先走了出去。

年輕人向外望去，停機坪上，全是一列一列的軍機，很遠處，好像有一抹淡淡的小影，看不到有城市，約莫半哩之外的一群建築物，看來是空軍的基地。

年輕人當然無法辨認出那是什麼地方，他看到齊非下機後，有一輛車子駛過來，車中坐著一個中年人，齊非湊近去，和那人講著話。

年輕人轉過頭來，低聲道：「看來我們到目的地了！」

土耳其皇像是正在出神，忽然被年輕人的話嚇了一跳一樣，迫不及待地應道：「是！是，我們到了！」

年輕人笑了起來，道：「怎麼，你害怕？」

土耳其皇搖著頭，道：「不，不。」他雖然在連聲否認，可是誰也看得出，就算他並不是害怕，他也是在極度的緊張之中。年輕人皺了皺眉，土耳其皇看來有點精神恍惚，他忽然又嘆了一聲，口唇掀動著，但是並沒有發出聲來。年輕人的心中，陡地起了一陣疑惑，因為土耳其皇的神態，十分奇怪。可是他還沒有問出口，齊非少校已叫了起來，土耳其皇連忙下機，年輕人也站起來，剛待跟下去，可是他才出現在艙口，齊非少校就指著他大聲道：「你，留在機上！」

年輕人陡地一呆，大聲道：「陛下！」

他是以土耳其皇隨員的身分來到的，這時，他感到事情有了意外，自然希望土耳其皇能為他說幾句話，可是，土耳其皇就像是根本未曾聽到他的叫聲一樣，逕自走向那輛車，而齊非少校也聲勢洶洶，向年輕人逼過來。

突然之間，年輕人感到，自己是跌進了一個圈套了。

年輕人只是感到自己跌進了一個圈套，但是他卻還未能知道那是什麼圈套，目的為了什麼。

他之所以有這樣的感覺，是因為事情的發展，和預先的安排不同了。他和土耳其皇分了開來，而且，在他高叫而土耳其皇不予理睬之際，他立即就知道，這種變化，是土耳其皇早知道的。

年輕人的反應很快，可是在如今這樣的情形下，他除了知道自己已經跌進一個圈套中之外，實在沒有任何應付的辦法。

土耳其皇一上那輛車，車已疾駛而去。而齊非少校也又已上了飛機，毫不客氣地將年輕人一推，年輕人向後退了一步，齊非少校一側身，另一個身形魁梧的人上來，一伸手，將一個手銬，銬住了年輕人的右腕，手法之熟練，證明他是一個以捕人為業的人。

年輕人停了停，隨即叫了起來，道：「喂，這算什麼？發生了什麼事？」

齊非少校只是冷冷地望了他一眼，飛機又繼續起飛，這一次，航程比較短，半小時之後就降落，那人拖著年輕人，動作粗暴地下了機，將他推進了一輛密封的車子之內，而且將自己的手，和年輕人銬在一起。車廂是密封的，完全看不到外面的情形，但是車身顛簸得很厲害，可知車子根本不是駛在公路上，約莫又過了半小時，車子略停，接著，便聽到沉重的鐵門開啟聲，年輕人又叫了起來，道：「你們將帶我到什麼地方去，為什麼？我是土耳其皇的隨員！」

與他同車的齊非少校和另一個人，一聲不出，車子又駛了幾分鐘，再停下，車門打開，年輕人被那人粗暴地拉了去。

一到了外面，年輕人不禁吸了一口氣，他看到的是深灰色的高牆，和一排一排的鐵柵，毫無疑問，那是一座監獄！而且，照目前所見的這種陰森氣氛來看，這還不是一座普通的監獄。

年輕人一看清了四周圍的情形，他的第一個念頭就是逃。可是他隨即發現，他絕沒有逃脫的機會，不論他的動作多麼快捷，他至多只能走出兩公尺，就會屍橫倒地。

他緩緩地吸了一口氣，由得那人拉著，向前走去，他一共經過七度鐵門，在每一度鐵門前，都停留了片刻，等候鐵門打開，然後，就是一條至少有一百公尺長，密不通風的通道。

在通道的盡頭，他被拉進了一座升降機，升降機不是向上升起，而是向下落，落了約有十公尺，又是另一條走廊，走廊兩旁，有許多門，每一扇門前，都有兩個守衛。年輕人被帶到其中一間門前，停了一停，門打開，年輕人被推了進去，房間內的佈置，居然很豪華，一張巨大的辦公桌後，坐了三個人，中間的那個，穿著便服，樣子很普通，左，右各一個，反倒是穿了少將制服的軍人，神情威嚴。

年輕人才一站定，看到齊非少校在行敬禮，又指了指他，左面那位將軍道：「好，放開他，將他留給我們來處理。」

和年輕人銬在一起的那人，解開手銬，和齊非少校，一起退了出去。

左首的那位將軍立時道：「請坐！」

年輕人在桌子對面的一張椅子坐了下來，攤了攤手道：「看來，我問我為什麼會來到這裏，那完全是多餘的了！」

中間那人微笑著，道：「不，你可以問。」

年輕人挺直了身，道：「好，我為什麼會來到這裏的，請問？」

中間那人雙手交叉著放在桌上，向前略俯了俯身子，道：「因為你是我們所要的一個重要人物！」

年輕人略怔了一怔，立時放聲大笑了起來。他實在是啼笑皆非的，所以笑聲聽來也很古怪，他道：「我看不出我和你們之間，有什麼關係！」

中間那人道：「有的，因為你知道一項陰謀，並且正在利用這項陰謀！」

年輕人實在不知該說什麼才好，從眼前的情形來看，桌子後面的三個人，一定是高級情報人員，中間的那個，雖然穿著便服，但是他的地位一定最高，不過年輕人還是不明白對方這樣說是什麼意思。

如果說，對方已知道，他和土耳其皇來這裏的真正目的，那絕不致於造成如此嚴重的局面，而且，年輕人早已肯定，土耳其皇根本是和他們合謀的。

年輕人呆了一呆，才道：「我要見土耳其皇，我是他的隨從——」

他的話還未講完，那三個人已一起笑了起來，中間那個道：「不必了，你根本是他帶來的，他領到酬金已回去了！」

年輕人陡地震動了一下，不由自主，站了起來，他真的是中了圈套，根本是土耳其皇將他出賣，編了一套鬼話，將他騙到這裏來的。

土耳其皇那樣做，究竟是為了什麼，年輕人一點也不知道，但是他卻知道一點，這件事，可大可小，自己正在極其嚴重的關頭。他又坐了下來，道：「我看，不單是我上了當，你們也上當了，整個事情的經過是這樣——」

年輕人本來是想將他自己、土耳其皇和奧麗卡三人之間的計劃，詳細講出來的，這件事，講起來雖然長，而且對方也不容易明白，但是在如今這樣的情形下，最好還是完全照直說，因為只有照直說了，才不會和情報人、特務等扯上關係。而在蘇聯的情報、特務機構屬下的監獄之中，如果與這些扯上了關係，他就有可能在高牆和鐵牢之中，度過他的一生。

但是，他還沒有機會講出他的故事來，中間的那個人，就揮了揮手，問道：「你認識這個人嗎？」

他一面說，一面將一張照片，推向年輕人，年輕人伸手接了過來。

他當然認識這個人，照片已放得相當大，而且拍得很清楚，在照片看來，背景像是一個拍賣場，照片可能是偷拍的，照片中間的一個人，就是那個咬著雪茄的阿道爾夫・希特勒。

年輕人點頭道：「是，我認識他。」

桌後三個人，互望了一眼，有一種很狡詐的神情，年輕人連忙說道：「你們聽我說，事情正是由這個人而起的，這個人，自稱是阿道爾夫・希特勒，他有可能真是第二次世界大戰時期的那個德國元首，我們——」

年輕人講得雖然急驟，但是仍然被中間那人，打斷了話頭，道：「他不是，你不必用一些謊話來騙我們！」

年輕人呆了一呆，他不明白對方何以說得如此之肯定，中間那人又說道：「我們軍方，有著真正的希特勒已死的確切情報！」

年輕人苦笑了一下，道：「那就好了，那麼，事情和我又有什麼相干？」

中間那人道：「大有關係，這個人，襲用了希特勒這個名字，你先說說他真正的身分，和我們所得的情報，印證一下，再繼續談下去！」

年輕人不禁苦笑起來，他要是知道這個人的真正身分，那倒好了。

年輕人在苦笑了一下之後，道：「不知道，我真的不知道，事實是這樣——」

左邊那個將軍，在年輕人進來之後，一直沒有開過口，這時陡地用力一拍桌子，喝道：「少廢話，我們沒有空聽你編故事，只要你說實話！」

年輕人又怒又吃驚，大聲叫道：「好，我真的不知道他是什麼人，你們能告訴我？」

右邊那將軍現出一種十分陰森的神情來，冷冷地道：「當然，你不會一下子就說實話的，但是，當你參觀過我們這裏的設備之後，我想你一定肯說的了！」

他在提及「我們這裏的設備」之際，那種語氣，令人有不寒而慄之感。

年輕人苦笑著，道：「實實在在，我不明白為什麼你們找到了我，你們所得有關我的情報，一定有錯誤，我只不過是一個有機會就揀便宜的人，和任何國家的政治，都扯不上關係。」

中間那人「哼」地一聲說道：「你太客氣了吧，在南美洲發動武裝叛亂，建立一個印地安帝國，不就是由你策劃的麼？」

年輕人陡地一震，剎那間，他明白了，他陡地揚起手來，他有許多話要說，要為自己剖白，要告訴對方，他們弄錯了。

可是他要說的話實在太多，一時之間，他只是叫了起來，道：「不是我！」

中間那人陰森地笑了兩聲，道：「不是你，是誰？」

當然，策劃那次武裝進攻的不是他，而是奧麗卡，但是，為什麼這幾個蘇聯的高級情報人員說是他呢？這一件事，再加上土耳其皇出賣了他，一切還不明白麼？

一切實在再明白也沒有了，奧麗卡在陷害他。

奧麗卡設下了圈套，和土耳其皇合作，利用他的假設，使他上鉤，將他弄到了這裏來，到了蘇聯情報人員的手中，情形比被拋棄在南美叢林或是撒哈拉大沙漠中更壞，奧麗卡是藉此報復，報復他的掌摑！他早就應該想到的，奧麗卡不是那麼容易妥協的，但是他還是乖乖地進了圈套之中，脫身不得了。

這種報復手段，實在太凶了一點了。

年輕人不由自主，嘆了口氣，他的額上和鼻尖上，已經不住地沁出汗珠來。

他朝著坐在面前的三個人，覺得要是不將事情弄清楚，自己是絕脫不了身的。

這時，中間那人又抽出一張相片來！交給年輕人。

照片上那人，他也是認識的，可是他絕未曾想到，這個人在整件事情中，會是一個重要人物，那個人，就是朱豐。

在年輕人發呆間，中間那人陰森地道：「怎麼，看來有點臉熟吧！」

年輕人憤然地放下照片，道：「不止臉熟，我根本認識他！」

中間那人的聲音變得很嚴厲，道：「那麼你為什麼剛才提也不提？」

年輕人道：「這個人是一個錢幣商，我只為了搜集錢幣，才和他有來往的，這個人在整件事情中，有什麼重要？我完全不明白！」

中間那人冷笑著，按下了一具對講機的掣，吩咐道：「來兩個人！」

年輕人跳了起來，衝向辦公桌，用力在辦公桌上敲著，叫道：「我說的全是實話！」

桌後的三個人全然無動於衷，房間的門打開，進來兩個人動作極快，不等年輕人有任何反抗的動作，就在他的身後，一邊一個，將他緊緊挾住，令得他動彈不得。年輕人喘著氣，他知道自己實在是到了有理說不清的地步，在這裏，完全沒有任何人可以幫他的忙，而他自己，也可以說拿不出任何辦法來，奧麗卡這步棋，實在是下得太狠了。

中間那人揮了揮手，挾住了年輕人的那兩個人，就拉著他向外去，年輕人在門口，用腳撐住了門，道：「去找土耳其皇，他愚弄了你們，去找那個叫奧麗卡的女人，去找他們！」

桌後的三個人，看不出什麼反應，而年輕人已經被拉了出去，一直叫人拉著，經過走廊，被推進了一扇鐵門之中。

年輕人進了那扇鐵門，鐵門立時關上，他被關在一個三公尺見方的牢房內，牢房的四壁全是水泥的，什麼也沒有，甚至沒有燈，光線只從鐵門上兩個小孔中透進來，年輕人喘著氣，他覺得這時他的遭遇，簡直和「基度山恩仇記」中的那個男主角一樣了。

他呆了片刻，雙手抱著頭，在那冰涼的水泥地上，坐了下來，他告訴自己：鎮定，在現在這樣的情形下，一定要鎮定。

鐵門外的燈光，一直亮著，年輕人完全無法知道是白天還是黑夜，也不知道日子。

進了這個小牢房之後，年輕人就沒有出去過，他的食物，由鐵門上的小孔中遞進來，一日兩餐，只是麵包和開水，與食物遞進來的同時，還有一隻膠袋，供他排洩之用，他估計自己在牢房中，至少已過了十天以上，不論他如何大叫大嚷，完全沒有人理他。

那真是可怕之極的一段日子，他和外界完全隔絕了，根本沒有人知道他在什麼地方。而他也無法向任何人求援！這十天時間，連他自己也有點不信，他居然可以捱得過去。不過時間總是那樣過去，不管你是在享受著歡樂，或者被痛苦煎熬著，時間總是那樣地過去。

年輕人是在有一天的下午時分，突然精神一振，從硬而冷的水泥地上，直跳了起來的。

因為他聽到了新的腳步聲，這些日子來，他已經聽慣了守衛的有規律的腳步聲，所以，一聽到有新的腳步聲之後，他就可以知道，另外有人來了。

他自然無法知道來的是什麼人，也無法知道來的人對他是有利還是不利，但是那至少總代表著，情形有了改變，而他所祈求的，就是情形有改變，因為他實在想不出還有什麼變化，會比現在那樣，永遠受幽禁下去，更加可怕的了。

陌生的腳步聲漸漸移近，來到門口停止，年輕人興奮得豎起耳，向外聽著，他先聽到了幾下交談聲，模糊不清，完全聽不清交談的內容。

接著，便是鐵門的鎖孔中傳來了一陣聲響，然後，多少天來，一直緊閉著的鐵門，慢慢打了開來，除了一個守衛之外，還站著一個人，這個人，年輕人是對之絕無好感的。不過，在這樣的情形下，只要能見到一個熟人，就算這個人叫人討厭，都是喜出望外的了。

站在門外的是齊非少校，年輕人立時向前走去，由於興奮，他一時之間，幾乎講不出話來，要定了定神，才道：「你來了，真好，少校，我想，你們已經弄清楚了，是不是？」

齊非少校臉上的神情很奇特，看不清他是在笑，還是在表達其他什麼的表情，他只是上下打量年輕人幾眼，道：「請跟我來！」

年輕人長長吁了一口氣，立時向外走去。齊非少校走在前面，他決不是談話的好對象，但是年輕人卻不斷對他講著話，在這一段幽禁的日子裏，他甚至於要對著水泥牆來自言自語，何況這時，齊非少校總是一個人。不過，齊非少校卻完全沒有回答。

十分鐘之後，齊非少校已帶著年輕人，來到了一扇有著守衛的房門口，那個房門口，年輕人絕不陌生，他第一次來到，就是在這裏會見那兩個穿著將軍制服的人，和那個高級特務人員的。

和上次一樣，齊非少校自己沒有進去，門打開，他只是示意年輕人走進去。

走進了房門，一切仍然和十多天之前一樣，三個人並排坐在桌子後面，兩個穿著將軍制服，中間那個人，穿著便服。

所不同的，年輕人才一進去，那三個特務頭子的臉上，就現出一種異樣的笑容來，那也是特務的標準表情之一，完全使你不明白他們心中在想什麼。

中間人指著一張椅子道：「請坐！」

年輕人坐了下來，中間那人又道：「好了，經過這些日子的考慮，我們可以從新開始了！」

年輕人陡地一怔，一時之間，不明白對方這樣說，是什麼意思。中間那人又道：「你應該說老實話了，不然，你又會回到那囚室去，關閉更久，而且，如果我們發現你不肯合作的話，可能將你完全遺忘！」

年輕人只覺得背樑上，一股涼氣，直透了出來，他陡地站了起來，道：「什麼？我以為你們已經找到了土耳其皇，已經將事情弄清楚了！」

那三個人互望了一眼，中間那人冷笑了一聲，拉開了抽屜，將一張放大了的照片，放在桌面上，向年輕人做了一個手勢，示意他過來看。

年輕人立時走近桌子，當他的目光一接觸到了那張相片之際，他不禁陡地抽了一口涼氣。

照片上的是土耳其皇。

軸心國的秘密

不過，自從他認識土耳其皇以來，土耳其皇總是神氣十足，體態軒昂的，他從來也想不到，土耳其皇有一天會變成這種樣子。

照片上的土耳其皇，身子蜷屈著，躺在一個大理石的石級上，那些石級，年輕人看來，也很眼熟，不過一時之間，他也想不起那是什麼地方了。

土耳其皇的雙眼睜得極大，臉上是一種極其驚訝的神情，在他的雙眼之間，另有一個深孔，有血流出來，血流過他的鼻子，順著他的下頰流下去，一直到地上。

那就是使土耳其皇致命的一槍，而且，一定只有神槍手，才能發出這樣致命的一槍。

年輕人只覺得身子發僵，手撐在桌上，說不出話來。

過了好久，年輕人才道：「你們殺了他？」

中間那人顯得很惱怒，道：「我們為什麼要殺他？他是我們的朋友！」

年輕人幾乎是在嚷叫，道：「他不是你們的朋友，至少，他欺騙了你們，供給假情報，你們扣留我，完全沒有用，一點也沒有。」

那三個特務頭子仍然是一副深不可測的樣子，左首那個道：「你說的那個奧麗卡，就是這個人？」

他一面說，一面又取出了一張照片，放在桌上。

在那一剎間，年輕人感到一陣昏眩，他實在提不起勇氣去看那張照片，因為他怕又看到一個中槍慘死的人。

年輕人已經可以肯定，他會在這裏，完全是因為奧麗卡的詭計，但是即便是那樣，他也不想看到奧麗卡慘死的樣子。

他先深深吸了一口氣，然後，才將目光集中在那張相片上。

還好，相片的奧麗卡沒有死，照片是在高爾夫球場上拍的，奧麗卡正在揮棒打球。

左首那人又道：「是不是她？」

年輕人沉聲道：「是，如果你們可以找到她，也一樣可以將事情弄明白，我和她有一點私人感情上的糾葛，說來話長，而且這種男女之間的事，你們也不會明白。她恨我，我會到這裏來，全是她的安排，她要借你們的手來使我受苦，她的安排，上次我已經詳細和你們講過了，我說的全是真話。」

年輕人本來還想再多說一點的，可是從那三個特務頭子的神情上，他發現自己再說下去，也是沒有用的，只好住了口。

左首那人道：「她也失蹤了，我們找不到她。」

年輕人怔了一怔，要是蘇聯特務機構的人，也找不到奧麗卡的話，那麼，奧麗卡真的可以算是失蹤了。

年輕人苦笑了一下，道：「這樣說，不論我怎樣剖白，都是沒有用的了！」

三個特務頭子又交換了一下眼色，中間那個道：「你上次曾說，土耳其皇和奧麗卡，使你相信那個自稱希特勒的人就是真的希特勒，是因為有一些照片，在那些照片上，可以看到第二次世界大戰期間失去的很多藝術珍品？」

年輕人忙道：「是，」他接著苦笑了一下道：「我也不是容易受騙的人，那些照片是真的，一點接駁的跡象都沒有！」

三個特務頭子呆了片刻，又低聲交談了幾句，中間那人道：「我們現在，先假設你說的一切全是真的，但是有些問題我們想不通！」

年輕人一聽對方這樣講，整個人都鬆弛了下來，長長地吁了一口氣，道：「我相信那樣，問題比較容易解決，你們有什麼想不通的事，我一定可以解釋。」

中間那人道：「首先，你說那個希特勒，急於要找一個金髮女人，那女人是誰？」

年輕人苦笑了起來道：「那本來是我的假設，我假設他是真的希特勒，又假設他忠於愛情，那麼，這個金髮女人自然是他的妻子伊娃！」

中間那人停了半晌，道：「你很聰明，不錯，他要找的女人是伊娃！」

這下子，年輕人也不禁糊塗起來了，那個希特勒不是真的希特勒，他為什麼要找希特勒的妻子？年輕人完全想不通這個問題，所以，他只好不出聲。

中間那人道：「這一點，我們倒可以解釋，這件事，和第二次世界大戰時期，軸心三國的最大秘密有關，那是外人所絕不知道的內幕！」

年輕人苦笑了一下，道：「我也一點不知道，如果不方便的話，你們也不必告訴我，因為事情完全和我無關，我不想知道！」

中間那人的態度，好像好了很多，居然在他的臉上，有了一絲笑容，他道：「你現在，想不知道也不行了，因為我們至少已經肯定了一點，你是中國人，而不是日本人！」

年輕人不禁啼笑皆非，道：「我當然是中國人，是什麼念頭使你們以為我是日本人的？」

中間那人瞪著眼道：「為什麼不能？朱豐是日本人，而你和朱豐，又有來往！」

年輕人陡地一呆，他和朱豐的來往，不算是很親密，只不過是一個錢幣收集者和一個錢幣商之間的普通關係。他從來也沒有想過朱豐是日本人，而且，如果朱豐是日本人的話，他為什麼要裝成是中國人呢？

年輕人陡地想起，第一次和這三個特務頭子會面之際，中間那人曾問過他朱豐的身分，如此看來，朱豐的確是有特殊身分的人了。

年輕人想了片刻，才說道：「太出乎我意料之外了，朱豐是日本人，他的原名是——」

中間那人道：「豐城造，是著名的日本軍人，豐城秀吉的後代。」

年輕人攤了攤手，說道：「身世倒夠顯赫的，不過，那也證明不了他的真正身分。」

中間那人向後靠了靠，道：「事情要從頭說起，你先坐下來。」

年輕人後退了兩步，坐了下來，中間那人道：「在二次世界大戰末期，軸心國的三個首腦，曾有過一次極其秘密的會晤，東條英機，希特勒和墨索里尼三個人，是在一艘德國潛艇中見面的，這次見面，經過極其縝密的安排，事後又毀滅了一切有關的文件，我們知道這件事，是因為紅軍首先攻入柏林，有幾個高級德國情報人員被俘，在他們的口中，才知道了一點梗概。」

年輕人仍然無法在這一番話中，得知豐城造的真正身分，但是他並沒有插口，只是坐著。

中間那人停了一停，又道：「在這次會面之中，他們三個人討論了許多問題，其中有許多是決定戰爭策略的大事，也有一項當時看來是件小事，但是現在看來卻成為極其重要的大事，也在討論之列。」

年輕人轉換了一下坐的姿勢，中間那人續道：「那件事，是關於軸心國在世界各地奪掠而來的珍寶的，誰都知道，那三個國家的軍隊，幾乎橫掃大半個世界，他們掠奪了不知多少財富，其中包括藝術珍品，罕見的珠寶，以及各種各樣的財寶。還有大量的現鈔。」

年輕人點頭道：「的確，那是誰都知道的。」

中間那人又道：「當時他們的決定是：如果他們失敗了，他們必須逃亡，利用這許多財富，再想辦法，他們各自找了一個親信的人，將那些財富，交由這個親信的人保管——」

年輕人失聲道：「豐城造——」

中間那人點頭道：「是的，豐城造是日本方面的保管人，那些珍罕之極的錢幣，根本不是任何私人力量所能收集得到的。大戰結束，他就離開了日本，改名換姓，仍然保管著那些財寶，那批錢幣，只不過是其中的一小部份而已！」

年輕人的聲音有點急促，道：「那麼，那個自稱希特勒的人是——」

中間那人道：「他的原名是保勒・漢斯，是希特勒的一個小廝，希特勒很相信他，所以才將這件差使給了他。不過其中還有一點曲折，到了最後，希特勒大部份珍品，轉換了地方，新的地方，只有他自己和他妻子伊娃才知道！」

年輕人「哦」地一聲，道：「所以，這個漢斯，要找尋伊娃。」

中間那人道：「這是原因之一，還有一個原因是，這個漢斯，作為元首的貼身小廝，他更有可能，早已暗戀著元首的情婦，那金髮美人，因為事實上，那批藝術珍品，雖然不在他的手上，他可以掌握的財富，還是驚人，光在瑞士銀行的存款，就是天文數字！」

年輕人感嘆地搖著頭，道：「那麼，墨索里尼的財富管理人呢？」

中間那人道：「那個義大利人最狡猾了，墨索里尼本來是有機會逃出去的，可是，卻給那人出賣給地下軍，墨索里尼被吊死在廣場上，從此，就沒有這個人的下落。」

年輕人欠了欠身子，道：「完全沒有消息？」

中間那人道：「也不致於，有幾個二次大戰之後，陡然間成為世界豪富的歐洲人，其中一個可能就是那個義大利人，可是沒有證據。」

年輕人深深吸了一口氣，這的確是駭人聽聞的隱秘，他總算已經有點明白了。

中間那人繼續道：「經過了許多年，漢斯靜極思動了，他用了希特勒的名字，以豪富的姿態出來活動，目的是在惹人注意，他希望找到伊娃，得到那批藝術珍品，也希望找到豐城造和那個義大利人，結果，他找到了豐城造，我們所得到的情報是，他和豐城造會過面，接著，豐城造就死了！」

年輕人問：「漢斯下的毒手？」

中間那人道：「不是他，就是他的手下，而原因多半是為了漢斯不想讓人知道了他真正的身分，或許他還覬覦豐城造的那一份財富。」

年輕人不禁苦笑了起來，中間那人又道：「豐城造死後，他的女兒，我們已經確切查過，他的女兒全然不知道她父親的身分，也不知道她父親的財產有多少，她只是對錢幣沒有興趣，所以就拿出來拍賣，她也根本不知道單是那批錢幣，已經如此值錢。不過，就算她知道也沒有用了，她也死了！」

年輕人忙道：「是的，也是漢斯？」

中間那人點頭道：「證據確鑿，漢斯的手下，曾經拷打過她，不過沒有得到什麼，那一大批財富，只怕永遠也不會有人找得到了！」

年輕人呆了半晌，他陡地想起，土耳其皇死的地方，那幾級熟悉的石階。

年輕人忙道：「那幢屋子，豐城造住的房子！」

中間那人「哼」地一聲，道：「你以為我們想不到？我們的人去找過了，什麼也沒有！」

年輕人問：「那麼，土耳其皇為什麼會死在那屋子的石階上？」

中間那人皺了皺眉道：「其中有一段經過，我們是不太清楚的，土耳其皇可能和漢斯又聯絡過，有可能漢斯許他什麼好處，也有可能，又是漢斯下的毒手。」

年輕人用手撫著臉，道：「那麼，你們的目的，究竟是什麼？」

中間那人大聲道：「那還用問？當然是為了那些財富，戰爭期間，蘇聯的損失最大，我們應該得到補償。土耳其皇對我們說，你知道一切內幕，這就是為什麼你會在這裏的原因。」

年輕人苦笑道：「他騙了你們——」

年輕人講到這裏，陡地站了起來，才一站起，立時又坐了下來。

在那剎那之間，他陡地想到了什麼，可是他想到的，卻還只是一個極模糊的概念，他甚至無法進一步抓住這個概念。

當他又坐下來之際，中間那人想說話，但年輕人立時揮著手，阻止他開口，道：「等一等，我想到一點很重要的事情了，等一等——」

他用手在額上輕輕敲著，陡地又叫道：「對了，你說，土耳其皇說，我知道一切內幕？」

中間那人點了點頭，年輕人立時道：「那麼這就表示土耳其皇知道了一切，他自己知道了一切！」

中間那人怔了一怔，道：「誰告訴他的？」

年輕人道：「漢斯，當然是他！」

中間那人蹙著眉，未置可否，年輕人又道：「土耳其皇一定是知道這個內幕，漢斯可能真的要他幫助找尋伊娃——伊娃是不是在蘇聯？」

中間那人搖頭道：「不，早死了！」

年輕人挺了挺身子，說道：「事情到現在，很容易就有結果了，找一個金髮女人，讓她假扮伊娃！」

三個特務頭子互望了一眼，年輕人又道：「漢斯還掌握著大批財富，只有他心目中的伊娃，才能知道他究竟有多少錢在手頭，而且可以設法弄回來，說不定，他也知道了豐城造和義大利人的祕密，找一個女人扮伊娃，我可以助你們成功！」

三個特務頭子又互相使著眼色，中間那人站了起來，道：「你先回去，我們再討論！」

年輕人忙道：「我不回那囚室去！」

中間那特務頭子忙道：「當然，你可以有最好的待遇，不過，你還是要接受監視，我想你不反對吧！」

年輕人聳了聳肩，表示不在乎。中間那人按下一個掣，門打開，齊非少校又在門口出現，年輕人向門口走去，齊非少校顯然已知道年輕人的待遇有了變化，所以當年輕人向他走過去之際，他居然笑臉相迎。

門在年輕人的背後關上，齊非少校先開口道：「你喜歡什麼樣佈置的房間？」

在經過了十天被囚禁在光脫脫的水泥囚房之後，忽然聽了這樣的一個問題，年輕人不禁有受寵若驚之感，他笑道：「隨便！」

齊非少校卻討好地道：「試試土耳其式的房間，怎麼樣？那裏可以享受古代東方的神秘。」

年輕人不置可否，仍由齊非少校帶著路，來到了升降機前。年輕人以為齊非少校會帶他離開那幢建築物，可是事實卻不然，升降機在某一層停下，出了升降機，是一條走廊，走廊的一端是一扇如同保險庫一樣的門。門前是兩個武裝的守衛。

齊非少校和年輕人來到了門前，兩個守衛一起行禮，齊非少校道：「你們已接到命令了？」

兩個守衛答應著，一個守衛轉身，打開了一個箱子，扳下了一個紅色的槓桿，那道門就緩緩打了開來，門才一打開，年輕人眼前，就陡地一亮。

門內仍然是一個走廊，純土耳其式的裝飾，裝飾之華美，只怕在土耳其全盛時代的皇宮，也不過如此。而且，隨著門打開，一陣音樂聲，八個土耳其美女，一起舞著曼妙的舞姿，迎了出來，年輕人不禁回頭向齊非少校望了一眼，他雖然沒有說什麼，但是在他的神情上，卻充滿了驚訝。齊非少校在他肩頭上拍了兩下，道：「好好享受，在這扇門裏面，你就是皇帝。這就是我們的手段，肯和我們合作就有超越的待遇！」

年輕人苦笑了一下，不能不佩服這是高明已極的享受，他在八名土耳其美女的躬迎之下，走了進去，厚厚的門，又在他的身後關上。

年輕人一直向前走，來到了一間豪華舒適的宮殿佈置的房間中，才停了下來。在那間房的中心，一張桌子之上，已經全是精美的食物，正中是一隻熱氣騰騰，香噴噴，皮變成金黃色的烤鵝。在經過了十天的硬麵包和鹽水的生活之後，這隻異香四溢的烤鵝，簡直比那八位美女，還要動人，年輕人一面吞著口水，一面早已一個箭步，竄向桌旁，伸手撕下鵝腿，大嚼起來。

他雙手忙著撕鵝肉，其餘的工作，由那八名美女服侍，有的替他斟酒，將酒送到他的唇邊，有的替他在鵝肉上塗抹配料，年輕人足足吃了一小時之久，才鬆了一口氣，在柔軟的錦墊上，坐了下來。

然後，他吸著煙，想起應該來一次土耳其式的蒸浴，起先他還懷疑這裏未必有那樣的設備，但是他隨即知道自己錯了，不但有，而且是第一流的，他在經過蒸氣浴之後，回到房間中，躺下來，在柔軟的音樂和熟練的按摩之下，不到三分鐘，就睡著了。

他不知道自己睡了多久，才又醒了過來，而在醒過來之後，又過了好久才願意動一動身子，睜開眼來，他仍然在那間華麗的房間之中，一切就像是天方夜譚一樣，然而他卻知道，這並不是夢境，而是實實在在的事實，到如今為止，他還是一個囚犯，不過，可以說是世界上待遇最好的囚犯了。

年輕人深吸了一口氣，慢慢地伸了一個懶腰，他身子才動，他睡的那張榻就發出了悅耳的鈴聲，八名土耳其美女，又魚貫走進來。為首的那個，當年輕人是皇帝一樣地行著禮，用她悅耳的聲音問：「你需要什麼？」

年輕人其實不需要什麼，如果他有需要的話，那麼就是需要自由，可是那又是他不可能得到的，他只是隨口道：「舞蹈，正宗的土耳其舞蹈！」

土耳其美女

為首那個美女答應了一聲，站了起來，對身後一個美女，低聲講了兩句，那個美女就走了開去。年輕人奇道：「怎麼不開始？」

為首那美女道：「我們有舞蹈專家，你既然想欣賞正宗的土耳其舞，我已經去叫她來了！」

年輕人想不到事情如此隆重，他沒有再說什麼，只是來回踱著步，又在一張躺椅上，舒服地坐了下來，慢慢地呷著美酒。二十分鐘之後，那八個美女，突然奏起音樂來，接著，房門打開，年輕人向門口看去，看到一個用輕紗蒙著臉的女郎，站在門口。

那女子穿著土耳其舞的舞裝，門才打開，她就扭動著身子，用曼妙的舞步，跳了進來。

音樂不斷，舞蹈不停，年輕人開始的時候，只是注意看那女郎的舞姿，同時他也知道，看來自己真像是皇帝一樣，但實際上，那八個土耳其美女，和那個女郎，全是高級特務，他還是受監視的囚犯！不過，在十分鐘之後，他開始有一種感覺，感到在他面前跳舞的那個女郎，不像是土耳其美女。

這種感覺，實在是很難肯定下來的，那女郎有著修長的腿，纖細的腰肢，和淺棕色的皮膚，這全是標準的土耳其美女所具備的一切。

可是年輕人越看下去，就越覺得對眼前這具美妙的胴體，有著極其熟悉的感覺。年輕人雖然稱不上風流放誕，但是在他的一生之中，倒也有過不少次艷遇。然而，在他的記憶之中，他絕沒有機會親近過土耳其美女，那麼，又何以會對眼前這個土耳其美女的胴體，有著熟悉之感呢？

年輕人坐直了身子，望定了那個女郎，同時，不由自主地蹙著眉。

他那種神態，是自然而然表露出來的，連他自己也還未曾覺察，可是那八個美人中為首的一個，已經湊過頭來，在他耳際低聲道：「你如果不喜歡她的舞蹈，可以叫她退出去！」

年輕人說道：「不，不，我很喜歡，不但喜歡她的舞，而且——」

他故意頓了一頓，為首那美女笑了起來，道：「你可以做你喜歡做的一切。」

年輕人吸了一口氣，做了一個手勢，道：「妳們——」

為首的美女嬌笑著，道：「我們也是一樣！」

年輕人做了一個尷尬的神情，道：「我明白了，不過，有妳們在一旁，我會不習慣！」

為首那美女「格格」笑了起來，一面擊著掌，一面向外走去，那七個美女跟在她的身後，一起走了出去，只剩下年輕人和那女郎了。

那女郎仍然在跳著舞，漸漸接近年輕人，年輕人可以通過她蒙面的輕紗，依稀看到她的臉，臉是陌生的，可是眼睛中的那種神采，卻又是熟悉的，而且，熟悉得令人怦然心動！

年輕人等到那女郎跳到離他最近之際，陡地忽然問道：「妳是誰？」

那女郎沒有回答，一個轉身，又翩翩舞了開去。

那女郎翩然轉了開去，同時，雙手美妙地揮動著，當她在轉開去的時候，她的左手，恰好在年輕人的眼前擦過，年輕人陡地看到了她小指上的一枚指環。

那枚指環看來很普遍，可是年輕人一看到了那枚指環，心頭所受的震動，如同雷擊一樣，在那一剎間，若不是他平時慣經風浪，訓練有素，他真忍受不住跳起來，張口大叫了！

那種眼神，那具胴體，只不過給他以熟稔而不能肯定的印象，可是那枚小指環，上面有著奇怪的花紋的，年輕人卻是可以肯定那是屬於什麼人所有的。當他第一次見到那枚指環的時候，他曾經試問過那種古怪的花紋，是什麼意思，他得到的回答是，那是古埃及的一種幸運符咒，也就是說，是佩戴這枚戒指的人，可以得到幸運之神的眷顧。

這枚戒指是奧麗卡的！

年輕人第一個念頭是：奧麗卡的戒指，如何會在這個舞蹈女郎的手上？

然而，立即地，年輕人已經知道了，眼前的這個女郎，就是奧麗卡！她經過了精巧的化裝，但是，她一定就是奧麗卡。

在極度的震動之後，年輕人只感到極度的混亂，奧麗卡怎麼會到這裏來的？她來這裏的目的是什麼？種種問題，都令得他目瞪口呆。

而他這時，那種目瞪口呆的神情，倒是很適用的，因為這時，舞蹈的節奏，變得很激烈，簡直已是足以令任何男人看了目瞪口呆的挑逗。

年輕人只呆了極短的時間，就立即醒起，奧麗卡一定是有目的而來的，現在房間中看來雖然只有他們兩個人，但是年輕人也可以肯定，那八個女特務，一定在別的地方，正用電視監視著他們。

年輕人一想到這裏，立時伸手一拉，將正舞得起勁的奧麗卡，拉得她進了他的懷中。

奧麗卡才跳進他的懷中，就立時極快和極低聲地道：「裝著你喜歡我！」

年輕人也悟道：「我真的喜歡妳，不必裝！」

他一面說，一面已揭去了蒙面的輕紗，吻了下去，奧麗卡雙手環住了他的頭，這是極其熱烈而長久的吻，可是年輕人卻一點也沒有享受到這一吻的溫柔，因為他正集中精神，在辨別奧麗卡給他的信號，奧麗卡的手指，在他的頸後，輕微地移轉著，完全是依據電碼來移動，向年輕人在遞送信息。

十分鐘後，年輕人已得到了如下的消息：「我來帶你逃出去，一切聽從我。」

年輕人心中不禁苦笑了一下，奇怪的是，他並不懷疑奧麗卡是來帶他逃出去的，雖然，他陷身這裏，也全然是奧麗卡的詭計。

奧麗卡既然用這樣的辦法來傳遞信息，可見得他們必然是被監視著的，那麼，在熱吻之後，應該怎麼樣呢？當他們分開來之後，年輕人凝視著奧麗卡，用目光在詢問奧麗卡的意見，而奧麗卡則用熱情的動作，來回答年輕人的詢問。

年輕人心中不禁暗嘆了一聲，自從上次在酒店中那旖旎的一夜之後，他一直在避免再有同樣的事發生，可是他和奧麗卡，就像是一對歡喜冤家一樣，不論怎麼避，都是避不開去，而且，如今是在這樣的情形之下。

無論如何，在如今這樣的情形下，他應該是主動的，如果任由奧麗卡熱情奔放，而他倒反而無動於衷的話，那麼，監視的人是會起疑的。

年輕人一面心中覺得不自在，一面也緊抱著奧麗卡，一起由躺椅上，滾到了厚厚的地毯上。

那八個土耳其美女，一直到很久之後才出現，那已經是在奧麗卡和年輕人進入蒸氣浴室之後五分鐘的事了。

他們在一進浴室之後，就盡量將蒸氣噴開極大，幾乎對面不見人，而且蒸氣出來的「嗤嗤」聲，也可以掩蓋他們迅速而又低聲的交談聲，那八個土耳其美女，可能由於無法監視，所以才進浴室的。

但是，在那五分鐘之內，奧麗卡和年輕人，已經交換了不少意見，也知道了奧麗卡的計劃，那八個土耳其美女一進來，奧麗卡就迎向她們，透過濃厚的水蒸汽，年輕人看到奧麗卡迅速地揚著手，在不到五秒鐘之內，那八個女特務，已一齊倒了下去。

濃厚的水蒸汽，遮蓋了自奧麗卡手中小型噴霧器噴出來的迷霧，可以說再順利也沒有，八個女特務一倒地，奧麗卡就沉聲道：「快！」

年輕人立時來到奧麗卡的身邊，問道：「妳究竟買通了什麼人？」

奧麗卡眨了眨眼，沒有立即回答，拉著年輕人的手，出了浴室，他們迅速穿好衣服，來到門口，奧麗卡伸手叩門，道：「任務完畢！」

那扇厚厚的門，慢慢打了開來，奧麗卡向外走去，年輕人跟在她的身後。

門口那兩個武裝守衛，一看到年輕人跟了出來，立時現出極訝異的神情來，而奧麗卡也立時道：「齊非少校的命令是，當他肯進一步合作時，再帶他去見部長，你們可以向少校覆查！」

那兩個衛兵中的一個立時來到一具電話前，拿起電話聽筒，問了一句，接著連答應了幾聲，就轉身回來，點了點頭。

年輕人一直盡力鎮定，不過他的手中，也在隱隱出汗，他在守衛一點頭之後，就向前走去，進了升降機，奧麗卡和他互望了一望，升降機停下，他們已看到了齊非少校。齊非少校的臉色有點發青。年輕人心中一動，向奧麗卡望了一眼，三個人一起向外走去，來到一處空地，少校一聲不出，打開了車子的行李箱蓋，奧麗卡低聲道：「要委屈你一下！」

年輕人立時進了行李箱，箱蓋蓋上，他就什麼也看不到了，他只知道車子在向前駛著，開始的時候，大約每隔一兩分鐘，就停一下，大概是在接受檢查，以後，車子就一直向前駛著，足足過了兩小時，車子才停了下來，而且，年輕人立時又看到了光亮。

他跳出了行李箱，奧麗卡已經撤去了化裝，正笑嘻嘻地望著他，道：「你是第一個知道蘇聯情報部齊非少校投奔自由消息的人！」

年輕人看到，車子停在碼頭邊，一艘小漁船正在駛近碼頭來，齊非少校還在車中坐著，正在拚命吸著煙，年輕人道：「我們已經離開了蘇聯？」

奧麗卡道：「還沒有，我們坐那艘漁船走，齊非少校握有最高情報官長簽署的通行證，絕無問題的，」

年輕人苦笑道：「我不像妳那麼樂觀，我們的逃亡，還未曾被發覺？」

奧麗卡道：「應該還沒有，那幾個女特務，至少昏迷八小時，而習慣上，受招待的人，一進了那扇門，一切全由房間中的女特務負責，只要她們不醒，那就沒有問題的，來，該上船了！」

齊非少校先上了船，奧麗卡和年輕人也一起跳上了船。在甲板上，年輕人低聲道：「是什麼使妳知道這麼多秘密的？」

奧麗卡攤了攤手，說道：「五百萬美金！」

年輕人又問：「為什麼妳陷害我，又要來救我？」

奧麗卡卻沒有回答這個問題，只是望著船頭，因為船已開航。

年輕人也沒有再問下去，因為他知道。奧麗卡的心情和他一樣，兩人都無法回答這個問題。

船一直在航行著。船身搖擺不定，遇到了兩次截查，都由齊非少校應付了過去，然後，夕陽西沉，海面和天際上，一片紅霞，在紅霞漸漸消散之際，他們已看到了陸地，那已經是土耳其的土地了。

齊非少校沒有跟著他們再走，他留下來「投奔自由」。

第二天早上，當年輕人和奧麗卡在羅馬進早餐之際，齊非少校的事，已經是國際版上頭條的新聞了。

奧麗卡不住攪著咖啡，道：「我費了一點心血，才和齊非少校接觸到，五百萬美金夠他享用一生的了，他的確幫了不少忙。」

年輕人沒有出聲，奧麗卡繼續攪著咖啡，低著頭，道：「我假扮成舞蹈女郎，而齊非少校又安排你接受土耳其式的招待，這一切，全是他職權範圍內的事，所以進行得很順利！」

她講到這裏，抬起頭來，望著年輕人，道：「土耳其皇已經死了！」

年輕人道：「我知道，而且，我也知道了那個自稱希特勒的人的身分。」

奧麗卡點頭，道：「是的，還有那個日本人豐城造，和一個下落不明的義大利人！」

年輕人立時料到，奧麗卡想說什麼，他忙道：「算了，在這件事中，我們不可能得到什麼好處，我看，讓一切全過去算了！」

奧麗卡望著年輕人，道：「我也願意這樣，不過有人不肯！」

年輕人問道：「誰？」

奧麗卡道：「豐城造！」

年輕人皺著眉，道：「妳在說些什麼？他早死了！」

奧麗卡緩緩地搖著頭，年輕人滿臉疑惑，伸出手去，隔著桌子，按住了奧麗卡的手臂，道：「妳還知道些什麼？他已經死了！」

年輕人急促的詢問，並未能使奧麗卡的回答快一點，她仍然冷而緩慢地道：「沒有死，他非但沒有死，而且，他真正知道一切秘密！」

年輕人縮回手來，道：「我真不知道妳在說什麼？」

奧麗卡道：「你會知道的，不過在這裏，我說也沒有用，我會帶你去看他，你認為死了的豐城造！」

年輕人實在不知如何說才好，他在蘇聯情報部特務頭子口中知道的是：朱豐就是豐城造，而朱豐已經死了，他看到朱豐死在停車場，可是奧麗卡所說的一切——

年輕人沒有再問，奧麗卡說得那麼肯定，她就一定拿得出證據來。看來，奧麗卡好像並不是十分心急，當天她拉著年輕人玩了一天，傍晚才登上飛機，等到又回到年輕人居住的那個城市之際，年輕人看到熟悉的建築，熟悉的人群，有恍若隔世之感。

奧麗卡顯得很高興，完全像是在初戀中的少女一樣，容光煥發，年輕人也一直未曾向她追問何以她要陷害自己，他自己心中明白，奧麗卡終於冒著極度的凶險，將他救了出來，望著奧麗卡現出來的那種純真，快樂的笑容，他有著一天陰霾都已經散去了的感覺。

在機場大堂中，他們一直手拉著手，來到了電話間前，奧麗卡才輕輕推開年輕人，道：「我要打一個電話！」

年輕人並沒有問她要打電話給什麼人，他只是揚了揚眉，而奧麗卡像是在逃避年輕人的「詢問」，有點狡猾地笑著，拉開了玻璃門。

進了電話間之後，她甚至用身子遮住了電話，不讓年輕人看到她撥的是什麼號碼。年輕人在玻璃門外，燃著了一支煙，奧麗卡幾乎是立即就出來的，她一出電話亭，就挽著年輕人的手臂，道：「可以走了！」

年輕人微笑著，道：「到哪裏去？」

奧麗卡一面「格格」笑著，一面道：「你只管跟我來，不會將你賣到阿拉伯去的！」

年輕人攤了攤手，他們一起走出了機場大堂，在路邊站了一會，就有一輛淺黃色的車子，在他們的身邊停下，駕車的是一個中年人，下了車，將車匙交給了奧麗卡，奧麗卡做了個手勢，請年輕人上車，年輕人笑道：「妳好像到處都有聯絡！」

奧麗卡神秘地笑著，車子向前駛去，不一會，就駛上了郊區的公路，而十五分鐘之後，車子停在朱豐的古老大屋的圍牆外，圍牆的鐵門開著，望進去，視線經過野草叢生的花園，可以看到大廳前的石級，土耳其皇慘死的那一排石級。

而這時，正有一個人停立在石級之上，奧麗卡已下了車，正在和停立在石級上的那個人揮手。

年輕人也下了車，他和石級上的那人，雖然隔得還相當遠，但就算他和那人之間的距離再增加一倍，他也立時可以認出那是甚麼人來。

一時之間，他忍不住一面叫著，一面向前奔去，迅速掠過奧麗卡的身邊，他在一面向前奔去之際，叫的是甚麼，連他自己也不明白，那只不過是高興之極，自然而然發出的呼叫聲，直到他一下子竄上了幾級石級，來到了那人的面前，他才叫了出來：「叔叔！」

站在石級上的那人，頭髮雖然斑白，但是看來仍然精神奕奕，那正是年輕人的叔叔。

老人家微笑著，拍著年輕人的肩頭，年輕人在剎那之間，不知道有多少話要說，可是他還未曾開口，老人家已經道：「我全都知道了！」

年輕人呆了一呆，道：「你——」

老人家笑著，臉上全是皺紋，但每一條皺紋之中，都充滿了機智，他微笑道：「奧麗卡在改變主意之際，曾找我來商量過。」

年輕人又陡地一怔，但是他的怔呆，只不過是極短的時間，接著，他完全明白了，他立時回顧，奧麗卡也已經走上了石階，正俏生生站在他的面前。

年輕人攤了攤手，做了一個無可奈何的手勢，奧麗卡俏皮地眨著眼，老人家呵呵笑了起來。

年輕人道：「朱豐沒有死？有甚麼證據？」

老人家嘆了一聲，並沒有說甚麼，只是向內指了一指，年輕人心中充滿了疑惑，立時向古屋的大堂走進去，他才踏進了一步，眼前一暗，他有點不能適應屋中陰暗的光線，可是他還是能看到廳堂中有一個人坐著，年輕人陡地站定，那個人是朱豐。

——這實在是不可能的事，朱豐死在停車場，年輕人是親眼看到的，可是這個人

年輕人急急向前走出了幾步，坐著的朱豐，像是根本不知道有人到了他的身前一樣，仍然只是一動不動地坐著，雙眼發直，望著前面或者應該說，只是對著前面，因為實在很難想像，在他這雙空洞而沒有光采的雙眼之中，還能看到點甚麼。

而這種空洞的，像白痴一樣的眼睛，在陰森的古屋的大廳中看來，也給人以不寒而慄之感，年輕人沒有再向前去，只是呆立著不動。

他聽到身後有腳步聲傳來，知道是奧麗卡和他叔叔，到了他的身後，他喃喃地問道：「他怎麼了？受了刺激？為甚麼他一動也不動？」

在年輕人說話的時候，朱豐仍然一動也不動，像是他根本甚麼也聽不到一樣。年輕人轉頭向他叔叔看去，他叔叔又嘆了一聲，道：「他這樣坐著一動也不動，活著就像死了一樣，已經有二十多年了！」

年輕人睜大了雙眼，他叔叔的話，令他感到莫名其妙，他再回頭去看坐著的朱豐。

這時，他已經能適應陰暗的光線了，他仔細打量坐著的朱豐，只見他神情憔悴，滿面皺紋，而最可怕的是他臉上那種一無所知，白痴般的神情。看來他的確是

朱豐，但是又彷彿和他所熟悉的那個錢幣商，有點不同。

年輕人呆了半晌，道：「究竟有幾個朱豐？我的意思是，有幾個豐城造？」

奧麗卡道：「只有一個，就是他！」

年輕人轉過頭來，道：「那麼，我認識的那個，死在停車場的那個是誰？」

奧麗卡和老人家互相望了一眼，又一起搖著頭，老人家道：「這一點，除非他能告訴我們，不然，誰也無法知道了。」

奧麗卡道：「不過，也可以猜得出來的，他們兩個人的面目如此相似，有可能他們倆人是兄弟。」

年輕人苦笑道：「我還是不明白，豐城造為甚麼會變成現在這樣子的？」

奧麗卡道：「我們做過檢查，他受過極度的刺激，或者是受過重擊，震傷了腦部，至少已有二十多年了，他一直是行屍走肉！」

年輕人不禁駭然，道：「你們是在哪裏發現他的？」

老人家道：「那得從頭說起，從你和土耳其皇一起離開講起！」

放棄財富的理由

年輕人望了奧麗卡一眼，奧麗卡低垂著眼皮，來到年輕人的身邊，低著頭，充滿歉意地握住了年輕人的手臂，像一頭小貓一樣，依在年輕人的身邊。

年輕人不禁笑了起來，道：「算了，我也曾使妳在修道院裏禁錮了好多日子！」

奧麗卡靠得年輕人更緊，老人家向年輕人眨著眼，道：「我並不知道你離開，也不知道你到甚麼地方去，因為你沒有告訴我！」

年輕人的口唇動了動，像是想分辯幾句，但是老人家立時做了一個手勢，阻止他開口，道：「你不必解釋，你完全有你行動的自由，我發現你已經離開，也曾經有過一陣疑惑——」

老人家講到這裏，頓了一頓，向奧麗卡望了一下，又道：「我知道你和她在一起，她還在，而你卻走了，我自然起疑，於是，我就派人跟蹤她，到了她和土耳其皇又會面時，我特製的偷聽器，使我聽到了他們的交談，一切就全明白了！」

老人家講到這裏，頓了一頓，笑了起來，道：「當時，我完全不打算採取行動，因為我覺得讓你受點懲罰是應該的，記得麼？我曾批評你太不夠羅曼蒂克！」

年輕人有點啼笑皆非，只好攤攤手。

老人家接著道：「過不多久，土耳其皇死了，我開始覺得事情有點嚴重，這時候，奧麗卡突然來找我。」

奧麗卡立時接著說下去，她的聲音很低，道：「我以為土耳其皇的死，是蘇聯情報局下的毒手，我怕你的處境會不妙，所以才找老人家商量的。」

老人家笑了笑，道：「她來找我的時候，我從她焦急的神情中，知道她真正關心你，所以我才幫她設計，如何將你救出來。」

年輕人笑了一下，道：「這一切經過，我早已料到了，她在機場，就是打電話給你的，是不是？可是其餘的經過，我卻不知道。」

老人家坐了下來，道：「自從我知道土耳其皇和奧麗卡之間的事之後，我已經著手調查那個自稱希特勒的人，我發現土耳其皇曾和他見過幾次，我和你不一樣，我肯定他不是那個希特勒，在土耳其皇未死之前，我已經獲得了一些資料，知道了他的真名字，他叫漢斯！」

年輕人和奧麗卡點著頭，老人家十分了不起，有本事能查出一切隱秘來，這一點，對他們來說，是絕無疑問的事情。

老人家又嘆了一聲，道：「可惜我未能及時警告土耳其皇，漢斯是一個野心極大的人，他用希特勒的名字招搖，有一半目的，是想引一個義大利人出來，他找到了朱豐，將朱豐殺死，不過死的朱豐，並不是真正的豐城造，土耳其皇和蘇聯情報當局有聯絡，他知道內幕，懷疑真正的豐城造，還在人間，所以到這間古屋來找，漢斯殺了朱豐之後，也想到了這一點，同樣也到這裏來尋找，不過他們都沒有發現豐城造，卻在這裏見了面，漢斯覺得土耳其皇知道得太多，就下了毒手！」

年輕人道：「那麼你——」

老人家望了呆坐不動的豐城造一下，道：「我在事後才來到這裏尋找的。」

年輕人有點不解，道：「你怎麼知道豐城造還在，死的不是他？」

老人家道：「當然，在開始的時候，只不過是一種推斷，朱豐死了之後，他的錢幣收藏，竟然如此之豐富，這已經是值得懷疑的事了，以私人的力量而論，那幾乎是無法達到的。後來，在土耳其皇的口中，又知道了豐城造、漢斯和那義大利人的故事，我就開始想，豐城造受委託保管的財富，一定不止那一批錢幣，但是為甚麼其他的財富，卻完全消失了呢？是不是死了的這個朱豐，只知道有這批錢幣呢？那是不合理的，除非他不是真的豐城造？」

年輕人嘆服地道：「真的，我未曾想到這一點！」

老人家又道：「還有，朱豐住在這樣的地方，也引人起疑，時間過去了那麼久，而當年的一切安排，又是如此之隱密，漢斯可以公然用希特勒的名字來招搖，豐城造就算要掩人耳目，好像也不必要這樣小心，除非他另外有要隱瞞的事情在！」

年輕人又不住地點著頭，老人家的樣子，很有點自負，笑道：「還有，漢斯一再到這裏來，拷打朱蘭，殺土耳其皇，他當年是見過豐城造的，由此可見，他也一定有所懷疑，不然，不會這樣做了。」

年輕人呼了一口氣，道：「所以，你來找豐城造，而結果給你找到了！」

老人家道：「是的，在一個地窖中找到了他，可是我未曾想到，他竟然是這個樣子，他對一切都沒有反應，當然也無法說出除了那批錢幣之外的其餘財當，是藏在甚麼地方的了！」

年輕人又向呆坐著的豐城造望去，奧麗卡忽然道：「他也不是對任何事全無反應！」

老人家道：「是的，只有一樣，他對自己的名字，還有反應！」

年輕人皺著眉，還未曾明白豐城造對自己的名字的反應是怎麼一回事之際，老人家已突然大聲地，用絕對命令式的語調，用日語叫著豐城造的名字，他才一吐出了豐城造的名字，豐城造陡地站了起來，筆直地站著，一動不動，好像是站在上司的面前一樣。

奧麗卡的神情很興奮，道：「看到沒有，他有反應，不是完全沒有希望！」

年輕人怔了一怔，忙道：「不！」

奧麗卡急忙道：「不？甚麼意思，他知道一批無可估計的財富的下落！」

年輕人嘆了一聲，道：「奧麗卡，算了吧，你已經有了足夠的錢，不必再動腦筋了。」

奧麗卡眨著眼，道：「你可知道，當年日本軍隊在亞洲各地掠奪了多少寶貝？其中有許多東西，是看上一眼，死也可以瞑目的！」

年輕人不出聲，而且轉過身去，不看奧麗卡，奧麗卡又道：「漢斯的錢夠多了吧，為甚麼他也要找豐城造，想得更多的錢？」

年輕人不理奧麗卡，只是向他的叔叔道：「那個漢斯，現在怎麼樣？」

老人家攤了攤手，道：「完了！」

年輕人道：「完了，什麼意思？」

老人家道：「也可以說，是土耳其皇報了仇，土耳其皇曾對我說過，他要用最原始的辦法，在漢斯身上弄點錢，弄一大筆，從此就退休了，他曾和一個爆炸專家接觸過，詳細的情形怎樣我不知道，但是在土耳其皇死了之後，漢斯和他的手下，一起乘一艘豪華遊艇離開，那艘遊艇，一直未曾到達目的地。」

年輕人伸了伸舌頭道：「炸沉了？」

老人家搖搖頭道：「我只能說我不知道，在茫茫大海中發生的事，誰知道？」

年輕人呆了半晌，才指著豐城造道：「這個人，怎麼處置他？」

老人家還沒有回答，奧麗卡已道：「將他交給我，我想，在專家的協助之下，至多三個月，我就可以令得他講出一切來！」

年輕人沒有說甚麼，轉身向外便走，奧麗卡忙追了上來道：「你到哪裏去？」

年輕人略停了停，道：「妳似乎多此一問，妳幹妳有興趣的事，我既然沒有興趣，自然離開，隨便到甚麼地方去都是一樣！」

奧麗卡向老人家投以求助的一眼，老人家攤著手，做無可奈何之狀，隨即點燃了煙斗，奧麗卡拉住了年輕人的手臂，道：「你的意思是不是如果我放棄盤問豐城造，你就不離開我？」

年輕人呆了一呆，望定了奧麗卡，奧麗卡碧彩的眼珠之中，似乎充滿了真誠。年輕人明白，對奧麗卡來說，甚至單是這樣講，已經是極大的讓步了！而她之所以肯讓步，就是為了要和自己在一起。

那實在是令人感動的事。

年輕人在一時之間，不知該如何回答才好，老人家已經扶著豐城造坐了下來，年輕人用仍然有點猶豫的聲調問：「妳真的捨得放棄？」

奧麗卡並不說甚麼，只是拉著年輕人的手臂，一起向外走去，當他們走出廳堂之際，聽得老人家在高聲道：「祝你們幸福！」

奧麗卡和年輕人站在石階上，聽到了老人家的祝福，互望了一眼，夕陽映在奧麗卡的臉上，使奧麗卡看來，倍增艷麗，年輕人忍不住在她的頰上，輕輕吻了一下，奧麗卡偎依在年輕人的身前，他們慢慢向前走去，經過了車子，可是誰也沒有上車的打算，一直向外走去。

晚霞滿天，他們在鄉間的小路上緩緩走著，享受著那份恬靜，連天色是甚麼時候黑下來的，也渾然不覺。

三天後，奧麗卡公主的婚禮，很轟動了一陣子，新郎自然是年輕人，主婚人是新郎的叔叔，各色人等，前來祝賀的極多，其中還有些極其古怪，連世界上最好的情報機構，也無法知道他們真正底細的人，就像新郎和新郎的叔叔一樣。

〈完〉

太虛幻境

夢幻境界

風吹仙袂飄飄舉，猶似霓裳羽衣舞。

——唐・白居易・長恨歌

他不知道發生了甚麼事，不知道自己身在何處，不知道身邊的那些是甚麼人……不知道，甚麼也不知道。

可是他卻感到無比的舒暢，至少在他的一生之中，無論是身體上實在的感覺和心境上飄渺的感覺，他從來也未曾感到這樣地舒暢。

極度的滿足和舒服，會使人懶洋洋，所以他甚至連自己是在一個甚麼樣的處境之中，也懶得睜開眼睛來看清楚。

然而，他內心深處，卻又保持了一絲警覺，所以他在不斷地自己問自己：這一切，究竟是怎麼發生的呢？

事情發生的一剎那，究竟是怎樣的，他不知道，可是事情發生之前，他在幹甚麼，卻還記得很清楚，不過，何必去想它，不管發生了甚麼事，他現在這樣的處境，有甚麼不好呢？

他身在如夢如幻的境地之中，他不是很情願地把眼睛睜開一道縫，首先看到的，是一片片乳白色的輕紗，那是輕紗，因為飄拂著，拂到他臉上的時候，他感覺得出那是細柔的蠶絲，可是看起來，卻又像一團團輕霧。

在輕紗中，是隱隱約約的人體，輕紗有許多重，所以被裹在飛舞飄蕩的輕紗中的人體，看來朦朧之至，但是又不論多麼模糊不清，都可以使一個男人看了之後，在生理上和心理上都有異樣的反應。

對，在重重輕紗籠罩之下的，都是女性的胴體。

兩性之間，有時，縱使隔得很遠，也自會有一種不可思議的吸引力（相隔十萬里，也還能相思），他這時緩緩轉動著視線，可以看到在他面前，有四個隱約的、朦朧的，可是又美妙無比的女性胴體，在他的身後，大約也有四個，那些全身，連頭臉都在如霧如雲的輕紗籠罩下的女人，全身沒有一點暴露在外，連她們握住了那銀白色，不知用甚麼東西織成，柔滑之極的軟兜的手，也在輕紗的籠罩之下，看不真切。

而他，就半躺在這個軟兜之上，由八個夢幻一般的女人，抬著他在向前走；這已經夠怪了，可是更怪的是，他全身赤裸，只是身上也籠罩一團輕紗。輕紗和軟兜，和他的皮膚接觸，給他軟滑清涼的感覺，使他身心舒暢的程度，又提高了不少。

他也曾想過：自己是不是由於某種藥物的作用，產生了幻覺呢？可是，一切感覺又那麼真實，雖然絕對無法解釋，但那真是實實在在的感覺！

他也知道，如果空氣中的陰性電離子增加，或者是空氣中氧氣的比例比正常的五分之一高，也可以使人心境興奮如意。但這時他又不是在一個密封的空間之中，對了，他是在甚麼地方呢？他無法知道，因為看出去，老是白茫茫的一片，像是在雲端？可是抬著軟兜的人，分明又是在步行，隔著重重輕紗，他可以看到修長的大腿在向前移動，大腿上的纖細的腰肢在擺動——有誰能在雲上面步行呢？

他嘆了一聲，本來，以他的性格，他一定要立刻弄清楚究竟發生了甚麼事，但這時，他居然就那樣懶散散地躺在軟兜上，隨著軟兜輕輕的恍悠，雖然身處在一個極度奇異的境界之中，卻也不顧再下去會發生甚麼事，只顧享受眼前他從來也未曾經歷過的那份由寧謐恬靜閒散舒暢交織而成的快感。

然後，他聽到了極其動聽的樂聲，聲音動聽得令他呼吸也變得是一種樂趣，每一次緩緩地吸一口氣，樂聲就像是跟著進入了他的肺腑，在他全身四肢百骸之中，緩緩流轉，然後，又再自他全身的毛孔之中，慢慢逸去。

又然後，他感到了輕風。輕風一來，他身上的輕紗飄揚起來，抬著軟兜的女人身上的輕紗也飛揚起來，令他能夠更清楚地看到那動人的女性胴體，在移動著的身體，看來優美得像是在舞蹈，動作是一致的，但是動作形成的在身體各部份的反應，卻又不一樣，有的腰擺動的幅度比較大，自然手臂也擺動得蕩人心魄，有的上半身挺得直，雙乳的顫動，也就閃出令人目眩的波濤。

他感到有必要問一問，究竟想把自己抬到甚麼地方去，他也問了，聽起來，他自己的聲音像是從一個十分遙遠的地方傳出來的一樣，而又沒有回答。

他嘆了一口氣，徹底放棄了：由得它去吧！這樣被人抬著，就算是抬向死亡之路，也是值得的。人的生命總有終結的時候，誰的生命能在那麼愉快舒暢的歷程中結束？

所以，他完全放鬆，儘量享受著，半閉著眼睛，陶醉在如夢幻一樣的境界之中。就將這一切當成一場夢好了！

他還真不願這場夢會醒！

但是，這時的他，如果是身在夢幻之中，那麼，接下來他所經歷的，又該怎麼形容？

他和她

良宵夜暖，高把銀紅點，雛鸞嬌鳳乍相見。
窄弓弓羅襪兒翻，紅馥馥地花心，我可曾慣？百般還就十分閃。
忍痛處，修眉斂，意就人，嬌聲戰，涴香汗，流粉面。
紅妝皺也嬌嬌羞，腰肢困也微微喘。

——金・童解元西廂記・千秋節

眼前突然黑了下來，雖然他到後來已索性閉上了眼睛，還是可以感到，突然黑了下來，他睜開眼，黑得那麼濃。

甚麼也看不見，一點亮光也沒有，他也感到，軟兜不再移動，而且已經被放了下來，放在一個相當柔軟而富有彈性的實體上，軟兜四角散開，也就自然而然，成為一幅墊子，他身上的輕紗，也不知道在甚麼時候不在了，那些抬軟兜的女人呢？

雖然他未曾見過她們的臉面，但是她們的身體，在隱約之中，顯得那麼動人，這時似乎也不在了。

現在，不但黑，而且靜，靜到了他可以自己聽到自己的呼吸聲——他突然坐了起來：不對，不單是他一個人的呼吸聲，還有另外一個人的呼吸聲。

而且，他可以肯定，那是有一個人在接近他！因為呼吸聲聽起來，越來越近，但是，為甚麼沒有腳步聲？怎麼一點腳步聲也沒有？

他把自己的警覺性提得最高，幾乎要一躍而起，喝問向他走近的是甚麼人了。

但是，他卻沒有那麼做。因為就在那一剎那間，一股幽香飄過來，接觸到了他。

幽香甚至不像是由他鼻孔之內進入，而像是他的靈魂撲出了身體，將那股幽香迎接著進來的，所以，香味沁人，也就和他的心靈，溶成了一體。

那股幽香令他感到不必再有任何警覺——在那種情形下，再有任何心思去想別的事，真是愚蠢莫名！因為他可以毫不猶豫地辨別出，那股幽香，是自一個女性身體上散發出來的。

那是女體特有的自然幽香，決不能在大自然任何東西中找到，也不能用任何方法人工合成，當然也不是每一個女性都有這種自然的幽香，只有萬中無一的出色美女，才會有。

或者說，因為身上能散發這種自然的香味，這美女就必然是無懈可擊的女人！

他屏住了氣息——太奇怪了，是不是？他應該深深地吸氣才是，但那是對付塵俗香氣的方法，幽香已與他的心靈交會，他屏住了氣息，才能使幽香不從他體內散逸，才能更陶醉在那種淡淡的，但是深入到心底深處的，清甜、甘芳，蘊育著天地間一切美好的香味之中！

另一個人的呼吸聲聽得更清楚了，聽來有點急促，甚至可以感到，伴隨著那呼吸聲的，是異樣的心跳聲。那是興奮，刺激交織的結果，決非由於恐懼——他是一個感覺極其敏銳的人，可以感到這一點。

他竭力想看清向自己走近的是怎樣的一個異性，他有能在十分黯淡的光線下看到東西的能力，那是多年辛勤鍛煉的成果，可是這時，根本一點光線也沒有，他也無能為力。

而他雖然看不見，卻可以感到，人已經來得極近了，他感到自己赤裸的身子，有一團溫暖，就在旁邊。溫暖自然是由另一個赤裸的身體所發出來的。兩個身體，絕未曾有一個細胞之微的實際接觸，可是發射自兩個身體之間的生物電，卻又那麼清楚地可以使雙方感到對方的存在！

他深深吸著氣，慢慢提起手，不知道為了甚麼，他其實甚麼也看不見，而且一切又發生得那麼怪異，可是他卻感到了美好，極度的美好，美好得使人不想破壞它，所以他的動作是輕慢的。

從對方的呼吸聲來判斷位置高下，他的手慢慢伸出去，自然而然，碰到了對方的唇，他碰到的，是兩片半啟著，在微微發顫的唇，然後，他的唇上，也有手指輕柔地碰上來，當他的唇舔著碰上來的指頭時，他的指頭也有舌頭在舔著。

輕柔緩緩的節奏，是在剎那之間消失的，消失得如此自然，毫無過程！

他的身子向前俯，她的身子一定也向前俯，於是，唇和唇，緊緊接合在一起，舌和舌，互相溶合成一團，酥醉得叫人不想呼吸，他的身子再向前靠，一個腴軟滑膩的女體，就投進了他的懷中，緊緊貼著他，他的雙臂環抱著，有點不知所措，先是在背上撫摸著，然後又急急地去捧住了雙頰，仍然是在長吻，那是叫人不想分開的長吻。他胸膛上有異樣的搓揉，搓揉來自她身子的扭動，雙乳的被搓揉，使她的乳頭變得堅硬，和他的乳頭偶然由於緊壓而磨擦時，他有被電殛的感覺。

她的手臂緊擁著他，和他的手臂不知想在一秒鐘之間活動多少次不同，只是緊擁著他的腰，雙手的掌心灼熱，就緊貼在他寬厚的背脊上，就像是要把他直擁到永恆，再也不肯鬆手。

而他的雙手，已順著臉頰到了頸際，長髮披散在肩頭，他將之拂開，然後再向下，觸摸到了她的雙乳的側面，才停了一停，可是她卻靠得他更緊，不讓他的雙手有伸插進來的隙縫。

他的手自然向下，滑過了明顯的，柔軟的細腰，滑到了股際，她的雙腿竟然緊緊地並著，但是他的雙手略停了一停，她就在一下嬌吟聲中，再也不對自己的身體作任何的防禦，而只是迎接，用她的生命，迎接他的生命，用她的靈魂，迎接他的靈魂，用她的身體，迎接他的身體。

他立即感覺到了她全副心神的迎接，可是卻也感到了她在迎接中的閃避，那是十分微妙的感覺，從她急喘的呼吸中，從她加劇的心跳中，從她發自肺腑深處的低吟聲中，從她嬌軀的微顫中，從她把整個身子貼得他那麼緊，像是除此之外，再也不知如何是好的笨拙中，從她緊咬著他的肩頭，像是要把甚麼秘密藉著深深的齒印齧進他的體內，從她的雙腿緊纏著他的腰，她的手指緊掐在他的手臂的行為中，他立即明白了一個事實：他是她第一個男人！

這多少是令人訝異的，但即使是白癡，也不會在這時候去想為甚麼，他只是輕柔地托起了她的細腰，在她的耳際，輕輕吁著氣。

他並沒有說甚麼，只是用他的動作來說明他已經知道了這個事實，他把粗狂化為輕憐，把暴風化為細雨。

她幾乎窒息的氣息，變得可以承受的急促，她把自己貼著他更緊，不再是笨拙的，而是輕巧的，她令自己完全變成了他的一部份，他也覺得自己完全溶進了她的體內。

兩個人，完全變成一個人了。

在那一剎間，當他的生命注入，當她抽搐著承受，他們真正溶而為一，在一種從頂至踵的爆炸中，爆發出通向全身每一根神經的愉快，他們一起發出一聽就可以代表著歡暢的聲音，散發著歡樂的顫動，顫動像波浪一樣地沖出、起伏、擴散。

終於，又漸漸平靜了下來。

她細細的喘息，就在他的耳際，他略轉過頭去，口唇吻到了她的鼻尖，鼻尖上有細小的汗珠滲出，沾在他的唇上，體香和汗味的混合，使他又一次心跳加劇。

他感到，這時候，應該有點燈光了，在他懷中的她，在生命之中第一次接受了異性之後，那一刻，應該是她一生之中，最動人的一刻，不論她原來多麼美麗動人，現在她必然更美麗，更動人！

兩人臉頰緊貼著，他甚至於感到她睫毛的顫動，實實在在，溫香軟玉，是在他的懷抱中，他不必去深究為甚麼，只要肯定那是實實在在的經歷，絕不是幻夢，那就已經夠了！

他半撐起身子來，自額開始，親吻著她身體的每一部份，她發出曼妙的低吟聲。她的身子！他突然有極強烈的衝動，要看一看她的身子！

他用強壯的手臂，把她摟在懷裏，然後，站了起來，另一隻手揮動著，想去尋找光源，她緊偎著他，身子巧妙地蜷縮著，可以儘量緊貼他，而又令得他抱得不是太吃力，他一直向前走，一隻手一直向前伸著，可是，竟然沒有碰到任何東西！

這是不可能的！他至少已向前走出了五十步，不可能有那麼大的房間，那麼，難道是在野外？

他停了下來，聽到她幽幽地嘆了一聲：「你……想……？」聲音那樣清雅宜人，卻又有說不出的膩。

他深深吸著氣：「應該有光亮……應該……」

她的聲音聽來很低沉，有淡淡的哀愁：「如果沒有呢？如果一直沒有呢？」

他顯然失望，把她摟得更緊：「那怎麼會？一定會有的，光亮……怎麼會沒有？」

她又是一聲長嘆，他感到她在輕輕推他，於是摟著她的雙臂，鬆開了一些，就在那一剎間，他陡然感到，她正在迅速離開，他大吃一驚，身子向前衝，雙手也向前抓了出去，可是只有先伸出去的右手，在她的身上，碰了一下，那是她的後股，即使只是那一碰，也立時叫他感到那渾圓的臀部剛才是怎樣在嬌吟聲中接受了他。

他再摸向前，甚麼也碰不到，他張口想叫，叫不出來，他拚命想奔向前，雙腳卻提不動，像是跨進了一個可怕的噩夢之中一樣。

然而，他卻是清醒的，剛才發生的一切，他全記得，現在發生了甚麼事，他也全知道。

突然之間，他又回到了這一切都未曾發生過時的情形下。

他無法知道自己是如何忽然「回來」的，就像是他剛才不知道何以忽然會身在一個銀白色的軟兜之中，被八個女人抬進了黑暗之中一樣。

他這個人

落魄江湖載酒行，楚腰纖細掌中輕。

——唐・杜牧・遣懷

一身轉戰三千里，一劍曾當百萬師。

——唐・王維・老將行

他知道自己又從那夢幻境中脫出來的原因很簡單，因為他又有了實實在在的感覺，感到自己坐在一張天鵝絨的安樂椅中，感到自己雙手所捧著的，是一只圓球形的大酒杯，他曾雙手略用了點力，希望自手中傳過來的感覺，仍然是滑膩、彈性、柔軟、溫暖和香馥，那是她的乳房。可是結果，卻只是玻璃的冷和硬。

他鼻端聞到的，也只是酒香，他雖然還閉著眼，但是也可以肯定自己是在甚麼地方，不是像剛才那樣，甚麼也不知道！

這時候，他所在的地方，其實也異特之極，但可以慢一步介紹，先說說他究竟是甚麼樣的一個人。

嗯，他這個人，要詳細說，那真是困難之極，可以說的實在太多，不知從何說起才好。要簡單地說，自然容易，就算是鐵木真，也可以用三言兩語，概括一生。

先從簡單的說起吧。

他姓列，名傳。對這個名字，他十分認真，平時他不是很向人提起自己的姓名，若是提了，他必然要解釋一番：「傳，有兩個讀法，『傳送』的傳，和『傳記』的傳，我的名字，唸『傳送』的傳。」

似乎沒有甚麼大作用，但是他既然要認真解釋，只好也由得他去解釋，因為他若是要認真去做一件事，迄今為止，還沒有甚麼力量可以阻止得了他。

他自稱自己是「江湖人」，也可以算是，誰不在江湖上呢？他印在名片上的頭銜十分有趣，也可以幫助了解一下他的為人，頭銜是：

「願望（合理性的）達成者」。

甚麼意思呢？就是若有人，想要達成甚麼願望（合理性的），自己力有未及，那就可以來找他，列傳先生。

列傳幫他人達成願望，自然不是免費，非但不免費，而且收費往往高得令人咋舌，視乎願意達成的困難程度而定。

例如，阿拉伯沙漠上一個遊牧民族的酋長，忽然想要一匹會飛的馬，像傳說中的神馬一樣，而在花了一年時間，無人能達成他的願望，通過各種關係，找到了列傳。列傳首先分析願望是不是「合理性的」——通常，那只要幾秒鐘時間。

像阿拉伯酋長的那種願望，他一聽就認為合理性之至，既然阿拉伯神話中有會飛的神馬，現在，酋長的銀行戶口中有的是用石油換來的存款，數字之大，已超出了酋長所能理解的程度之外，他不想再在七四七飛機的私人浴池中躺著飛上天，而要騎一匹會飛的馬上天，在他的子民部屬之前，表示他是如何英明神武，誰能說這種要求不合理性呢？

在這種情形下，列傳的若干專長，就依次發生作用。

首先，他自己本身當然要有各種精密電子工程、機械工程、空氣力學等等方面的豐富知識——他有六個不同學科的世界一流大學的博士銜，這難不倒他。

其次，他要有豐富的想像力，他立即想到，利用「作用等於反作用」的定律，工程界已成功和製造出了可以背負在背部的「個人飛行器」，那麼，根據同樣的原理，製造一匹飛馬，自然也不是難事。

當然，製造過程不必細表，半年之後，當酋長的願望達成之後，根據事前的合約，列傳的報酬，是位於出產質量最佳石油地區的兩口油井，每口油井的日產量是八千桶，每天一萬六千桶石油的收入，當然不算太多，但要來補助一下他每天所喝的美酒所需，也就很夠了。

而且，那酋長一高興，還請他到宮裏去住了幾天，供給他七個阿拉伯女郎，那七個腰細腿長，高度幾乎和他相等，個個都自小就接受肚皮舞訓練的阿拉伯女郎，令得身高一九五公分的列傳，當作是生平少有的奇遇。

又例如，甚麼地區的某一些人，忽然覺得自己應該掌握這個地區的命運，而要有所行動（這種行動，通常稱為「造反」，或「革命」等等），要向列傳求助，列傳也會在三秒鐘之內，認為那是「合理性的」，他可以有能力在一個月之內，提供精銳的突擊部隊，配備最新的武器。

所以，也頗有人認為他是「危險份子」的，他卻又不在乎人家怎麼說他。

再例如，某人如果覺得某樣物品，本來是收藏在甚麼博物館中的狀況不合理，放在他私人收藏室中，比較合理得多，找到了列傳，只要代價合理，列傳也就會欣然同意這種見解，達成這種意願。

有人說：你這不是盜竊行為嗎？

他會回答：「這種觀念真奇怪，那東西，不是仍在地球上麼？就算不在地球上，也仍在宇宙之中，何必計較？」

這種事，他可以不計較，但是他名字中的那個「傳」字要唸「傳送」的「傳」，他倒一定要計較的。矛盾嗎？他說：人生本來就充滿矛盾！

大抵夠了，就算不夠，也無法再舉例下去了，因為實在太多，無法逐一列舉。

哦，對了，他的外形，他體高一九五公分，體重八十二公斤，全身上下，絕無多餘的脂肪，天生鬈髮，據說略有波斯血統，所以鼻高額廣，在粗獷之中，又有著深邃的細柔，誰見了他都會公認他是美男子，但他最討厭這個稱呼，認為男子的美，不在面貌，可是他卻又十分注重修飾。

他曾和歐洲的一群貴族子弟在一起相當久，所以生活習慣，略具歐化。

這樣的一個人，生命中的女性，自然少不了，他也從來未曾否定過這一點。

而這時，他卻明知自己已離開了那夢幻世界，他卻還是不願意睜開眼來，只是緊蹙著他的濃眉，像是那樣，就可以把剛才在他懷中的那女郎，自他的記憶之中擠出來一樣！

疑真疑幻

起來搔首，數竿紅日上簾櫳。猶疑慮，實曾相見？是夢裏相逢？卻有印臂的殘紅香馥馥，偎人的粉汗尚融融。鴛衾底，尚有三點兩點兒紅。

——金・董解元西廂記・混江龍

列傳實在不願意睜開眼，夢幻境界已經那樣難以捕捉，再一睜眼，只怕更全然不存在！

他在回味，以他這樣經歷的人，以他和數百個美女的關係，他竟然有無法忘懷的眷戀！

他試圖用自己各方面的感覺，在回想中塑造出那女郎的樣子來。大致上，他可以達到這個目的，因為剛才，他身子的每一部份，都和那女郎的身子有過接觸。

那女郎高，當他和她的腳相抵的時候，她細小的牙齒，恰好咬在他的肩頭。

她絕不會是白種人，白種女性除了嬰兒時期之外，就不可能有她那樣細柔的皮膚。她的腰圍不會超過六十公分，因為當他的手圍向她的纖腰時，只要一用力，兩手就可以圍過來，而他雙手圍攏來的長度是四十六公分。

那女郎有一頭長髮，鼻子高挺，嘴的大小適中，肩頭圓而滑，他甚至可以肯定她有一對大而靈活的眼睛（更能設想長睫毛配大眼睛），可是實實在在是甚麼樣子的卻無法拼湊出來。

然而，那又有甚麼關係呢？她的身體，能給他那麼樣的歡愉，當他跌進那種由高度歡樂縱橫交織而成的羅網中的時候，他感到這才是人生！

現在，輪到一個對他來說，最嚴酷的問題了：這一切，全是真實的，還是只是幻覺？

那當然是真實的——他立即這樣告訴自己。

但是，那怎麼可能呢？他是如何離開這間房間，又如何回來的？為甚麼一去一來，一點也捉摸不到實在的感覺？

那麼，一切全是幻覺？只有兩個可能，實在的，或者幻覺。幻覺，怎麼又會那麼真實？這時，兩邊肩上，捫上去，還有輕微的疼痛，而那種傳遍全身的酥麻感，至少還有十之二三存在他的感覺系統之中，手指和手掌，輕觸和力撫她嬌軀的餘溫還在，那怎麼可能是幻覺？要是那是幻覺，那他願意長留在幻覺境界之中！列傳還是不願意睜開眼來，他從來也不是那麼猶豫不決的人，他年紀很輕，可是經歷之豐富，絕非常人能想像，他甚至曾從爆炸的噴射戰鬥機中彈出來，從一萬公尺的高空跌進海中！

但這時，他卻沒有勇氣睜開眼來！

他長長地嘆了一口氣，也就在這時，他聽到了那個熟悉的甜膩的女人聲音：「怎麼，不能確定剛才的經歷是真實的，還是幻覺？」

列傳忙道：「是，正是，請告訴我！」

那女人聲音又道：「我無法告訴你，或者，你該問一問你面前的水晶球？」

列傳陡然震動了一下，是的，他怎麼忘記了那水晶球了呢？一切，應該全是從那水晶球開始的，不，一切，應該是從他參加了那個神秘的俱樂部開始的。

是的，那個神秘的俱樂部！列傳的想像力再豐富，見過的世面再多，但也一直到一個月之前，才知道有這樣的一個俱樂部。

那俱樂部，以列傳的見識之廣，尚且將之當作最怪的俱樂部，那當然，這是世界上最怪的俱樂部了。

神秘俱樂部

年年躍馬長安市，客舍似家家似寄，
青錢換酒日無何，紅燭呼盧宵不寐。

——宋・劉克莊・木蘭花

既然一切是從那神秘俱樂部開始的，自然要介紹一下那個俱樂部究竟如何神秘法。

事情真正的開始，應該是列傳用一柄波斯薩蒲爾二世王朝時巧匠所鑄的黃金匕首，拆開那封信時開始的：

（他把那柄可以被列為波斯寶物中一百件精品之一的黃金匕首，當作拆信刀。）

（有關列傳的住所，要詳細說起來，可以寫整整一本書，所以只好從略，只消知道他的臥室和書房，同在一幢二十層大廈的頂樓就是。）

（必須說明的是，那幢二十層高的大廈的其他各層，也全屬於他，他要來作不同用途。）

（又必須說明的是，那幢大廈在東方一個著名城市的離市區不遠的一座山上，可以俯瞰大半個城市，是這個城市最特出的建築物之一。）

（不得不再囉嗦一句，他那幢大廈，有一個相當古怪的名稱：X↓8。那是數學上無窮大的符號，他的意思是，住在裏面的人，對一切的追求，都是無窮大！）

列傳通常不拆沒有來歷的信，他之所以拆那封信，是由於是專人送來的，送信來的人，據收信的，在上山的那條也屬於列傳的私產的路口（距離大廈還有兩千公尺以上）的傳達室當值的雇員稱，是一個「美到絕點」的美女，那美女開始要求把信親手交給列傳，但當她知道那不可能之後，她聳了聳肩，只說了一句：「列先生可能會後悔」，放下信就走了。

列傳的住所，有著一切應該有的先進科學設備，當那封信放到了他的寫字枱上時，他按下一個掣，先聽了當值者的報告，當他決定要看看當時的情形時，他按下了另一個掣。

巨大的螢光屏上立時把當時在傳達室中的情形，顯示了出來，列傳的確有點後悔，送信來的那位女郎，看來像是棕種人，棕種女人的皮膚是可愛的蜜色，而且細膩為全世界女性之冠，再加上那女人有一對大得令人心窒的眼睛。他也聽到了那句話，記住了那美女的聲音。

但列傳當然不會真的後悔，他拿起了來信，向螢幕上那女郎揚了一下，拆了開來。他早就覺察到，信封中有相當沉重的硬物在，可是當那硬物落下來，他向之看去時，他還是呆了一呆。

那是一柄金鑰匙，上面有著極細緻的花紋，鑄工十分精細而古典，可是鑰匙的形式卻又是最新的，肯定用來打開電子鎖。

列傳由於他的「職業」，他堪稱是鎖的專家，這柄鑰匙，令他欣賞，所以他就去看那封信，信是手書的，用十分優美的書法，以拉丁文書寫在精美之極的白紙上：

列傳先生，閣下，竭誠邀請閣下參加神秘俱樂部，全人類中，被挑選邀請者的數字，是一百四十四人，請恕不能把其餘人的名字相告，因為這正是本俱樂部之所以為神秘俱樂部的原因之一。

所有會員，將永無知道其他會員身分之機會，所以也請閣下，為保障自身利益，勿向任何人，即使是最親近者透露閣下已為本會會員，因為一經他人知曉，立時取消閣下會員資格，那是無可言喻之損失。

附上鑰匙一柄，為打開俱樂部會址建築物之用。會址在何處，閣下如經常攜帶此鑰匙，當閣下身在會址十公里範圍內時，自有通知，本會在世界各地皆有會址，閣下有許多機會，享受本會之福利。

本會福利，保證是閣下此生，絕未享受過之一切，事先無法一一宣佈。

本會收費極高昂，但閣下自然樂於負擔——當閣下享受過本會所提供之福利之後，若閣下全然沒有興趣，可將鑰匙逕行拋去，但仍請勿將此事向任何人提起，為荷，感謝莫名。

神秘俱樂部總管啟

列傳看完了信，再仔細去察看那柄鑰匙，一眼就看出，那柄鑰匙，是十分精細的高科技電子產品，有一個小蓋子可以移開，一個液晶體顯示幕就在蓋子下面，可是又卻沒有任何按鈕。

列傳迅速地把有可能組織這樣俱樂部的人想了一下，沒有結論，他掂著鑰匙，姑且把它放進了他用來放重要物品的一個小皮夾之中。

然後，他幾乎忘記了。

他雖然擁有「無窮大」，但是實際上，他留在「無窮大」的時間不多，行踪飄忽不定，這一天，他才在維也納下機不久，在驅車赴市區途中，他的身上，突然傳出了一陣動聽的音樂聲來，極低，但赫然是著名的「森林圓舞曲」！

突然有樂音自身上傳出來，自然是叫人感到突兀的事，列傳把車子停向路邊，很快，就在身上找到了樂音的來源：神秘俱樂部的那柄金鑰匙！

他推開了鑰匙上的那個「蓋子」，看到液晶幕上，有文字顯現，顯現的文字是一個地址。

列傳的好奇心被勾引得到了極點，現在這種情形，說明神秘俱樂部在維也納有一處所在，如果依址前往，會遇到一些甚麼神秘的事情呢？

他本來有事，可是不是太重要，何不先到那個地址去看一看？他是一個音樂愛好者，所以對音樂之都也十分熟悉，一看地址，他就知道那是在阿倫堡公園和蘭度夫醫院之間的若干條古老街道之一，那裏有許多古老的建築物，位於維也納市的東南方。

一曲「森林圓舞曲」一奏完，液晶體幕上的地址也消失，時間並不太長，如果不是一直隨身帶著那柄鑰匙的話，那就沒有機會獲知這個地址了。

四分鐘之後，列傳隨便停了車，來到了一幢有著七八級石級，看來相當古老，但仍然保養得十分好的屋子之前，那屋子外觀並不是很起眼，上了石級之後，才在門口站定，用鑰匙開門，才一插進去，就聽得一個十分甜膩的女人聲音：「歡迎歡迎，列傳先生。」

列傳一點也不驚訝——鑰匙是寄給他的，當然上面有一切磁性資料，倒是那女人的聲音，引起了他的興趣，他不但有過目不忘的本領，也有過耳不忘的本領，他只要聽過一個人講一句話，就可以長時期把聲音和人聯繫起來，所以他一聽就可以知道，那聲音就是屬於送信來給他的那個有著蜜一樣膚色的女郎。

這當然也不會引起列傳的驚訝，簡單的電腦運作就可以做到這一點了。

他推開門，走進去，取回鑰匙，門在他身後關上，這建築物的隔音設備絕佳，門一關上之後，立時靜得出奇，門內是個佈置美麗的進口，他略停了一停，那甜膩的聲音又傳了過來：「你已進入了神秘俱樂部的會所之一，今天我們的特別介紹，是水晶球中的迷惑，閣下有沒有興趣，還是另有所需？」

列傳笑了一下：「很有趣，聽來像是廚師在推薦菜式！」

他本來以為那甜膩的聲音是錄音帶，但這時他才知道不是，因為那聲音對他的話有反應，那是一串聽來令人心跳的嬌笑聲。列傳一攤手：「好，就是『水晶球中的迷惑』！」

動聽的女聲一面指點他該如何走，一面道：「放心，你不會遇見任何人，你在這裏，可以享受到極度的神秘，雖然閣下本身已經是神秘人物。」

列傳向前走著，屋子中的一切裝飾是無懈可擊的高品味，他笑著：「我倒寧願你現身來陪伴我。」

甜媚的聲音像是吃驚了：「不可以，那是絕對禁止的，絕對禁止……」

列傳想告訴她，他完全記得她的樣子，並無神秘可言，但是他一向不在弱小者面前炫耀自己，所以他並沒有說甚麼。

他推開了一扇門，就來到了那間十分舒適的起居室中，光線略暗了些，他在一張天鵝絨的安樂椅上坐下，在他的右手邊，就自地板中升起一個酒架，上面有七八種美酒，列傳揀了一種，用一種圓鼓形的大杯子，倒了半杯，在他的前面，地板上又升起一個架子，在架子上，有一隻相當大的水晶球，直徑約有三十公分，看來晶瑩透徹，也反射著變幻莫測的絢麗色彩。

列傳呷著酒，那女郎的聲音再傳來，擴音裝置幾乎無所不在，令得聲音聽來，就像在耳際發出一樣：「請注意，水晶球中的迷惑，只能發生一次，決不重複。」

列傳在那時，根本不知道甚麼叫「水晶球中的迷惑」，當然也不會在乎重複或不重複，所以他只是聳了聳肩，不置可否。

「現在，請你集中注意力，注視那水晶球！」

開始的時候，列傳只是抱著姑妄一試的心情，去注視那水晶球，他甚至未曾真正集中注意力！

可是，就在他望向水晶球之後，變化就發生了。

他不知道變化是如何發生的，不知道，知道的只是他身上的衣服不見了，心理上的束縛也完全消失了，他身上籠著輕紗，半躺在一個銀白色的軟兜上，被八個全身籠著煙霧一樣的女人抬著走，身心都感到無比的舒暢，他突然進入了「夢幻境界」，而在「夢幻境界」中，他的經歷，令他滿意之極，滿意到他不想離開，而在離開之後，他毫不猶豫，要不惜一切代價再進入！

這時，那甜美的女聲叫他「問一問前面的水晶球」！

從剛才的經歷如夢似幻看來，那水晶球難道有異常的魔力？

他一想到這一點，倏然睜開眼來。

心甘情願的獻出

玉樓冰簟鴛鴦錦，粉融香汗流山枕。簾外轆轤聲，斂眉含笑驚。
柳陰烟漠漠，低鬢蟬釵落，甘作一身拼，盡君今日歡。

——五代・牛嶠・菩薩蠻

水晶球就在他的面前，他一睜開眼，視線就盯在水晶球上，水晶球看來仍然那樣澄澈晶瑩，一點雜質都沒有，他忽然有一種奇怪的想法：剛才，難道是進入了水晶球之中？夢幻境界，是突破了空間的限制，進入了水晶球之後產生的？

這似乎更虛幻了，列傳不願意承認剛才一切經歷是虛幻的，剛才在黑暗之中，他甚至可以肯定，他是那個令他銷魂的女郎的第一個男人，男性普遍的弱點，在他這個與眾不同的男人身上，也同樣起作用，他既然肯定了這一點，就興起了一種渴望，渴望成為她生命中唯一的男人。「第一個」和「唯一的」，這豈不是每個男人都渴望加在女性身上的願望？

聽起來很像很複雜，實際上，那也不過是人類行為中，佔有行為的一種變化而已。

列傳由於緊張，呼吸有些急促，他的視線，完全可以穿過那水晶球，可是水晶球卻不能給他任何答案，他大口喝著酒，正想發問，突然之間，他看到水晶球中，有點東西在晃動，由小而大，由模糊而清晰，終於，他看清楚了，那是一個女郎在曼舞！

由於球體的表面，對光線有折射作用，所以列傳看到的形象是扭曲的，但那也足以使他肯定那是一個女郎在曼舞，她的身子看來極其柔軟，幾乎可以作任何角度的轉動，舞出各種各樣的姿勢來。

在一開始之際，列傳心頭狂跳，以為黑暗中的那女郎現身了，可是隨即，他失望了，那不是黑暗中的女郎，而是那個送信給他，有著甜媚的聲音和蜜色皮膚的那個女郎：列傳不但失望，而且開始憤怒，憤怒是由於失望的激動而引起的。

他知道自己現在看到水晶球中的舞影，是光學儀器裝置投影的結果，他陡然喊叫了起來：「給我黑暗裏的那個，她屬於我，給我！」

水晶球中的舞影消失，依然明徹，然後，是那個甜媚的聲音：「列傳先生，事先我曾作過說明：水晶球中的迷惑，只能發生一次，決不能重複的！」

列傳又叫了起來：「那是你們訛詐的手段，你們只管說，要甚麼代價，才能使我再見到她？」

他雙手緊握著，表現了他有生以來最大的衝動和粗鹵，他明知這樣對事情不會有甚麼幫助，可是這時，他的情緒已處在無法自我控制的情形之下！

甜美的聲音聽來有點急促：「真……那麼值得？聽來真是十分浪漫……會令女子心醉……」

列傳繼續在吼叫：「還有甚麼人在這裏，出來見我，不要再玩這種遊戲！」

他聽到了一下嘆息聲，這一次，聲音就在他的身後傳來，他立時轉身，看到了那女郎，那女郎水靈靈的大眼睛中，閃耀著一種異樣的光采，令得和她視線接觸的人，心跳會加劇。

列傳一看到有人，一伸手，已經抓住了她的手臂，那女郎自然而然做出了一個「你弄痛我了」的神情來。這樣的神情，出現在那麼美麗的臉上，本來是十分惹人憐愛的。可是列傳這時，正處在憤怒，焦急的情緒之中，他看到了這種神情，陡然之際，升起了一股發洩的快意，不但抓住女郎手臂的五指更用力，而且粗暴地一擰手，把那女郎拉得向他懷中直跌了過來，同時，另一隻手已抓住了她的頭髮，用力向下拉，拉得那女郎的臉仰向上。

那女郎咬著下唇，看來她是在竭力隱忍著不呼叫，她的神情極其複雜，又像是感到了痛楚，又像是感到興奮，由於她臉仰向上，胸脯就自然向上挺起，高聳的雙乳，在極薄的絲衫之內，由於急促的呼吸而在上下起伏，而且乳頭也已隱約地頂住了衣衫。

那種神態充滿了誘惑，列傳盯著她：「你不把黑暗中的那女郎叫出來，我就用你來替代！」

那女郎嬌吟起來：「我……不能……」

她的聲音本來極甜膩動人，這時帶了幾分驚惶，聽來更是令人心蕩，列傳雙手一起鬆開，不等那女郎有任何反應，他雙手已扯下了她身上的薄絲衫。

蜜一樣的肌膚，那樣柔滑細膩，雙乳驕傲地堅挺著，乳頭也準備迎接異性的吮吸，列傳是一個男人，曾有哲人說過，每一個男人，基本上都是一頭野獸。

列傳在平時，實實在在，極其君子，尤其在異性面前。可是這時，他焦躁、失望、憤怒，種種情緒，無法宣洩，而那女郎的嬌軀，又如此誘人，列傳連想也未及想到她的身分，只當她是地位卑下的，在俱樂部中的女侍，他把所有的情緒全扭成了一股自亙古以來，就蘊藏在人類內心深處，隨時蠢蠢欲動的獸性，而又在剎那之間，全爆發了出來。

他的雙手無情地伸向女郎的雙乳，女郎發出的呻吟聲使他的行為更狂暴，那女郎想抵抗，可是顯然她全身都已酥軟，以致半分氣力也使不出來，她身子搖晃著，反倒向列傳緊緊地靠過來。

列傳一直在用粗暴的動作對待她，那女郎緊咬著下唇，強忍著呼叫，隨著列傳的擺佈，盡她的可能取悅著列傳，列傳並沒有留意到她忽閃的大眼睛中，充滿了淚花，他只是在女性對男性身體的挑逗上，感到了刺激，這種身體上的刺激所帶來的快感，令得他心理上的抑鬱，也在逐步減輕。

女郎身上的衣服全是被列傳強有力的雙手扯下來的，當列傳站立著，令那女郎跪在他的面前，而他又用力按下那女郎的頭部之際，那女郎曾掙扎著抬頭，向他看了一眼。那時，她臉上的神情更複雜，有愛、有怨、有乞求，看來，她是想要列傳注意她一下，至少，也將她當作是一個人，一個可愛的女人。

但這時，列傳卻正抬頭向上，根本未曾向她多望一眼，她沒有作聲，順著列傳的意思，努力想把列傳的情緒平復下來，然而，挑逗性強烈的接觸，使列傳喘息著，突然一俯身，托住了她的纖腰，將她直抱了起來，推向牆，把她抵在牆上。

她並沒有閉上眼，仍然緊咬著下唇，列傳把她身子托高，她順從地在恰到好處的位置，把雙腿纏向列傳，將自己完全開放給那個這樣粗暴對待她的男人。

然而，她在陡然之間，還是叫了起來，那是蕩人心魄的嬌吟，她的身子被緊按在牆上，只有頸部能轉動，她叫著，急速地轉動著頭，她的頭髮因為左右甩動而半掩住了她的臉，所以也使列傳看不到她在那時湧出來的淚水。

那時，列傳也感覺到了！

那女郎，現在在被他用那種狂野的行為在對待著的女郎，和夢幻境界中，黑暗中的那個一樣，他也是她的第一個男人！

他腦際閃過了自己在黑暗中動作是如何輕柔，如何和對方的閃挪配合得淋漓盡致。

可是這時，他卻全然無法控制自己，他情緒的發洩，通過極大的壓力噴射而出，誰也無法在半途忽然由狂野變成輕柔！

他繼續著，那女郎的嬌吟聲更刺激著他，令他把剩餘的獸性也一起發作了出來。

那女郎終於開始掙扎，扭動，用力推開了他，身子在地上打著滾，甚至爬行著想離開他。可是，她的每一個動作，每一個變換的姿態，都令得列傳更狂，當他握住了那女郎的足踝，雙手分開時，他簡直是要將那女郎就這樣撕成兩半；而他則發出了一個男性征服者的原始的叫聲，剎那之間，把殘剩的激憤，一瀉千里地作了發洩。

等到一切都靜下來之後，列傳閉上了眼睛，深深地吸了一口氣，他聽到那女郎斷斷續續的抽噎聲，當他望過去時，看到她身子縮成一團，光滑柔膩的背部在不斷地起伏，雙腿縮成了十分美麗的曲線，全然像是一頭受了創傷的小動物。

列傳這時候，已經完全恢復了正常，他伸手過去，把手輕輕地放在她的背上，那女郎劇烈地震動了一下，轉過頭來，她滿面都是淚痕，以致不少頭髮，沾在她的臉頰上，眼部的化粧，給淚水化了開來，形成模模糊糊的一團，淚水還在湧出來，可是她的眼神之中，卻並沒有憎恨的神色。

列傳想說甚麼，可是實在不知如何說才好，反倒是那女郎先開口，聲音動人曼妙：「我……不怪你……只是你實在……太凶了！」

列傳拉著她的手，把她拉進了懷中，抱著她，她心滿意足地偎著列傳，淚水卻湧得更急，列傳吸了一口氣，才道：「我不知道……不知道……你是——」

她把頭埋向列傳的懷中：「是我自己願意的……總要有第一次……你……是我自己的選擇，是我心甘情願的獻出！」

列傳更感到了內疚：「我甚至不知道你的名字，你……」

她把臉緊貼著列傳的胸膛：「我出生在西里伯斯島，可是從小就在荷蘭受教育，我是美術家，我的名字是香加莎，十八歲半。」

她說到歲數後，把臉仰了起來。列傳這時才發現自己實在犯了判斷上的錯誤，過濃和誇張的化粧，使他誤估了她的年齡，這時，化粧被淚水洗去了一大半之後，他才看清楚，她簡直只是一個少女！

列傳更覺得內疚，他喃喃地道：「你要甚麼……我可以補償給你……」

香加莎立時回答：「我要你愛我，做得到嗎？」

列傳笑了起來，搖著頭：「恐怕不能。」

香加莎的聲音變得很低：「沒有希望？」

列傳震動了一下，才道：「我愛的異性，我會求她愛我！」

香加莎幽幽地嘆了一口氣，沒有再說甚麼。男女情愛，本來就沒有甚麼情理可講，列傳心目中「愛的異性」，是他根本沒見過的黑暗中的那女人！他對她的感情，竟是爆發般的強烈！

香加莎又說了很多：「我不知道，真的，甚麼都不知道，我受雇，是的，很神秘，指示我該做的事，該講的話，和我的酬勞，都由郵遞寄送，我所講的每一句話都是指定的……我不知道你有甚麼遭遇，只是我聽出你情緒十分焦躁……不安……

憤怒，我想……我或者可以使你愉快點，平復一下，本來那是嚴厲禁止的，可是我甘心情願，誰知道你一見了我……是不是我的出現，反而令你發怒？」

列傳想不到香加莎的性格那麼柔順，想起了剛才自己的狂暴，他不禁搖頭，輕撫著她的秀髮。

香加莎反倒好奇地反問：「甚麼叫『水晶球的迷惑』？為甚麼那令你不安？」

列傳凝視著她，沒有回答，他相信她的話，她確然甚麼也不知道，她只在他進門時，見了他一下，他進了這房間之後，發生甚麼事，她完全不知道。

那麼，他怎樣才能和黑暗中的那女郎再見面呢？神秘俱樂部是不是真的是一個超級的詐騙組織？

正當他這樣想的時候，一個死板的，聽來像是機器人一樣的聲音，突然響起：「香加莎小姐，你違反規定，已經被開除。列傳先生，你也違反了會章，你的會籍，也被取消，從此和本會再無任何聯繫！」

列傳忙叫道：「等一等，請問——」

那聲音又響了起來，說出來的話，和聲調一樣無情。

難解的謎團

上窮碧落下黃泉，兩處茫茫皆不見。

——唐・白居易・長恨歌

平生不會相思，才會相思，便害相思。
身似浮雲，心如飛絮，氣若游絲。

——元・徐再思・折桂令

聲音冰冷而呆板：「你的任何問題，得不到回答，你可以把整幢屋子拆掉來尋求答案，但必然一無所獲，你的任何行動，都要付出代價，帳單一定會送到你的手上。」

列傳絕不在乎聲音中那些強硬的詞句，他只是急急地道：「我不在乎代價，只要再讓我見……甚至一樣在黑暗中也好……給我……把她給我！」

可是聲音卻已不再傳來，列傳大聲叫著，他又顯得有點狂亂，香加莎用幽怨的神情望著他，他卻大聲喝：「聲音是從哪裏傳出來的，帶我去！」

香加莎急忙答應著，帶著列傳，到了二樓的一間房間中，那裏有相當完善的擴音設備，有一具閉路電視，可以看到一進大門的情形，香加莎指著一張椅子：「我就是坐在這裏的。」

列傳略為檢查了一下，就發現剛才那聲音，是通過了電話傳入儀器裝置和他對話，電話是從甚麼地方打來的，自然無法追尋了。

列傳還是花了兩天兩夜時間，在這幢屋子中，做了徹底的搜查，可是屋子中一點也沒有可以幫助他解釋他為何會進入「夢幻境界」的線索。

香加莎在這兩天中，一直陪著列傳，忍受著列傳莫名其妙的暴躁，表現了她非凡的柔順，也用她女性的胴體，給列傳以慰藉。

可是列傳想的，卻只是那黑暗中的女郎。他是那樣特別的一個江湖人，以前，怎麼知道甚麼叫作相思？可是這時他卻知道了！

第三天，他和香加莎一起離去，她沒有對他提出任何要求，只是用她閃耀著深情眼光的大眼睛望著他。列傳把她帶進了「無窮大」，告訴她：「我不會限制你任何行動，你的簽名，可以在銀行中無限量提款，但是我行踪飄忽，而且……我還要去尋找一個人！」

香加莎垂下眼瞼：「知道，你要去找尋一個在幻境中，在黑暗中遇到過的女人！」

列傳叫起來：「不是幻境，我知道不是幻境！」

香加莎沒有再說甚麼，她甚至把她的一下嘆息聲，硬忍了下來。

列傳是那麼神通廣大的一個人，從那天起，他通過了一切通道，打聽「神秘俱樂部」的來歷，因為那是他唯一的，可以找出那黑暗中女郎的線索。可是不論他如何努力，沒有人聽說過這個俱樂部。

他想起神秘俱樂部的那封信：「別告訴任何人，即使是你最親近的人，同樣，你最親近的人也不會告訴你！」

他感到了一股寒意，發現他根本無法打聽出有關神秘俱樂部的任何消息！

他本身是一個「願望達成者」，他要和自己日思夜想的異性相聚，這願望可以說合理性之極了，可是他卻也無法為自己達成願望，所以，他自然而然，把他的業務，處於停頓狀態。

他的行動，很令得江湖上震動，人總有幾個朋友的，列傳也不例外，他有一個朋友，堪稱生死之交，那是一個在每一方面都和他截然不同的人，唯一的共通處，是同樣地是「江湖冒險者」。他的那個朋友姓游，名俠。雖然是好朋友，可是也不常相見，所以，直到若干時日之後，游俠才和列傳見了面。

列傳向游俠說了經過，游俠搖頭：「我沒有受邀請加入神秘俱樂部，也從來沒有聽說過，你收到帳單沒有？」

列傳點頭：「收到了，一百萬鎊。可是沒有線索，錢是存進瑞士銀行的秘密戶口中去的。我在世界各大城市的報上登廣告，願意付更多，可是沒有人和我搭線！」

游俠笑了一下——他笑起來比哭還難看，因為他是個很醜陋的人：「主持人的利潤是百分之一千，把你麻醉過去，再弄醒，在某些藥物的刺激下，那是很容易做到的事！」

游俠的話，令列傳興奮起來：「你的意見是……那不是幻境，是真的？黑暗中那女人是存在的？我有希望可以找到她？」

列傳的神態是如此之焦切，甚至他的聲音在微微發顫，游俠並沒有回答他的問題，只是望了他半晌，冷冷地道：「你怎麼了？看來，你像是一個害了相思病的少年人！」

列傳無可奈何地承認：「我是害了相思病。」略停了一停：「主持人如果只是為了斂財，應該和我聯絡，其中一定另有玄妙！」

游俠的聲音更冷：「他們心中有數，那黑暗中的女人，只不過是一個普通之極的——」

列傳已經漲紅了臉，緊握著拳，瞪定了游俠。

一個害相思的少年人，或許還有理可喻，一個像列傳那樣的男人，如果害了相思病，能對他講甚麼呢？

游俠最大的好處是明白事理。

所以，他便默然不語。

幻境美女

神仙姐姐不知從哪裏來，如今要往哪裏去，
我也不知這裏是何處，望之攜帶攜帶。

——清．曹雪芹．紅樓夢第五回

「願望（合理性的）達成者」列傳，在不久之前的那次奇遇之後，有點神不守舍。那次奇遇，他在疑真疑幻、半虛半實的情形下，在一點光線也沒有的黑暗之中，在維也納的一幢建築物之內，有過一次銷魂蝕骨，用他自己的話來說，足以一輩子回味的經歷。黑暗中在他懷中扭動低吟的那個女體，使他作了種種的想像，一想起來就發怔——那是害了相思病的病徵。

列傳的生死之交游俠，對這種情形，十分擔心。游俠認為人一過了二十歲，不論男女，就不應該再談戀愛。他是一個十分實在的人，很少浪費時間去做或去想虛空的事——浪費時間，就是浪費生命，這是他的座右銘。

所以，游俠和列傳，就有了一番十分懇切的對話，對話在列傳的那幢命名為「無窮大」的二十層高的大廈中的一層進行。

有必要先介紹一下游俠這個人。

游俠和列傳，這一雙生死之交——真正的生死之交，他們有許多次出死入生的共同經歷。站在一起，所有人的目光，一定先落在列傳的身上。列傳是一個真正的美男子，體高接近兩公尺，氣宇軒昂，儀表非凡。曾有一個身形嬌小的美女，在和列傳共處三日三夜之後，對別人說：「我這一生都夠了！再也不會有別的男人可以令我快樂。天！他可以隨便把我舉起來，可以把我弄成任何形狀；開始時我害怕，不多久我才知道他叫我明白了甚麼樣才叫男人，甚麼樣才叫女人！」

這一番出自美女口中的讚詞，別人聽了，仔細去想想，自然可以發現其中的旖旎風光，羨慕不已，可是列傳本身，卻只是置之一笑，因為這一類稱讚的語句，出自各種各樣的美女之口，他聽得太多了！不但不會感到興奮，甚至會感到厭煩。

所以，有一次，他對游俠說：「唉！天生了我這種受異性矚目的外型，真不是甚麼好事，我真的寧願像你那樣……平凡。」

他在說到「那樣」之後，「平凡」之前，有一個短暫時間的停頓，因為他不想得罪朋友，所以要找一個適當的形容詞，對游俠的外型來說，「平凡」自然是最客氣的說法了！

不過，游俠並沒有絲毫自卑感，他當時就雙眼一翻：「平凡？我一點也不平凡，我醜！」

說游俠醜，也未必，不過他的樣子絕不起眼，倒是真的。他和列傳一起，人人在看夠了列傳之後，或許也會掃他一眼，但一百個人之中，不會有一個留下印象。

他個子矮，體高一五八公分，肥胖，腰圍八十七公分，還有繼續增長的趨勢。他眼睛很小，笑的時候只有一道縫，怒睜雙目時，依稀可以看到他的眼珠。他有一個女朋友，有次忍不住問他：你能看到東西嗎？

他有一個大鼻子，由於極其嗜酒，大鼻子尖處已經發紅；他又有一個闊口，笑起來發出響亮的聲音，手舞足蹈，看來滑稽之至。

列傳的頭銜是「合理性的願望達成者」；游俠的頭銜，也是他的職業，倒也異曲同工，可能比列傳更誇張：「受委託人」。

「受委託人」的意思就是他接受任何委託，不管這委託是不是合理。

不過，自然，他並不保證每一宗委託都可以完成，他在接受委託之前，先作聲明，老少無欺，所以，他的「生意」十分冷落，被委託的機會不是太多。

他的住所，當然也不像列傳那樣誇張，只是一幢外面看來十分破舊的三層舊式洋房，位於郊外，郊遊人士多半會將之當成被廢棄了的鬼屋。

游俠這個人究竟來龍去脈如何，他從不對人說，連列傳也不甚了了，只知道他和中國的一個失傳了的武術門派，很有點不尋常的淵源，所以，他有精湛的中國武術造詣，尤其在內家氣功方面。當然，他絕不會有當眾表演的這種行為，所以究竟精湛到了甚麼程度也沒有人知道。或許，在故事日後的發展中，他有展露精深內家氣功的機會，請大家拭目以待好了。

游俠這個人介紹得差不多了，一向相當清閒的他，近來倒相當忙，因為他接受了一宗委託，委託他的就是列傳。

列傳在維也納回來之後，向游俠說了那宗奇遇，再呻吟著：「我委託你把那個在黑暗中的女人找出來！」

游俠照例說：「先付一半委託費，我絕不保證可以完成你的委託！」

列傳疲倦地揮著手：「把那個女人找出來。」

在接受了委託之後的第十天，也就是游俠和列傳進行了懇切的談話的那一天。游俠駕著他那輛外型看來殘舊不堪的車子，來到了「無窮大」大樓的門口。

門口的司閽對這輛破車子絕不陌生，知道那屬於主人最好的朋友所有，而且也知道，這輛看來殘舊的車子，性能之佳，在全世界可列入十名之內！

司閽恭而敬之地迎游俠進去，一個穿著十分性感、美腿修長的妙齡女郎又迎了上來，聲音清甜動人：「列先生在第九層的冥思室。」

游俠悶哼了一聲，咕噥了一句：「又在浪費生命了！」

他十分反對冥思，認為一無用處，只是浪費生命。女郎把他帶進升降機，和那女郎走在一起的時候，即使他不經意地挺高身子，他也比那女郎矮了半個頭。

走進冥思室，一片黑暗，游俠的聲音之中，充滿了不快：「只有土撥鼠才喜歡黑暗的地洞！」

黑暗之中，身形高大、強壯得叫人心寒的列傳的聲音，聽起來卻虛弱得可憐：「我的事，進行得怎麼樣？」

游俠可能有黑暗中視物的本領，他在漆黑的環境之中，竟然正確無誤地來到了一個墊子之前，盤腿坐了下來，先自後褲袋中摸出一只扁平的酒壺來，打開蓋子，大大地喝了一口。

游俠所喝的酒，究竟是甚麼酒，是一大秘密，因為他從不與人分享，只知道酒香十分濃冽，中人欲醉，可想而知，一定是烈酒。

黑暗之中，列傳已發出了一下類似呻吟的聲音，游俠這才道：「我已盡了力，幾乎問了全世界的人，沒有人聽說過甚麼『神秘俱樂部』，只聽說過『非人協會』、『非常物品交易會』和『主宰會』等等。」

列傳嘆了一聲：「你問了些甚麼人？」

游俠的聲音相當刻板：「包括了亞洲之鷹羅開、浪子高達、年輕人和他的黑紗公主、原振俠醫生和衛斯理夫婦在內，夠了吧？」

列傳長嘆一聲：「他們知道了我的遭遇？」

游俠沒好氣：「像你這種……遭遇，自然不能逢人便說，但也對幾個人說了，他們的意見和我一樣！」

黑暗之中，沉默了片刻，游俠才繼續說下去：「或許是通過了藥物，或許是通過了電波或其他力量刺激你的腦部活動，使你產生了幻覺！你覺得那個女人如此完美，完全合乎你的理想和需要，帶給你前所未有的興奮和愉快，正因為事實上根本沒有這個女人，一切全是根據你的心願幻想出來的幻覺……」

列傳又呆了半晌，才道：「好，那麼，請你設法讓我再有一次同樣的刺激，我十分需要再次進入那個據你所說是虛幻的境界之中！」

游俠嘆了一聲：「你再這樣下去，會使你的生命在虛妄之中全浪費掉！」

列傳也長嘆：「有何不可？」

游俠一挺身，便已站直了身子，他盯著黑暗，面對的正是列傳所在的方向，列傳可以看到他的雙眼之中，閃耀著一種異樣的光彩，看來像是一對貓的夜行眼一樣。

列傳幾乎絕望了：「我和你一起努力都做不到的事，只怕沒有人可以做得到了！」

游俠昂起了頭，對列傳的話，他拒絕回答，因為他不認為這世上有做不到的事──有許多事不能完成，只是由於不值得去完成而已！

他又大大喝了一口酒，轉身向門走去，推開門，讓門外的光亮透進極寬敞的冥思室，他並不回頭：「好，讓我再去進行，我也建議你不要坐在家裏浪費時間！」

列傳深深吸了一口氣：「我會，剛才我已經想過了，我要用一切方法，把這個神秘的女人找出來！」

游俠發出了兩下冷笑聲，他矮胖的身形迅速移動，初次談話，至此結束。

列傳自然不接受游俠對他的奇遇的解釋，就算真是那樣，他也願意接受一次同樣的「刺激」！

游俠在離開之後，如何去進行完成委託，列傳並不清楚，而列傳這方面，在兩天之後，事情才略有轉機。

轉機是香加莎帶來的，香加莎就是列傳從維也納帶回來的那個，有著淺棕色皮膚的美女。她一直在「無窮大」大樓中，偶而也作為列傳的性伴侶——列傳是相當徹底的享樂主義者，在他的「無窮大」大樓之中，究竟有多少個他的「性伴侶」在，連他自己也說不上來。

列傳才經過了劇烈的運動，胸口有汗珠，他長長地吸了一口氣，把寬闊的胸脯壓向香加莎滑膩的背部。承受了列傳全部體重的香加莎，在急速地喘著氣——當然和列傳成為她生命之中第一個男人那次不同，她這時的嬌喘聲中，充滿了愉快和享受，絕無半分身體或心理上的痛苦。在列傳的身下，她還在自然而然地微微扭動著她的豐臀，令得才如同爆散了的列傳，又有生命逐漸凝聚的感覺。

香加莎好幾次想撐起身子來，可是並不成功，她身子的聳動，令得列傳深吸了一口氣，雙臂環住了她，一個轉身，使她反壓到了他的身上，然後，又把她的身子轉過來，使得兩人面對面。

香加莎如驟雨一樣，吻著她可以吻得到的各處，氣息也漸漸變得粗重，然後，她問了一句十分傻氣的話：「一點也不快樂？」

列傳在她的面頰上，輕輕扭了一下：「記得，以後再也別問這種笨問題！」

他輕輕推開了她，雙臂向上伸直，伸了一個懶腰，香加莎伏在他的身邊，柔軟得像一頭貓：「我不問，只是要告訴你，隨便你要我做甚麼，我都極願意！」

列傳在那一剎間，也很有心滿意足之感。的確，還有甚麼不滿足的呢？地球上有接近五十億人，能有幾個過著像他這樣的生活？他的生活，在絕大多數人聽來，簡直是神話，會根本不相信地球上會有他這樣的人，有他這樣的生活！可是，他自己又知道，他實在無法滿足。

他是「願望達成者」，可是他自己的願望，卻無法達成，這叫他如何滿足？

他一手在香加莎的胸脯上輕輕撫揑搓揉著，一手緊握著香加莎的足踝，把她的雙腿高舉起來，可是與此同時，他卻發出了一下嘆息聲！

香加莎伸出舌尖，先舐了自己的唇，才親了列傳一下，身子偎得列傳更緊：「或許，見見今天新來的那個，會令你興奮些。」

香加莎到「無窮大」大樓的日子不長，可是大樓中的情形，她已了解得相當清楚。她知道，在大樓之中，有數字不定的美女在，都是極其自願地作為列傳性伴侶的美人兒——她自己也是其中之一。

美女來自世界各地，來的原因不一，有的是離開之後的美人兒介紹來的，有的是風聞有列傳這樣一個人，有這樣的一座大樓，自動找上門來的，也有的是列傳請來的，偶遇的，種種不一。

在大樓中的美女，每人都有超越五星級大酒店的豪華大套房，可以得到一切供應，自然，也可以得到列傳十分豐厚的金錢饋贈。

本來，每次有新來的美女，列傳總會有新的興奮，可是這時，他輕拍著香加莎的豐臀，竟然並沒有甚麼特別的興奮，只是懶洋洋地「嗯」了一聲。

香加莎撐起了身子：「這個女郎有點特別，管家問她是從哪裏來的，她的回答是『幻境』，世界上真有一個地方叫幻境的？」

列傳聽了，心中陡地一動，立即坐了起來，取起枕頭旁邊的遙控器，按下了幾個鈕，對面牆上，立即出現了一幅螢光幕，他沉聲命令：「把今天新來的那個女郎的接待過程播給我看。」

也立即有了回答：是！

回答的聲音很低沉，也很乾澀，那是整幢大樓的總管的聲音。總管姓王，連列傳也不知他的來歷，只可以肯定他是一個十分奇特的奇人——關於王總管，以後有許多機會說到他，現在還是先看看那個自稱來自「幻境」的美女如何登場要緊。

螢光屏上在十秒鐘之後，就現出了清楚之極的畫面。

畫面上看到的，是佈置十分高雅的接待室，在一張沙發上，一個女郎用十分優美的姿態坐著。她衣著普通，可是容貌卻有一種叫人一看就驚心動魄的美豔——她應該是亞洲人，有著一頭又長又黑的長髮，可能長到她的腰際，她坐著的時候，長髮披在沙發的靠背上。

黑色短袖的上衣使她的一雙玉臂看來更加白嫩可人，她的神情有點緊張，所以口唇有輕微的顫動，這令得她看來更加動人。

沒有一個女郎，能在接待室中，接受王總管提出的極其客氣的問題時是不緊張的。

緊張的絕非問題，而是王總管，或者，確切一點說，是由於王總管的眼光。王總管有極銳利的目光，有好幾個女郎在事後說起，都說：「第一次接觸到王總管的眼光，沒有法子不害怕，他的眼光，就像兩道電光，直襲進身體，不是令得心跳瘋狂，就是令得心跳停頓。」

這時，王總管看來隨隨便便地坐在那女郎的對面。王總管從來不穿西服，他穿的中裝，都全照足傳統的規矩，甚至襪子也是布襪，不是綫襪。

他是一個六十歲左右，又高又瘦的老人，這時，他照例用銳利之極的目光，盯著那個看來不會超過二十歲的美麗女郎。

有時，來的女郎，會立即由列傳自己通過閉路電視決定是客客氣氣地請她離去，還是歡迎她留下來。但在更多的情形下，由王總管決定。

像這時出現在螢光屏上這樣的美女，自然毫無疑問，會受到歡迎。

那女郎的呼吸也有點急促，胸脯起伏，可以看出並沒有胸圍，所以也隱約可見她的乳尖，細小而堅挺。短裙下的大腿和小腿，可能也是由於緊張，而在不時變換著擺放的姿勢，線條和膚色都無懈可擊。

王總管在客客氣氣地問：「小姐，請問貴姓芳名？」

女郎張開了口，牙齒小巧整齊潔白——那是美女的基本條件之一：「鳳仙。」

王總管揚了揚眉：「從哪裏來？」

自稱名字是鳳仙的美女的回答是：「幻境。」

王總管皺了皺眉：「對不起。」

鳳仙抿著嘴笑了一下：「幻境，就是虛幻的境界，不實在的。我從幻境來。」

王總管神情木然，像是聽到的就像「我從倫敦來」一樣平常，他繼續問：「你知道在住下來之後，會發生甚麼事嗎？」

女郎在那一剎間所表現出來的那種又驚險又害羞又刺激又想勇敢地迎接的那種神情，令得列傳也不由自主發出了一下讚嘆聲來。

她大而明亮的眼睛，這時看來如一頭受了驚但又要表示自己勇敢的小獸，她輕咬著下唇，然後，十分堅決地點了點頭：「我知道，我有一個朋友，去年曾在這裏住了一個月，她告訴我，這一個月，是她一生之中最快樂的日子，永遠不會忘記！」

王總管對她的答覆，表示十分滿意：「會有人帶你到你的房間去，有任何需要，都可以提出來，會盡量滿足你！」

鳳仙盈盈地站了起來，欲語又止，王總管道：「有話，只管說！」

鳳仙的雙頰，漸漸泛起了一層俏麗之極的紅色：「我甚麼時候可以見到……他？」

列傳看到這裏，不禁吸了一口氣，可是王總管的回答，卻十分無趣：「我不知道，鳳仙小姐，我會向他報告你來了，一切由他決定，他是這裏的主人。」

鳳仙低下頭去：「是！」

一個女僕走進來，帶著她出去，螢光屏上的畫面消失。

香加莎突然張口，在列傳的肩頭上，咬了一口：「是不是立刻見她？」

列傳卻皺著眉，打開了床頭內的暗格，取出一具電話來，那是他和游俠之間的直通電話，一有了回答，他就問：「一個美麗絕倫的女孩子，二十歲左右，亞洲人，名字叫鳳仙，你有甚麼意見？」

列傳的問題，乍聽有些怪，但是卻大有道理在，道理何在，聽了游俠的回答自然會明白。

愛情

醉來山枕小橫陳，釵重半邊溜。可惜夜闌開盡，又卸妝時候。

——清・許光治・好事近

且慘綠叢中，軟紅堆裏，斟倒濁醪盞。

——清・梁履將・摸魚兒

列傳等了幾秒鐘，就有了游俠的回答——那是游俠的專長之一，他有過人的記憶力。人腦的記憶功能，可以達到記憶五億冊書，普通人運用到的腦部記憶功能，只是萬分之一，游俠如果能運用到百分之一，那麼，他就是記憶超人了。他那種過目不忘的本領，使他成了最好的、活的資料庫，再古怪的問題，他也可以回答得出來，他甚至可以把圓周率背到小數點後的兩百五十位！

游俠的聲音，聽來十分凝重，這表示他的答案，牽涉到相當嚴重的事實——作為游俠的生死之交，列傳自然明白這一點，所以他也不由自主，挺了挺身子，坐了起來。

也就在這時候，香加莎有了小小的誤會，她也調整了她身體的位置，把她柔軟的胴體，輕跨在列傳的小腹上；不過當她媚笑著望向列傳，看到列傳那種全神貫注的神情時，她總算沒有進一步的動作。

隨著游俠的語聲，列傳不斷發出「嗯」、「嗯」的回答。游俠的答覆是：「有一個極龐大的特務組織，隸屬於亞洲一個極權國家——這類國家的經濟落後，可是特務情報工作，卻出色之極，蘇聯的國家安全局，是一個最著名的例子。那個國家的特務系統，結構、聯繫，十分複雜，其中，最核心的，幾乎就是最高權力機構的化身——有一個時期，連最高級的國家官員，甚至國家元首，都逃脫不了談話被竊聽和錄音的命運！」

列傳喃喃地說了一句：「是的，那個國家元首有過『不准搞偷聽錄音的最高指示！』」

游俠吹了一口氣：「這個核心小組，有一個十分周詳的特務訓練計畫，他們根據遺傳學的原理，把若干優秀父母所生的嬰兒，自出世起，就納入訓練的範圍，訓練的內容包羅萬有，一般來說，十歲之前，已經要完成普通人的大學課程，外加許多別的技能。」

列傳發出了一下類似呻吟也似的聲音，那並不是游俠的話聽來相當駭人，而是輕壓在他身上的香加莎，一雙渾圓挺聳的乳房，這時距離他的臉部，不過三公分，所以他忍不住伸出舌頭來，在她的乳尖上輕輕舐了一下，令得香加莎身子扭動，她和列傳的身體接觸部份，自然而然摩擦了一下。

物理學告訴我們，摩擦會生電，當男人和女人的身體摩擦之際，產生的也是電，那是一種生物電，是可以刺激人的腦部活動，叫人產生如同爆炸一樣的感覺。所以，列傳只是輕輕呻吟了一下，那是十分懂得克制自己的了。

然而這一下不應該發生的聲響，卻已令得游俠不滿，他立時悶哼了一聲：「你最好用心一點聽著。既然你也問到了這個問題，我就假設你已經陷入了十分嚴重的危機——和那種經過特別訓練的特務打交道，絕不會是愉快的經歷，他們甚至不能算是人，而只是『人形工具』，一切行動，全受組織、上級的操縱。」

列傳立即反問：「她們？」

游俠道：「是，全是女孩子，據說，經過了淘汰，本來有上千人，現在完成訓練的，只有十二個人，她們個個美麗絕倫，幾乎無所不能，我再問你，你為甚麼會忽然向我查起這個資料？」

列傳有點不好意思，他在男女生活方面的「廣泛興趣」，游俠曾不止一次倚老賣老地勸過他：「男人必然需要女人，可是像你這種需要法，卻只是肉慾，沒有心靈上的慰藉。你難道不知道，女人的嬌軀雖然可愛，可是她們的心靈，卻更加迷人？」

列傳每次的反應都一樣，攤著手，呵呵笑著，不作任何表示。

游俠會繼續說：「你是那麼出色的一個男人，應該去追求女人的心靈，那種追求過程叫做愛情，列傳，未曾有過愛情的人，一生等於交了白卷！」

列傳在這時候，總會長嘆一聲：「我知道，我十分知道，可是一直沒有遇上能令我發生愛情的女人，世界上不是每一個都像你那樣幸運的！」

每當對話進行到這裏的時候，游俠就會發出充滿了滿足的笑聲，他的那雙小眼睛瞇成一道縫，面上有異樣的光采流動——就算完全不知情由的人，一見這種情形，也就可以知道他，游俠，正有一個愛人，在他的心靈之中，有著天地之間，人類生活之中最偉大的感情：愛情。

而且，也可以看出，他的那個她，也一定十分愛他，使他可以充份享受到愛情的甜蜜。

不錯，事實正是這樣，游俠的那個她，在游俠列傳故事之中，佔相當重要的位置，但現在暫時不需要她出場，所以也把她的一切，以及她和游俠相識的離奇經過，暫時不作披露。

由於游俠一直在這樣勸列傳，而列傳卻又十分享受自己喜歡的生活方式，不想改變，而為了避免游俠多囉嗦，列傳在提及自己的生活方式時，習慣隱瞞一些事實，以求耳根清靜。

可是這時，他卻無法不照實直說：「今天，有一個美女投入『無窮大』大樓，自稱來自『幻境』，名字是『鳳仙』。」

列傳委婉地把世界各地前來「無窮大」大樓的那種行動，稱之為「投入」，這又令得游俠發出了一下不滿的冷笑聲：「你還沒有和她見面？」

列傳道：「還沒有。」

游俠深深吸了一口氣：「她大有可能來自那個核心小組所訓練出來的十二個之中，因為那十二個女超級特務的代號，十分異特，她們都採用了一種花的名字作代號，而這種花的第一個字，又是一個真正的姓氏——傳統上有這個姓。」

列傳手臂略移了移，令香加莎柔軟的身體，伏在他的腿上，他伸手在她滑膩的背上輕撫，他的聲音和神情，都有相當程度的嚮望：「是的，江湖上都傳說著原振俠醫生和海棠的故事。」

游俠略頓了一頓：「對，海棠是其中之一……也聽說她居然已脫離了組織的控制，這真有點不可思議！」

列傳吸了一口氣：「如果她是超級女特務，你認為她來的目的是甚麼？」

游俠語意冰冷：「這個問題，你應該問她！」

列傳忙道：「我會問的，謝謝你提供的資料。」

游俠悶哼一聲，仍然在表示他的不滿，可是在他放下電話之前，列傳卻聽得他發出了一下如開心孩子見到糖果一樣的歡呼聲：「你來了！」

列傳嘆了一聲，他知道，那是游俠的那個她，忽然出現在游俠的面前了！每當這種時候，天塌下來，游俠也不會理會的了！

列傳深深吸了一口氣，他拿起遙控器來，可是他未及按下任何按鈕，就又把遙控器放了下來，雙手捧住了香加莎的頭，手指插進了她濃密的頭髮中，發出了一下原始人也會發出的聲響，香加莎給他的刺激，也使得他可以連天塌下來都不理會。

等到他輕輕推開香加莎，香加莎躺著，一動也不動，只有飽滿的胸脯在急速起伏時，已是將近三十分鐘以後的事了。

列傳伸手又取過了遙控器——那遙控器，可以控制屋中的一切裝置，這時，他急速按下了幾個掣鈕，螢光屏上又有了畫面。

畫面上看到的，先是起居室，但是當他又按下了一個按鈕之後，螢光屏分成了四格，起居室、臥室、浴室和書房，那個自稱來自幻境的美女鳳仙，正懶洋洋地半躺在床上，看來正在思索甚麼。

按鈕又令得螢光屏上的畫面，只有臥室，而且，鏡頭移近鳳仙，使她的臉部變成了大特寫。

在每一個提供給投入「無窮大」大樓美女居住的華麗住所之中，都有十分隱秘、十分完善的電視監視系統，每一個角落中發生的事情，列傳都可以通過控制，看得清清楚楚。一開始，列傳曾考慮向居住其中的美人兒說明有這種裝置，但結果還是保持了秘密。

理由是：他是一個十分公平的人，所以認為任何人在得到甚麼的時候，總也應該付出點甚麼——美女得到了世界上所能得到的最高物質享受，難道就不應該付出被人偷窺的代價嗎？

當然應該，公平之至。

而事實上，大多數美人兒，都可以猜到有這種裝置，有許多迫不及待地展示自己的胴體，做出種種媚態，唯恐列傳看不到！

如果鳳仙是超級女特務，那麼這種監視系統在她的眼中，就如同小孩子的玩具一樣。她早就應該知道她在這裏的一舉一動，都會被人看到——那麼，她現在擺出這個神態來，是甚麼意思，有甚麼作用？

列傳迅速地在轉著念，鳳仙卻一直不動。列傳這時，注意到斜躺在床上的她，有一雙極其修長的玉腿，她的身量也相當高，一定超過一七〇公分——列傳對女人的胴體經驗豐富，他自己體型高大，對於同是高佻身型的女性，也自有一份好感。

列傳控制著畫面，一會兒遠，一會兒近，近的時候，是鳳仙面部的大特寫，發自她眉宇之間的那股淡淡的憂鬱，看了令人有心酸的感覺，會叫人有把她緊摟在懷中勸慰她，令她展眉的衝動。

香加莎雙手擺在列傳的肩上，一面輕咬著列傳的耳垂，一面也由衷地讚嘆：

「她真美，是不是？」

列傳沒有回答，只是深深吸了一口氣，心中在想：是的，這是一個出色的美女，她不但美，而且極知道如何表現自己的美；香加莎是女人，女人說另一個女人真美，那麼，另一個女人多半是真的美麗！

香加莎又道：「她……是東方人？東方人的皮膚，怎麼也可以那麼白？」

列傳笑了起來，手臂環住了香加莎的腰：「為甚麼不能？中國人形容女性的皮膚，常有『膚若凝脂』這樣的形容詞，想想看，那是甚麼樣的瑩白！」

香加莎咬了咬下唇：「你準備立刻就見她？」

列傳一面站起來，一面仍然環著香加莎的細腰，香加莎嬌小，列傳又力大無窮，當他站直身子之後，香加莎仍然被他攔腰抱著。然後，他另一隻手，把香加莎的身子轉過來，他像抱著一個小孩子一樣地抱著她。

然而，她當然不是小孩子了，所以，她的雙腿，就盤住了他的腰。

列傳和香加莎面對面，香加莎有點氣息急促，列傳和她鼻尖輕碰了一下：「是，我心急見她，她可能有一個十分特別的身分，所以我們的見面，也要安排得隆重一點，與眾不同。」

香加莎在「無窮大」大樓中的地位，相當特別，她不但是列傳十分喜愛的性伴侶，而且也是王總管的好助手，參與許多管理工作，也包括照顧列傳一些生活上的細節。

所以，她一聽得列傳那麼說，就知道自己有工作要做了。她低嘆一聲，鬆開了摟住列傳頸子的雙臂，令自己的身子向後仰，長髮披瀉，她的身子柔若無骨，雙乳挺聳，這種姿態，自然誘人之極，列傳伸手托住了她的背，把她輕輕放到了一張沙發上，發出了一連串的吩咐。

半小時之後，列傳已經準備妥當，那時，他穿著整齊的禮服，坐在寬大的沙發上，仍然注視著螢光屏。

在那半小時之中，半躺在床上的鳳仙，幾乎連動都沒有動過，只是不時眨著眼，她的雙眼不但大，而且眼波流轉，光采過人，當她在眨眼時，長而濃密的睫毛輕顫，會令列傳不由自主吸氣。

然後，他看到鳳仙一挺身就站直了身子，動作之矯捷，簡直如同一頭豹子一樣。

列傳自然知道，女性有這樣強勁的腰力，在適當的時候，可以帶給男性多麼強烈的快感，他自然而然，把手中的酒，一口喝乾。

他自然知道鳳仙為甚麼忽然跳起來，因為有人按了門鈴！按門鈴的人是香加莎，是他派去的。

在螢光屏上的鳳仙，略掠了一下頭髮，走過去開門，香加莎和一個女侍，推著精緻之極的純銀餐車進來，女侍開始在桌上佈置餐具，香加莎把一張請帖交給鳳仙，她要略仰起頭來，才能和比她高出許多的鳳仙說話：「主人說，他半小時之後下來，和你進餐！」

鳳仙眼波流轉，當列傳看到她的視線，竟然毫不猶豫地直對著「鏡頭」，使列傳在螢光屏上，可以清楚地感受得到她眼波中的心意之時，列傳對她超級女特務的身分，便再無懷疑。

因為房間中的電視監視系統，設計巧妙，十分隱蔽，別說普通人發覺不到，就算叫專家來找，也得費上一些功夫。鳳仙來了並不多久，這時，她不但知道必有人在監視她，而且還知道如何向監視她的人表示心意，可知監視系統早已被她識破了！也可知她無意隱瞞自己的身分！

在那一剎間，列傳不禁苦笑——他一生之中，遇到過不少勁敵，看來，鳳仙如果是敵人，會比以往所有的敵人更加強勁。

那麼，最好的辦法，就是盡量不把她當敵人！

列傳有了這個決定之後，心中仍然不是那麼舒服，因為像鳳仙這樣的超級女特務，到「無窮大」大樓來，必然和其他美女甘願來作為他的性伴侶不一樣，而另有目的！

剛才，在鳳仙的眼神中，列傳已可以肯定這一點，她眼波流轉，似是在告訴列傳：我來，另有目的，和別人絕不相同！

在她撩人的眼神之中，甚至還帶著幾分挑戰的意味！

使得列傳心中不快的就是這個原因：他不知道鳳仙的真正目的是甚麼。

他一面看著香加莎和女侍在熟練地佈置餐桌，佈上鮮花，把美酒放進冰桶之中，等等，一面在設想著鳳仙前來的目的。

鳳仙剛才，在「望了他一眼」之後，就沒有再把視線投向鏡上，只是在仔細看著手中的那張請帖，微微低著頭，她的長髮被撥到了一邊，所以有半截雪白的頸露出來，那叫列傳看得有口渴之感，他立刻想到，不論鳳仙前來有甚麼目的，她如果能提供她自己作為報酬，那麼，他，願望達成者列傳，只怕會顧不得再去分析她的願望是否合理，就會盡一切力量，替她達成願望！

香加莎和女侍退了出去，鳳仙就在餐桌旁，她在座位上坐了下來。同時，再次望向「鏡頭」。

在那一剎間，列傳不禁感到臉上一陣發熱，因為在她的眼神之中，他分明又聽到了她在說話：「還等甚麼？怎麼還不來？」

「眼神會說話」本來只是一句形容詞，可是鳳仙的那一雙大眼睛，卻真的在說話，真的！

列傳臉發熱的原因，自然是因為他感到了狼狽——通過監視系統而看到別人的一舉一動，顯然不是高尚的行為，而他，一直是自命君子的！

所以，列傳不等臉上灼熱的感覺消退，就用力按下了一個按鈕，令螢光屏上的畫面消失。

然後，他又大口喝了一口酒，踱了一回步，走出了臥室，在起居室中，直接走近了一架升降機——那升降機的啟動密碼，只有他才知道，所以，也只能把他一個人，帶到各層的起居室去。

從看到鳳仙要他快點下去的眼神之後，到他從升降機中跨出來，真正看到坐在餐桌旁的鳳仙，大約是七分鐘左右，這包括了他喝酒，踱步所花去的時間在內。

他曾在螢光屏上，看到過鳳仙坐在餐桌旁的情形，這時，真的看到了，應該絕不會感到驚愕的。可是，他一看到了坐在餐桌旁的鳳仙時，即使平日絕不大驚小怪的他，也不免張口結舌，驚駭莫名！

不同了，和他在螢光屏上看到的鳳仙，大不相同了！

自然，鳳仙還是鳳仙，只不過在螢光屏上看到的時候，鳳仙穿著便服，俏臉上也沒有甚麼化粧，列傳心中還在想：這樣隆重的晚餐，衣著不應該如此隨便，自己就是整套的禮服。

可是，這時他所看到的鳳仙，卻已換上了一襲淡青色的輕紗晚禮服，肩頭和雙臂袒露，低胸，挺聳的胸脯，現出一道迷人之極的乳溝，當她盈盈站起來的時候，連列傳這樣的男性，也不禁目定口呆！

她也經過了適度的化粧，更加明豔照人——列傳知道，這一切，全是在七分鐘或更短的時間之內完成的！

當然，列傳立刻定下神來，他說了一句聽來沒頭沒腦的話：「對不起！」

鳳仙看來立時明白了他是在為監視系統而道歉，她淺淺一笑：「不要緊，知恥近乎勇，從你的驚愕神情看來，你不失是行為高尚的君子！」

列傳不由得吸了一口氣，他一直不敢低估，但鳳仙顯然比他估計的，還高出不知多少！

鳳仙的那幾句話，表示她對列傳的行動，知道得一清二楚，知道他因為感到偷窺不高尚，而停止了偷窺的行為！

最高的報酬

這雲情接著雨況，剛搔了心窩奇癢，誰攪起睡鴛鴦。被翻紅浪，喜匆匆滿懷歡暢。枕上體香，帕上傳香，消魂滋味，才從夢裏嚐。

——清・孔尚任・桃花扇・卷一・第七齣「卻奩」・沈醉東風

將寢，告生曰：妾乃二十三歲老處心也。生猶未信，既而落紅殷褥，始奇之。

——清・蒲松齡・聊齋志異・陳雲棲

列傳深深吸了一口氣，走近鳳仙；鳳仙也向他接近，直到鳳仙高聳的雙乳，幾乎可以碰到列傳的胸口時才停止。然後，是長時間的，幾乎令人窒息的凝視，雙方都在那一分鐘之間，試圖用目光去探索對方的心靈。

鳳仙的雙眼，看來深邃無比，列傳在凝視的過程中，只覺得深不可測，像是有無窮無盡的話可以發掘出來，可是又一點也捉摸不到！

單是那種眼神，就令得列傳的心中有了一種從所未有的異樣感覺！

列傳從來也不否認自己是一個肉慾主義者。肉慾主義的男性，十分注重女性的外形是否美麗。眼睛雖然說是女性外形美的一個重要組成部份，但是在肉體和肉體的赤裸裸的接觸之中，豐臀隆乳纖腰，瑩白眩目的雪膚，修長宜人的粉腿，給予男性官能上的刺激的部位太多，列傳就未曾付出過太多的注意力在美人的眼睛上。他過去也想在美女的眼睛中看到人性原始的火花，熱情的流露，而從來未曾有過那樣的感受！

對列傳來說，面對著那樣的一個美女，他的視線不落在飽滿的胸脯，兩個半球形形成的乳溝上，不用他銳利的目光，無情地把對方的衣服先行撕裂，而去專注對方的眼神，也是從來都未曾發生過的事！

但這時，他卻真正被吸引了！

他投入了鳳仙的眼神之中，黑白分明，眸子漆亮的眼睛之中，蘊孕著萬種風情，那種風情，形成一個漩渦，絕不急驟，可是有一股無可抗拒的吸力，把他吸了進去，而當他一旦進入，他發現，那個漩渦，不知道會把人扯到甚麼地方去，說是被扯進了一個無底的深淵，都不足以形容於萬一！

鳳仙和列傳互相凝視，鳳仙在那時候，自然而然地擺出了一個滿適宜給列傳欣賞的姿勢，讓列傳可以恣意地欣賞她。

一直到又有女侍敲門進來，把各種各樣精美的食物放上了桌子，列傳才深深地吸了一口氣——他吸氣的動作是如此之強烈，甚至令得燭光搖曳。

鳳仙輕輕地咬了一下唇，又用她那看來柔軟靈活的舌尖，在唇上舐了一下，這種動作，令得列傳感到全身有一股莫名的燥熱。

鳳仙先開口：「請坐——」

她才說了兩個字，就發出了一陣令人聽了還想聽的輕盈聲：「不知道我是不是該說『請坐』？在這裏，畢竟你才是主人！」

列傳喃喃地，不知說了一句甚麼，真的，連他自己都不知道說了一句甚麼。然後，他拿起一瓶已打開了的香檳來，竟然仰著頭，把晶瑩的、淡琥珀色的美酒，直接倒進了口中。

鳳仙在這時候，雙臂輕舒，已經輕摟住列傳的腰；兩個人的身子，也靠得更近。

鳳仙和列傳的腰以下，緊貼在一起，可是她的上身卻向後仰，並且微微張開了口。

列傳的口中，正飽含著滿滿的一口美酒，他也就趁這個時候，俯下身去，用他的口，對住了鳳仙的口，而把口中的酒，緩緩地度了過去。

酒本來就是七星級的佳釀，含在口中，滿是芬香。這時，美酒進入了鳳仙的口中，再回流回來，在十分芳芬之中，又增添了十分，列傳和鳳仙同時吞咽著那醉人的液體，一口又一口，等到瓶中已再沒有酒的時候，列傳就貪婪地吮吸著鳳仙口中的津液。鳳仙的呼吸急促，可是那並不妨礙她自然對列傳的挑逗。

列傳連看也沒有再看桌上那些精美的食物一眼，他的全副心神，都集中在鳳仙的身上，而鳳仙也顯然知道，甚麼時候，是適當的時候。

就在列傳的擁抱越來越緊，令得她幾乎喘不過氣來的時候，她先是輕輕地推了幾下，那當然不會有任何作用，只有使列傳抱得更緊。

然後，她就出其不意地用力一掙，掙脫了列傳的擁抱，極快地一個轉身，捲起了一股沁人肺腑的微香，像是在水面滑行一樣，滑進了臥室。

列傳略怔了一怔，他實在想靜一靜，略為回味一下剛才和鳳仙熱吻的餘韻，可是他卻身不由主，跟著進了臥室。

當他一跨進臥室之際，他就呆住了。

鳳仙背對著他，正在緩緩解下衣服的帶子，輕絲的衣服，在她的身上滑了下來，在外衣之內，直接的，就是她的裸體。

她的胸脯飽滿，那使在她的身後看來，也隱隱可以看到乳房在顫動，她的腰細，而且在後腰部份，有極其誘人的凹入，那就使得她渾圓的臀部，誇張地翹凸著，看得人血脈賁張。

列傳發出了一下含糊不清的叫聲，一步跨過去，一手環繞了她的細腰，一手已在她的豐臀上肆意地搓捏。滑膩而富有彈性的感覺，自他的掌心，迅速地傳遞到了他的神經中樞，再遍及全身，正常的男性生理反應，由於他緊貼著鳳仙的身子，令得鳳仙也不自主地發出了一下呻吟聲。

鳳仙仍然緊貼著他，可是她的身子，卻巧妙而又緩慢地轉了過來，變得和列傳面對面。她的雙腮透出兩團紅暈，那令得她本來就嬌豔的臉龐，更增添了無比的風韻。她的雙眼，像是春雨之後滿溢的池塘，溢出來的，不是池水，而是春情。

她輕輕地拉下列傳的手，把列傳的雙手，都放在她的豐臀上，她半張著口，除了嬌喘細細之外，並沒有發出任何聲音來，可是她微微扭動著，並且不由自主，有著稍微顫抖的嬌軀，卻像是全身每一個細胞都在叫：「我是你的，隨便你怎樣，隨便你怎樣！」

列傳雙手仍然搓揉著她的豐臀，鳳仙已開始替他解開衣鈕——在那種身子緊貼的情形下，要解除全套禮服的束縛，聽起來很困難，可是鳳仙做起來，卻那麼熟練。她修長而柔軟的手指，靈巧地把列傳的上衣抛到了地上，當列傳亮開結實的胸膛，緊貼住鳳仙柔滑挺聳的雙乳時，他們兩人都自然而然，略為擺動了一下身子，同時各自發出了毫無意思，但是充滿了人類原始興奮歡愉的聲音。

列傳可以清楚地感覺到，在自己胸膛的搓揉之下，鳳仙的乳尖，變得堅硬。

他略俯頭，再度吮吸鳳仙的舌尖，鳳仙的雙手仍然在活動，她陡然身子向後仰，倒向床上。

列傳跟著她倒下去，當他和她的鼻尖，幾乎碰在一起的時候，他看到她的神情，她的眼神，卻有一種十分難以捉摸的神態。

列傳當然不會在這時候，去研究眼前這個美人兒何以會出現那種難以捉摸的神態，他已經到了可以忍受的邊緣，他的行動，甚至狂暴，也就在那一剎間，鳳仙的雙手，在他的胸前，擰拒了一下，然後，再度有那種不可捉摸的神情，然後，在那一剎間，她緊緊地閉上了眼睛，雙手放在胸前，呈現了靜止，只是在兩道秀眉之間，略起了一個結，表示她正在忍受著一種她從未體驗過的感覺。

這種感覺，或許是一種痛楚，或許是一種麻癢，或許是一種充實和得到，也或許是一種空虛和失落，只怕連她自己也說不出來。

在她緊閉的雙眼眼角中，各有一顆晶瑩的淚珠迸出來，順著眼角流下，可是她的口角，卻孕育著無比的笑意，表示她的淚水，只是為了極度的興奮愉快而流淌。

列傳在那剎間，也變得靜止。

他完全知道何以鳳仙會有那種不可捉摸的神情，何以現在會有這樣的反應。

作為一個肉慾主義者，和在許多女性的身體上有豐富經驗的列傳，他立刻可以知道是怎麼一回事！那種具有進逼性的溫暖，那種微微的顫抖，那種自然的輕微的抽搐，以及雙眼在緊閉之後，再睜開來時望著他的眼神，都說明了發生的是甚麼事！

那確然出乎列傳的意料之外，但這時候，他的靜止，只是極短暫的時間，接著，他吸氣，和她接合得更緊密。她不由自主喘著氣，列傳輕輕拉開了她放在胸前的手，欣賞著她由於氣息急促而起伏的挺聳的雙乳，嫣紅的乳尖，散發著無可比擬的誘惑，或許所有男性都有生命最初期的記憶，所以他就毫不猶豫地去吮吸。然後，是突如其來的爆炸，甚麼思想都沒有了；有的只是不斷的一波接一波的，無可阻擋的快感。

沒有了思想，自然也沒有了顧惜，他強壯的身軀，像是有著無窮無盡的精力，鳳仙的呻吟，閃避，掙扎，更令得他發狂。

鳳仙在知道了自己根本無法躲得開，他就是她命運的主宰之後，大口喘著氣，緊摟著列傳，把她的身體整個緊貼向他，直到列傳的瘋狂漸漸靜止。

等到列傳又可以聽到自己的和鳳仙的喘息聲，又可以聽到自己的和鳳仙的心跳聲之際，列傳又開始有了思想。

他首先想到的是，在未曾和鳳仙見面時，由於知道了她的來歷，曾把她假設為最厲害的敵人！可是，現在，還緊摟著他，嬌軀在顫抖的，只是一個女人，一個全然沒有抗拒能力，也從來沒有起過任何抗拒之心的女人！

那女人的生命之中，他是第一個，在這以前，不論她的經歷多麼富於傳奇，可是並沒有男人進入過她的身體！

列傳的臉，緊貼著鳳仙的臉頰，兩個人的臉頰，都還有點發燙。

然後列傳抬起了頭，他的雙手，仍然和鳳仙的雙手緊握著，雙臂都伸直著，他一抬頭，鳳仙也轉過臉來，兩人又是相當長時間的凝視，列傳感到自己已經完全進入了鳳仙的眼神之中，進入了她的生命之中。

鳳仙深深地吸了一口氣，口唇顫動了幾下，可是卻沒有發出聲音來，列傳一開口，聲音動聽得連他自己也感到意外：「寶貝，別說甚麼，你根本不必說甚麼！」

他把他強壯的身體再度壓向她，不過這一次，是溫柔和緩慢的。等到他完全放鬆，任由她柔軟的、香馥馥的嬌軀承受著他的時候，他有一個短暫時間的迷惑。

這種迷惑，在剛才，他幾乎甚麼也不想，只是在不斷的衝擊之中，尋求爆炸的歡愉之際，他也曾一閃而過。那迷惑是：從官能所得到的歡愉來說，眼前活色生香的鳳仙，和神秘境界黑暗中的那個女體，有若干相接近之處。

可是，即使在神智不清的那時，他也立即可以澄清那種疑惑，不同，儘管有相似之處，可是，還是不同，他無法做出哪一個給他更大快樂的比較，只是想到了這一點，他又有異樣的興奮！

鳳仙在這時候，一面輕吻著他的耳珠，一面用極低的聲音道：「我……有點痛！」

她說著，雙頰又紅了起來，又伸手在列傳的肩頭上，輕輕的，示意式的推了一下，列傳一聳身，他和她身體的分開，可能來得太快了一些，鳳仙又自然而然發出了一下嬌吟聲，咬著下唇，立時身子蜷屈了起來，半轉了。她粉光緻緻的雙腿，彎成了十分動人的曲線，使她渾圓的股更突出，而那幾點已化開來的殷紅，沾染在她的雪膚之上，看來也格外奪目。

鳳仙在這時候，突然長長地吁了一口氣，像是她終於完成了一件必須完成但一直沒有勇氣去完成的事一樣。在她蜷曲的嬌軀上，在她的神情上，都有一種如釋重負的安詳，彷彿是在告訴人：「事情終於過去了，那是女人的一生必須經歷的一件事，我很高興在這樣的情形下，和這樣的一個男人，共同經歷了生命的必經之路！」

列傳可以強烈地感受到這一點，他伏下身，以一種近乎虔誠的心情，遍吻著她柔軟的身子，然後，把頭枕在她的腰際，兩個人都久久不出聲。

不知過了多久，兩人突然異口同聲：「餓了！」

列傳「呵呵」一笑著，挺身躍起，雙手抄起鳳仙的身子，把她抱了起來，鳳仙盡量把身子偎依著列傳。他們一直沒有說甚麼話，即使在饑餓中狼吞虎嚥時，他們也只是互望著。

直到鳳仙像是一頭懶貓一樣，舒服地在一張沙發上倒了下來，她原來平坦的小腹，由於食物而微微凸起。列傳才來到她的身邊，鳳仙閉上眼睛：「我算是幸運的女人？」

列傳笑：「我不能自己誇獎自己，而且，我也不願意給你有比較的機會！」

鳳仙笑得極燦爛：「那樣說，這個問題，將永遠沒有答案？」

列傳聳了聳肩，盯著鳳仙看，一副「無可奉告」的神情。他在沙發前坐了下來，把頭枕在鳳仙的大腿上，在他的冒險生活之中，很少有這樣的寧靜。

然而，列傳畢竟是命中註定要過冒險生活的，當他和鳳仙經過了酣暢的淋浴，重又躺下來的時候，鳳仙輕輕一翻身，平壓在他的身上，望著他：「相信我一到，你就知道了我的身分？」

列傳把手放在鳳仙的左乳上，讓乳尖在他的指縫中露出來：「到了之後不久，你為甚麼自稱從幻境來？你來的地方，非但不能稱為幻境，反倒現實得嚴酷！」

由於列傳的拇指在她的乳尖上輕撫，鳳仙的身子在蜷縮著，她按住了列傳的手，輕喘著：「給我一點……時間，說些要說的話！」

列傳立刻答應著——在知道了鳳仙的身分之後，他對於鳳仙要來「無窮大」大樓的目的，也極想知道。

尤其，他已經成為鳳仙生命中的第一個男人，他更加好奇，肯定鳳仙必然有極嚴重的事要求他！

鳳仙的背景他已清楚知道，他自然也知道，那一組出色之極的美女，都把自己的身體的第一次，作為最高的報酬——她們一生之中所能提供的最高報酬！

鳳仙既然提供了「最高報酬」，而他也顯然在知情的情況下接受了報酬，那麼，他這個「願望達成者」，自然也應該提供合乎報酬的服務！

想到了這一點，會把人的心情，從極度的浪漫情懷中拉到現實生活中來，那絕不是一件令人愉快的事，所以列傳自然而然皺了皺眉——而也就在這時，和他身軀緊貼著的鳳仙，移動了一下身子，使她的唇，可以吻上他眉心的結。在她身子移動的時候，列傳想通了：即使沒有任何的浪漫，只是現實，有鳳仙這樣的美女，提供這樣的報酬，仍然是賞心樂事，不必再苛求甚麼了。

他輕擁著她，她把頭埋向他的懷中，所以她的聲音聽來有點曖昧：「我不是從幻境來，你說得對，事實上，我是在尋找一個幻境。」

列傳一時之間，不明由鳳仙那樣說是甚麼意思，所以他只是漫應了一聲，同時，把她一條玉腿移到了自己的雙腿之間，享受著肌膚接觸的快感。

鳳仙在繼續說：「聽說過一個只有一百四十四個被挑選進入的神秘俱樂部？」

列傳在那一剎間所受的震動，無可比擬，但是他畢竟有極其豐富的冒險生活經驗，所以他在那一剎間，並沒有過度驚愕的表示，可是也無可避免地，他的全身肌肉，自然而然，在剎那間變得僵硬。

幾乎身子的每一部份都和他緊緊相貼的鳳仙，立即感到了這一點，她陡然半撐起身子來，用十分驚愕的神情望向他，神情充滿了疑問。

列傳在那一剎間，已恢復了鎮定，在鳳仙的鼻尖上親了一下，語意平淡：「聽說過！」

事實是，他不但聽說過，而且曾經是一百四十四個被挑選者之一。在維也納一幢屋子，在黑暗中，和一個女人有過令他畢生難忘，至今仍然一想起來就失魂落魄的繾綣！

從那次之後，他一直在設法想和「神秘俱樂部」聯絡，可是也一直沒有結果！

鳳仙在這時候提及了「神秘俱樂部」，列傳心中在想：如果她的要求，竟然是想探索這個神秘俱樂部的秘密，那就滑稽之極了！

越是擔心會發生的事，就越是會發生，鳳仙把臉貼在列傳的胸前，一字一頓地道：「我想知道這個神秘俱樂部的全部底細！」

列傳聽了之後，不禁長嘆了一聲。

鳳仙忙又撐起身子來，她的神情，顯得很惶急，在那麼嬌美的臉龐上而有那樣的神情，楚楚動人之處，令人心醉，她的聲音，軟得叫人心酸：「你一定要盡力幫我，不為別的，甚至不必為我！」

列傳雙手捧住了她的臉，從鳳仙的神情越來越是淒然這一點上，他感到了事態遠比自己想像的嚴重！

匪夷所思的武器

婦人道：「我的身子已軟癱熱化的！」
當下雲收雨散，兩個並肩交股，相與枕席於床上，不知東方之既白。

——明・金瓶梅・第四十三回

列傳先在她的額上、頰邊、鼻尖、眼上和唇上，輪吻了幾十下，然後才問：「寶貝，事情有多麼嚴重？」

鳳仙「嗖」地吸了一口氣，她動聽的聲音，在剎那之間變得十分空洞，像是從老遠的地方傳過來一樣：「我會被消滅！」

她說了這句話之後，身子貼得列傳更緊，在劇烈地發抖，列傳可以明顯地感到，她那嬌軀不但在發抖，而且體溫也在下降——這正是人在極度的恐懼下的反應！

列傳把她緊擁在懷中，雙手在她身上各部份用力撫摸著，藉著摩擦而提高她的體溫，然後，他笑了起來，托著鳳仙的細腰，令鳳仙跨坐在他的大腿上，他雙手叉著鳳仙的腰：「從頭說起，別急，不論事情發展怎樣，決不會有你被消滅的情形出現！」

鳳仙對於列傳的保證，顯然不是十分相信，她喘著氣：「一個極高層的領導，被挑選成為神秘俱樂部的會員，在不久之前，他訪問北歐，在赫爾辛基受到了召喚，進入了一個建築物，在一種虛幻的境界之中——」

列傳實在忍不住訝異，失聲道：「和一個女人，有了親密的關係？」

鳳仙卻睜大了眼：「你想到哪裏去了？他在一種虛幻的境界之中，但卻有極實在的感覺，他在那種情形之下，經歷了一次軍事演習，看到和接觸到了超過十種以上，性能高強得超過任何軍事科學家所能想像的新武器！」

列傳呆了半晌。

對肉慾主義者來說，在幻境中享受美妙之極的女體！

對守財奴，或許給他看到遍地黃金；對珠寶狂，可能給他四百零二卡的金黃巨鑽；對集郵迷，可能讓他擁有海關闊邊大龍五分銀的大全張！

對一個極權政權的領導者，自然沒有甚麼比新型的、可供他在世界揚威的武器更吸引的東西了！

鳳仙並沒有覺察到列傳在想甚麼，她繼續說：「可是自從那次之後，這個神秘俱樂部就像是在空氣之中消失了一樣，他下令要不惜一切代價，把這個俱樂部找出來，因為他要得到那批武器！」

列傳低嘆了一聲，他捧著鳳仙的俏臉，用十分誠懇的聲音——在說的時候，他也想起了自己的遭遇：「寶貝，你大可去告訴那個領導人，他經歷的，只是一種幻覺！」

鳳仙垂下了眼瞼，像是沒有聽到列傳的話，自顧自地說著：「在經過了詳細的分析和研究之後，我們肯定，以我們自身的力量，雖然是世界上有數的情報組織，可是還是不能達到把這個神秘俱樂部找出來的目的！」

列傳陡然提高了聲音：「這個俱樂部沒有甚麼特別神秘，它不過製造了一個幻境，讓人在幻覺之中，感到了有那麼一回事，它根本只是一個幻境，一個由人的腦部活動所產生，而事實上並不存在的太虛幻境！」

在列傳說話的時候，鳳仙只是柔順地靠著他，等他說完，鳳仙才繼續她的話：「又經過了周詳的研究，確定世界上能夠有辦法找出這個俱樂部的背景的人，不超過二十個！」

列傳苦笑，高舉雙手：「我不在那二十個神通廣大的人之中，絕對不！」

列傳並沒有說出他為甚麼不在其中的原因，原因十分簡單，因為他自己也想再進入神秘俱樂部，可是卻不得其門而入！

他在那樣說的時候，心情十分苦澀，他想到，神秘俱樂郡所製造的幻境，能令得進入幻境的人，個個隨心所欲，那才是名副其實的「願望達成者」，相比之下，他這個一直掛著「願望達成者」招牌的，簡直渺小到了微不足道的地步！

任何人，在比較中陷入渺小的一方，都不會心情愉快的，所以列傳在那一剎間，臉色也變得十分陰沉。可是鳳仙顯然不知道他的心事，還在繼續著：「不！你不但在這二十名之內，而且還排名在很前面，這就是我為甚麼來找你的原因。」

鳳仙說到這裏的時候，深深地吸了一口氣：「聽起來，好像……很醜惡，可是，列，相信我，我……由於你，才知道一個女人的生命是甚麼樣的！」

她睜大著水靈靈的眼睛望著列傳，列傳在那一剎間正是百感交集，不知說甚麼才好，鳳仙卻突然喘起氣來：「就算你做不到，我也……我也會……」

她說到這裏，聲音變得細不可聞，她緩緩俯下頭，動作緩慢，近乎虔誠，身子向下滑，把臉埋向列傳，列傳突然感到一股溫暖，那令得他的身子，不由自主向上提了一提，自喉間發出了一下怪異的聲音來。他把手伸進鳳仙的腋下，把鳳仙扶了起來，仍然跨坐在他的腿上，鳳仙向上略踮了踮，再坐下來，兩人陡地同時吸口氣，鳳仙整個人軟得像是流質一樣，伏在列傳的身上喘息。

列傳緊抱著她，他的剛強和她的柔軟，這時成了天地之間最佳的配合，就是由於這種陽剛和陰柔的配合，才有萬物造化，生命的奧秘也正是由於這種配合，才使得生命繁衍變化，多姿多采，才使得所有的生物，在天地之間，得以生長。

鳳仙的臉，在列傳的臉頰上摩擦，在列傳的肩上摩擦，她的雙頰緋紅滾熱，她的全身都泛出了一重緋紅色，都在發熱，她承受著列傳的剛強，而且全副心神，全身每一個細胞，都投入了這種狂熱之中！

她和列傳都無法說出是在甚麼時候離開沙發了，也不知道其間曾在甚麼地方打過滾，在甚麼地方鳳仙曾高聳她渾圓的臀部，在甚麼地方，她曾高舉過她的粉腿。

等到他們又感到世界在他們的感覺之中，漸漸回來了的時候，他們發現自己在一個牆角，兩個人的身子擁成了簡直有點糾纏不清，分不出誰是誰來的一團！他們都無意改變這個姿勢，所以仍一直維持著不變。在他們身體的緊密接觸之中，他們都有互相在作生命的交流之感，像是兩股涓涓的流水，忽然交匯在一起，變成了一股那樣自然。

列傳剛才曾向鳳仙提及神秘俱樂部製造出來的，全是虛幻的境界，那本來不是他的見解，而是游俠的意見，他根本不肯接受。可是這時，他向鳳仙解釋時，卻自然而然用上了游俠的見解——這使他知道了「旁觀者清」是怎麼一回事。

列傳在這時進一步向鳳仙解釋著幻覺是如何不真實，他的結論是：「去向那位領導人說明這一切，放棄尋找神秘俱樂部底細的行動，去追尋一個幻境，永遠不會有結果的！」

鳳仙靜靜地聽著，然後才嘆了一聲：「你的分析很有理，可是一點也沒有說服力！」

列傳企圖把他的手，自鳳仙緊纏著的雙腿之中抽出來做一個手勢，可是這時他手上的感覺極誘人，使他不捨得離開，所以他只是問：「沒有說服力？為甚麼？」

鳳仙嘆了一聲：「因為他——極高領導經歷的，不是幻境，是確然存在，他不顧警告，偷偷地藏起了其中的一件——也正由於他這個違反規則的行為，所以他被取消了資格，再也接觸不到俱樂部！」

列傳震動了一下，他想舒展一下身子，當他的身子略為伸直了一些之後，他變成半壓在鳳仙柔軟的身軀上。鳳仙所說的情形，和他的經歷差不多。他就是為了要追尋黑暗中的美女，而違反了俱樂部的規章，而被俱樂部摒諸門外，再也無法接觸！

而那個領導人，竟然帶出了一件武器來！那就證明他經歷的，不是幻境了！

一想到這一點，列傳不禁大為興奮——不是幻境，那些匪夷所思的武器，是實實在在的存在，那也就是說，在黑暗之中，令得他銷魂蝕骨的那個女人，也不是幻覺，而是真實的存在！

他深深吸了一口氣：「領導人帶出來的武器是甚麼？」

鳳仙摟著列傳一會，才輕輕推開了列傳，盈盈站了起來，當列傳看到她令人眩目的胴體走開去之時，列傳心中不禁吃驚：看樣子，鳳仙竟然像是走開去，要拿那件武器給自己看！

如果是這樣的話，那麼，「無窮大」大樓的檢查系統，就必須徹底更換了！

幸而，列傳的憂慮屬於多餘，鳳仙又轉過身來，雙手拿著一個紙袋，放在她的胸前，列傳挺身躍起，伸手接過紙袋，抽出一張照片來。

照片上是一幅如同左輪槍的武器，從握著的手的比例看來，不會比常見的自動步槍，如M十五、M十六更大，在轉盤之下，有著長方形的裝置。

列傳指了指照片，鳳仙開始用背誦資料的聲調說明：「這……是超小型的火箭發射槍，可以發射十二枚小型火箭，射程遠達八千公尺，每一枚配有微型核彈頭的火箭，殺傷力相當於一噸黃色炸藥。它有激光導向瞄準系統，百發百中；它重一點三三公斤，任何人都可以隨身携帶。設想一個有這種武器的人，在一架直升機上，飛經華盛頓的上空，展開攻擊的情形？」

列傳也不禁倒抽了一口涼氣，他甚至有點無法想像在鳳仙那麼可愛的小口之中，會吐出那麼可怕的言語來！

她提供的「設想」題目，任何人都可以一下子就有結果！五角大樓、白宮、所有掌握國家命脈的重要機構，都可以在一分鐘之內，夷為平地。整個華盛頓的人口，至少由於核爆炸的強烈輻射，而死亡過半！真有那樣的事發生，毫無疑問，是世界末日之始！

列傳一時之間出不了聲，只是盯著照片看。鳳仙在繼續著：「在我們的核基地，曾作了發射的試驗。我們頂尖的軍事科學家，對這柄如此小巧而破壞力又如此之大的火箭槍，目定口呆。估計如果有一支隊伍，擁有兩百柄這樣的武器，就足以毀滅全世界了！」

列傳仍然不出聲，鳳仙也因為自己所說的話內容太驚人而胸脯起伏：「更驚人的是，領導人當時所看到的武器之中，這火箭槍還是最微不足道的一種！」

列傳直到這時才吁了一口氣，抬起頭來，鳳仙苦笑：「你明白了？不是我們的領導人非得到這些武器不可，而是至少，這批驚人的、在現實中幾乎不可能存在的武器，絕不能落入敵對者的手中！」

列傳明白了事態的嚴重性，地球雖小，可是也分成超過一百個國家，國和國之間，絕不因為大家都是地球人而和衷共濟，相反地，爭奪、戰爭，在人類歷史上，從來也沒有中止過！

這批武器的存在，一方面能令人夢寐以求想得到它，另一方面也叫人會盡一切努力，使之不落入敵對者的手中！

明白了這一點，也就可以明白必須傾全力把神秘俱樂部找出來的原因了！

列傳有了恍然的神情，鳳仙低下頭：「我接受了這個任務，如果不能完成，我除了被消滅之外，沒有別的路可走。我要請求你的幫助，所以把我自己給你，我……是不是很卑鄙？」

列傳一下子把鳳仙摟進懷裏：「當然不！可是……唉，先說一段我的經歷給你聽。」

於是，列傳便說出了自己和神秘俱樂部發生聯繫的那段經歷。

當列傳說到在黑暗之中，他和那女人的熱烈行為時，鳳仙偎在他身邊的身子不由自主發著抖，她靠近列傳，膩聲問：「要不要示範？我想……她可以做得到那動作，我也會可以做到……我受過嚴格的訓練，知道……怎樣才能使男人更快樂！」

她說著，先是在地上仰躺了下來，然後，雙臂支撐著，粉腿高舉，彎向她的頭部，等到她渾圓的臀部離開了地毯，身子呈現半倒豎的姿勢之後，列傳發出了一下吁叫聲：「是這樣！是這樣！」

他靠近鳳仙，雙手按向鳳仙的股際，高度恰好可以配合他的身體。

鳳仙發出了嬌吟聲，和她接下來身體姿態的種種變化，使列傳又進入了忘我的境界，那是另一種情形的幻境！

列傳亦終於半伏著，抱住了鳳仙迷人的小腿，感到自己的身子已化為微塵時，他的臉枕在鳳仙的酥胸上，在雙乳形成的乳溝中，有著晶瑩的汗珠，散發出中人欲醉的女體的天然香味。

列傳喃喃地說著：「幻境真可以變成真實，真有一處地方，如同太虛幻境一樣虛幻，可是又那麼真實！」

鳳仙嬌喘細細：「謝謝你對我的讚美……我和那黑暗中的美女一樣？」

列傳心中的回答是：「不一樣！」

可是，他當然不會照實說！何必破壞現在的氣氛呢？事實上，鳳仙給他的歡愉，也已登峰造極。雖然他感到還差了一些——所差的並不是在黑暗中的那份神秘感，而是男人身體上較為敏感部位的真正感受。鳳仙的身體，又溫暖又柔軟，可是少了甚麼的！少了那種異樣的吸引力，且能到達刺激程度的百分之九十八，而不能進入最後的百分之二的爆炸點！

即使是一個肉慾享樂主義者，列傳也很難具體地說明這一點——他也不打算向任何人說明，畢竟那只是他個人的極私人的感受，他無意拿出來和任何人討論，連他的生死之交游俠，他也不會與之討論這個問題。

鳳仙先有了動作，像是一個才從麻醉中醒過來的人一樣，她動作的幅度小而緩慢，她伸手，在自己的胸脯上，蘸起了一顆汗珠，然後，再把指尖輕輕碰向列傳的鼻尖，她指尖上的汗珠，就和列傳鼻尖上的汗珠，倏然渾為一體，她再微張開口來，用舌尖去舐那顆汗珠，而列傳就趁機吮住了她的舌尖。

鳳仙整個人都軟——列傳可以清楚地感到她嬌軀的柔軟，鳳仙又發出了幾下含糊不清的呻吟聲，忽然手背和腿都伸直，令她整個人都軟癱了下來。然後，過了好久好久，她才長長地吁出了一口氣。

列傳跟著她吁了一口氣，和她並肩躺著，眼望著天花板：「如果你願意，在這裏，沒有甚麼人可以奈何得了你。」

鳳仙嘆了一聲：「你知道我不可以。」

列傳聲音極度無可奈何：「我已經把我的故事告訴了你，證明我沒有能力去對付神秘俱樂部！」

鳳仙再嘆了一聲：「你的經歷，只是致力在緬懷黑暗中的旖旎風光，你甚至沒有任何行動！」

列傳坐直了身子：「請問，如何開始行動？地球說大不大，說小不小，一些人愛隱藏起來，不給人找到，別人也就無法找出他們來！」

鳳仙也坐了起來，雙手抱著膝，把下頦抵在膝上：「我們曾經有過一些行動，包括刊登廣告，通過各地的軍火商，表示願意不惜任何代價，希望獲得一些幻想式的新武器，同時，也加緊對許多軍火工廠的情報刺探工作，可是一點反應也沒有。」

列傳知道，不論是不是能找得出神秘俱樂部來，自己實際上已經參予了這項工作，既然自己和鳳仙所代表的龐大組織曾經過若干努力，而一無結果，那麼，就表示這件事，一定要另尋途徑，才能夠有進展。

他也想到了一個十分嚴重的問題：「給了你多少限期？」

鳳仙一字一頓：「自下達命令日起算，三十天。已經過了三天。」

列傳苦笑：「我不是很習慣為生命而掙扎，如果二十七天之後，你註定要被消滅，那麼，這二十七天，你希望怎樣過？」

鳳仙咬著下唇，殷紅的唇和雪白的牙齒，形成一種強烈的色彩和形象的對比。

她說得比剛才更緩慢，也更清晰：「我願意和你在一起，還有兩百三十三萬秒，每一秒鐘，我都要和你在一起——真正的在一起，我們的身體，一定要有實際的接觸，這才叫在一起！」

列傳望了鳳仙好一會：「就算事態有進展，我們也可以這樣子——本來，我十分不願意向一個人求教，現在，我只好請問她了。」

鳳仙的神情有點訝異：「她？」

列傳點頭：「是的，我的好朋友游俠——」

鳳仙的神情更訝異，她來到列傳之前，自然知道列傳的生死之交游俠，可是游俠如何可以用「她」來作為代名詞呢？

列傳笑了一下，把那句話繼續下去！「——游俠的另一半，一個極神秘的女人，說出來不相信，游俠從來不把她介紹出來，連我也沒有見過，但根據游俠說，她有著不可思議的本領和經歷！」

鳳仙的樣子很怪，自然是由於列傳所說的事情太怪而引起的——游俠的另一半，究竟是甚麼身分？

她還沒有問出來，列傳已經搖頭道：「別問我，我不知道。」

生命的另一半

不竹不絲不石，肉音別自唔咿。
流蘇瑟瑟碧紗垂，辨不出宮商角徵。
一點櫻桃欲綻，纖纖十指頻移。
深吞添吐兩情痴，不覺靈犀味美。

——明・金瓶梅・第十七回

誰似冤家這般可奴之意，就是醫奴的藥一般，白日黑夜教奴只是想你。

——明・金瓶梅・第十七回

不操井臼操桴鼓，誰信英雄是美人？

——清・柴靜儀・黃天蕩

游俠的另一半，他的親密女友，究竟是甚麼身分，列傳真的不知道。

這件事，真可以說神秘之極。以列傳和游俠的交情而論，照說，絕不應該有這種情形發生。可是事實就是事實，理論上來說絕不能發生的事，在現實生活中，硬是發生了！

實際生活，不像小說和戲劇那樣可以安排，所以在很多情形下，沒有規律，不按常理，許多匪夷所思的事，都發生在現實生活之中，而不是在幻想小說之內！

列傳不知道游俠的親密女友是甚麼身分，已經是奇異得說不過去的事情了吧？可是更奇上千百倍的是：連游俠也不知道他的親密女友是甚麼身分！

這簡直荒唐透頂了！確然是，荒唐透頂，可是那是事實，不是幻想！

有必要先說明一下游俠和他的女友親密到了甚麼程度，才會進一步可以瞭解事情的荒謬程度。

游俠和列傳自小相識，列傳從十五歲起結交女性，無往不利，可是游俠其貌不揚，生性內向，一直到二十多歲，可能連異性的手都沒有碰過一下。

所以，當有一天，游俠忽然向列傳說：「我有了一個女人」時，列傳高興得把他緊緊擁抱：「是甚麼人？介紹給我認識！」

游俠卻搖頭：「她肯在我的生命之中出現，有一個條件，就是除了我之外，她不見任何人！」

列傳愕然，指著自己的鼻尖：「連我也不見？這好像說不過去吧？」

游俠哼了一聲：「我也這樣說，可是她十分之堅持，說是如果不答應她這個條件，她就在我的生命之中消失。我十分明白，她如果在我的生命之中消失，就是我生命的結束，所以我答應了她！她是我生命的另一半！」

列傳不免有點悻然，他和游俠的交情如此之深，可是現在卻出現了這種情形。游俠的神情也有點不自在，他解嘲似地問：「這……不能算是重色輕友吧？」

列傳笑了一下，立時原諒了老朋友：「當然不算，她，你的那另一半是甚麼樣子的？」

游俠半閉上眼睛，自然而然，流露出心滿意足之極的神情：「當然是絕色美女，而且，我們之間，真正心靈交流，有愛情。列傳，這是你一輩子也未曾體驗過的一種感情，你只知道享受女性美好的身體，不懂得享受她們細膩深厚的感情，你是一個——」

列傳沒好氣：「對，我是一個肉慾主義者，徹頭徹腦是。你一輩子只有一個女人，哪有資格來教訓我應該怎樣對待女人？」

游俠悠然道：「弱水三千，只取一瓢。」

列傳也道：「人各有志，不可相強。」

一對生死之友各自沉默了片刻，列傳才道：「她和你是怎麼認識的？」

游俠的神情猶如夢遊病患者：「她突然出現，飄然而來，竟不知她是從哪裏來的！」

列傳把眼瞪得極大：「她是幹甚麼的？她的身分是甚麼，來歷如何？」

游俠的神情比列傳更驚訝：「我何必向她問這些，我深愛著她，這還不夠麼？追問這些幹甚麼？」

列傳呵呵笑著：「真偉大！真偉大！」

他那時說「真偉大」，自然大有諷刺的意味，可是後來，他卻真的感到游俠和他的另一半，有著十分偉大的愛情。游俠真的絕不會問她的來歷，所以，他也就真的不知道她的來歷。

列傳雖然一直未曾見過游俠的那個「她」，可是有時，他在和游俠通電話時，會忽然聽到游俠歡呼：「啊，你來了！」聲音之中，充滿了無可掩飾的歡暢。他就可以知道，游俠的另一半出現了。

游俠的另一半，彷彿說來就來，說去就去，行踪神秘之極。當她要走時，游俠從來不挽留她，也不問她到甚麼地方去；當她來的時候，游俠就甚麼也不做，甚麼人也不見，只和她在一起——列傳算是唯一的例外，但也只限於通電話，絕不見面。

日子久了，列傳有一次開玩笑：「你的那另一半，倒有點像聊齋故事裏的狐仙或女鬼！」

游俠聽見不以為忤，還有點悠然神往：「確然有點像，她可能是一種甚麼花吸收日月精華修煉而成的花妖，也可能是天庭下凡的仙女，誰理會這些呢？我知道自己深愛著她，這就夠了！」

這兩個生死之交，一個愛情至上，一個縱慾無度。有一次，列傳忍不住問：「你們不做愛？」

游俠聽了，陡然長長吸了一口氣：「奪天地之造化，那是人生最高的境界，你不能領略的。你知道的，只是無愛之慾，那是獸性；像我和她，是靈慾一致，那是人性！」

列傳被游俠的一番話，說得雙眼翻白，差點沒有揮拳相向，所以他後來告誡自己：別和游俠討論這個問題！

日子久了，列傳也知道，游俠的那個另一半，神通廣大，本領高強。游俠在他的「受委託人」的業務行為中，以前，遇到困難，總找列傳來共同商量解決；可是有幾次，列傳和他無法解決的問題，不多久，就已迎刃而解。問起來，游俠就淡然道：「她提供了一些線索」，或者是「她有了一些合理的假設」等等。

總之，是他另一半的力量，替他解決了問題！

列傳十分大男人主義，他覺得這不是一個好現象，可是游俠卻搖頭：「她的能力，簡直不可思議！」

列傳「哼」地一聲：「難道還在你我之上？」

游俠的神情十分認真：「你我？差之遠矣！你要是有甚麼問題不能解決，可以請我代為求她幫助。」

（要補充一下的是，列傳非但沒有見過游俠的另一半，連她的聲音也沒有聽過！）

列傳大是不滿——許多小的不滿，積聚起來，變成了大大的不滿，他當時就昂高了頭，從鼻孔裏發出了兩下冷笑聲：「你自己去求她好了，我才不會去求她！」

所以，當列傳自己無法和「神秘俱樂部」接觸，而委託游俠去進行時，他就曾聲明：

「憑你自己的力量去進行，別找你那另一半幫忙！」

後來，由於事情一點進展也沒有，他曾好幾次想要開口，但終於忍了下來。

而現在，他終於想到要向游俠的另一半求助了！

那是因為情勢又有了新的變化的緣故。

列傳在鳳仙那裏又有了「神秘俱樂部」的新的資料，而且還有足夠的證據，證明那不是經歷人的幻覺，而是真有其境，真有其人，真有其物，是一個實實在在的存在！

那不但有深入探討的價值，而且，也和鳳仙的安危生死有關——鳳仙要是完不成任務，就面臨被消滅的厄運。她頭上那個勢力龐大的組織，絕沒有情面可講，「無窮大」大廈能不能保護鳳仙的安全，列傳其實一點把握也沒有！

列傳在開始講述神秘的游俠的另一半時，就在鳳仙身後，抱住了她。鳳仙聽得十分入神，不時發出一兩下驚嘆聲；等到列傳講完，她才道：「我們的資料搜集工作太差了，我們只知道有游俠這個『受委託人』，絕不知道他有另一半！」

列傳點頭：「是，除了我之外，他沒有對任何人說起過，我對你說了，暴露了他另一半的存在，某種程度上來說，我出賣了他！」

鳳仙半轉過身子來，兩個人的身體緊貼著，一個轉動，就必然和另一個產生磨擦，而磨擦，據說是會產生電的。只怕磨擦生電功能最強的，要算是男女之間的身體磨擦了——一定有電產生，不然，不會列傳和鳳仙的身子，都有一剎間的震動。

鳳仙半轉過身來，媚眼如絲，眼神蕩漾，柔聲問：「重色輕友？」

列傳緊摟著鳳仙的細腰：「我想他不會怪我，他曾說過，有真正不能解決的問題，可以請他代求她幫助，當時我拒絕了！」

鳳仙一面輕啜著列傳的身體，一面道：「甚至你自己想搜尋神秘俱樂部時，也沒有找她？」

列傳點頭：「是。現在不同了，為了你，也為了我，要把神秘俱樂部的底揭出來！」

鳳仙發出了「嚶」的一下嬌吟聲，反手勾住了列傳的頸，同時也吻向列傳，牙齒輕咬著列傳的舌尖，令得列傳又意蕩神迷起來。

可是，也就在這時，門外突然傳來了一下聲響。

那一下聲響，實在十分輕，若是再過一分鐘，當列傳也輕咬住鳳仙的舌尖之後，可能他們就再也覺察不到了！

可是這時，他們都聽到了這一聲響。列傳也立時明白，鳳仙所接受的警覺訓練是如何嚴格。他和她，同時一起望向門口。

鳳仙也立時壓低了聲音：「門外有人！」

列傳已一躍而起，當他躍起之後，走向門口時，他全身的肌肉彈跳起伏，看來如同一頭彪悍之極的獵豹，看得鳳仙有點目定口呆，全身發熱。

列傳感到了惱怒，門口的那一下聲響，表示門外有人，不論門外那人在幹甚麼，在「無窮大」大廈之中，這都是絕不能容忍的事。

列傳來到了門口，一下子打開了門。

門外確然有人，一個十分優美動人的女體，俯伏門口，門一打開，那女體開始移動——她並不站起來，而是維持著伏地的姿勢，慢慢爬了進來。

鳳仙已及時移過一個墊子，遮在自己的身前，而列傳則巍然而立，居高臨下，展示著他男性挺發的雄姿，同時把門重重關上。

不必看到臉容，只看到那蜜一樣柔滑如絲的皮膚，他就可以知道，那是香加莎！

香加莎以一種十分誇張的姿勢爬行，圓臀高翹，細腰扭動，一雙修長的玉腿，時而伸直，時而屈起。由於她身子扭動得相當誇張，所以她的一雙豐乳，也就顫抖得幅度相當大。

當她在這樣爬行向前的時候，有一股散發妖異的誘惑力，不但列傳看得氣息急促，連鳳仙也睜大了眼，不知道她想怎麼樣。

香加莎一直向著鳳仙爬，來到了鳳仙的跟前，鳳仙不由自主縮了縮身子，可是香加莎卻已經一低頭，吮住了她的那一隻腳趾。

鳳仙只感到一陣酥麻之感，從被吮吸住的腳趾上向上傳，迅速地傳到了小腹，令得小腹上產生了一股灼熱的感覺，不由自主發出了一下呻吟聲來。

香加莎雙手已輕輕握住了鳳仙的一雙小腿，手指像蛇在蠕動一樣順著鳳仙的小腿向上移，移到了鳳仙粉腿的內側時，鳳仙已經咬著下唇，發出了一股莫名其妙的聲音，蜷縮的身子，也舒展了開來。

這種情形，把在一旁的列傳看得呆了！

兩個那麼嬌美的胴體，兩張那麼俏麗的臉龐，一個肌膚賽雪，一個則是一看就聯想甜膩的蜜色，兩具胴體，竟然以那麼怪異的姿勢展現在他的面前！

香加莎給予鳳仙的愛撫，使鳳仙感覺到的刺激，顯然不比列傳的擁抱來得少；當香加莎的手指，在鳳仙的小腹上，彈琴一樣有規律地移動時，鳳仙雪白的嬌軀，也就有節奏地挺聳著。

列傳在這種情形之下，無法再繼續作為一個旁觀者了，他大踏步走向前去，香加莎抬起頭來，她的身子十分柔軟，雖然半跪在地上，可是抬起頭來之後，高度還是配合得十分好。

她櫻唇微張，舌尖吐露，列傳已不由自主，一伸手，抓住了她的頭髮。

香加莎或許是由於頭髮被抓而疼痛，自喉間發出了一陣呻吟聲來，鳳仙的呻吟聲一直沒有斷過，列傳在這時，也由喉間發出了原始的聲響！

三個人的聲響混雜在一起，列傳用力一提，竟然就粗暴地抓住了香加莎的頭髮，把她提了起來，等到香加莎站直了身子，他就雙手環住了她的腰，將她的身子托了起來，使她和自己一樣高。

香加莎的口中發出了含糊的聲音，兩條玉腿已經像蛇一樣環住了列傳的腰，已經興奮莫名的列傳，發出了一下低吼聲，香加莎和鳳仙，同時發出了一下低呼聲。

香加莎的低呼聲，是由於她突然得到的充實，鳳仙的低呼聲，是由於她這時躺著的角度，恰好清清楚楚、毫無保留地看到了眼前所發生的一切！

就算鳳仙不是普通人，曾經有過許多常人做夢都想不到的經歷，可是像這種情景，她卻也是第一次看到，那使她立即想起剛才，她也曾得到這樣的充實，那感覺是如此奇妙酣暢、如此歡樂愉快，她全身都感到一陣滚熱，不知要甚麼姿勢，才能消除燥熱。

而就在這時，雙腿仍緊緊盤住了列傳腰際的香加莎，上身向後仰，而她伸出手，鳳仙自然而然把手也伸向她，香加莎一用力，把她拉了起來；挺立著的鳳仙，把她女性的胴體美，展露無遺。

而這時，香加莎也把她嬌軀的柔軟表露無遺，她上身向後仰，雙手反握住了鳳仙的小腿，令得鳳仙靠向她，她口中含糊不清地說了一句話，鳳仙沒有聽清楚，可是鳳仙也不會再問甚麼，因為一股異樣的、難以形容的快感，正自她的小腹向上伸，向她的四肢百體擴展，迅速地令得她的全身每一個細胞，都沉浸在那種快感之中，如何還能說得出甚麼來？

在開始的一剎那，她緊咬著下唇，可是立即，她叫了起來，雙手亂抓，一下子就抓中了列傳結實的手臂，列傳身子向前略俯，和鳳仙灼熱的唇，緊緊交接在一起。

他們三個人這時的造型奇妙之極，如果是一座三人組的雕像的話，憑他們三個人體態的優美，一定是一個不朽的藝術作品。

他們自然不是刻意擺出這樣的姿勢來的，只是都自然而然感到，這樣，才能使身體的每一部份，都感受到舒暢和樂趣。

他們當然不是靜止，而是不斷地愛撫著，不論如何愛撫，都那麼自然，誰也沒有想到該如何愛撫，可是一下子，每一個人都有了最適當的位置。

等到一切都靜下來的時候，香加莎和鳳仙，在列傳的兩邊，一邊一個，如同嬰兒一樣地偎傍著列傳，三個人的胸脯都在起伏著，剛才在天翻地覆一樣的愛撫中，究竟發生了一些甚麼細節，三個人都無法記憶清楚，也都無關重要。重要的是在剛才那段時間中，他們都領略到了為甚麼人要分成男人和女人兩大類的奧妙。

平靜漸漸展佈開來，列傳的手在香加莎的背部輕拍，香加莎發出像小貓樣的

「咕咕」叫聲，列傳問：「你甚麼時候學會躲在門外的？」

香加莎的身子震動了一下，突然笑了起來，她顯然知道這個指責的嚴重性，所以她的雙眼，看來如同一頭受了驚的小鹿。

她急急為自己分辯：「我沒有這個習慣，我只是想通知你，游俠先生來了，才到門口，猶豫了一下，不知道該不該打擾你們，可能是手在門上碰了一下，門就突然打開了……門一開……我是……不……我想再來一次，我也會一樣！」

她一面說著，一面雙手慌張地做著手勢，她那種惶恐的神情，已足以叫人心軟，何況一聽游俠來了，列傳已直跳了起來，自然也不會再向她去追究在門外佇立的事。

匆匆穿好衣服，列傳輕推鳳仙：「你和我一起，去見見我那位傳奇的朋友。」

當列傳和鳳仙手拉著手，走進那小會客室的時候，恰好看到游俠自褲子後面的袋口中，摸出一隻扁平的酒壺來，打開，呷了一口。

會客室中，立時瀰漫著一陣奇異的酒香，列傳介紹了鳳仙：「她就是鳳仙。」

這是最簡單的介紹，也說明了一切的介紹。游俠只是冷冷地向鳳仙看了一眼，像是看一塊石頭——鳳仙自從十三歲之後，還未曾接受過異性如此冷漠的眼光，那使她感到，自己彷彿從一個美女而變成了一塊石頭，有說不出來的不舒服之感！

背叛組織

愛你個殺才沒去就，明知雨歇雲收，還指望天長地久。

——元．關漢卿．杜蕊娘智賞金線池．南宮一枝花

識盡千千萬萬人，總不似，伊家好。

——施酒監．卜算子

列傳看出了鳳仙異樣的神情，用肩頭輕碰了她一下，低聲道：「別理他，他除了他的那個她之外，其他的異性對他來說，都和隱形的差不多！」

游俠自然也應該聽到列傳的話，可是他卻只當聽不到。列傳又指著鳳仙，大聲道：「她可以證明，神秘俱樂部讓人經歷的，不是幻境，而是一個實在的境地！」

游俠並不急於反問，只是翻著眼，神情大是不滿：「叫老朋友等了那麼久，那算是甚麼禮節？」

列傳笑：「既然是老朋友，何必說甚麼禮節！你說『等了那麼久』，多謝你對我的稱讚！」

游俠悶哼了一聲，又打開瓶子，喝了一口酒，咕噥了一句：「無可藥救的肉慾主義者！」然後才問：「怎麼證明真有那個幻境？」

列傳先把鳳仙帶來的照片給游俠看，游俠的視線才一接觸照片，神情便陡然變得嚴肅起來，他盯著照片上那種武器。

鳳仙的聲音十分動聽，足以令得任何異性聽了之後心曠神怡，有春風醉人之感。可是游俠卻連看也沒有向她看上一眼，而且，他還十分不禮貌地打斷了鳳仙的話，自顧自向列傳道：「我竟不知道地球上有這樣的武器！」

游俠在說這句話時的口氣，就像是他把自己當作地球上所有有關武器的一切，他全都通曉一樣！鳳仙雖然久經訓練，可是女性的天性使她感到了被冷落的不快，那使她忍不住說了一句：「這武器是實際存在，還存在於地球之上！」

游俠聽了之後，只是冷冷地望了鳳仙一眼，又立刻投回眼光來，用手指彈著照片：「單是看照片沒有用，拿實物來，我們才能有進一步的研究！」

列傳在看到照片的時候，也有同樣的感覺，所以他一聽得游俠那麼說，就表示同意，望向鳳仙。鳳仙的臉色蒼白，一時之間，竟不知道說甚麼才好，過了一會，她才道：「游俠先生可能不知道整件事的始末，所以才會有這樣的要求！」

她這樣說，分明是在責怪列傳，明明知道了事情的來龍去脈，竟然也同意這樣的要求！

列傳吸了一口氣，心中也知道，要鳳仙的上級，那個領導人交出這件武器來，簡直沒有可能，那是他自幻境中帶回來的唯一的一件，怎肯輕易交在別人的手中！

想到這裏，列傳大是後悔——在幻境中可以帶東西出來，當日他為甚麼不把黑暗中的那女人帶了出來！是當時的一切令得他太陶醉了，以致沒有想到這一點！

游俠的聲音十分生硬：「好，那就聽聽事情的始末！」

鳳仙吸了一口氣，簡略地把事情講述了一遍，游俠側著頭聽得十分用心，不時打開那扁平的酒瓶，喝上一口酒——列傳留意到，在不到十分鐘的時間中，他喝了三口酒之多！

這說明事情十分不尋常！游俠十分著重他喝的那種酒，說是十分名貴，一般來說，一小時喝上三口的情形，也不是很多見，這時的這種情形，說明他被鳳仙的敘述所吸引，所以才會多喝了酒。

等到鳳仙講完，游俠提出了簡單而直接的問題：「你見過那武器？」

鳳仙的答覆是肯定的：「見過，還曾把它握在手中！」

游俠用力一揮手，語氣斬釘斷鐵得連半分商量的餘地都沒有：「單憑講，沒有用，照片也沒有用，一定要有實物在手！」

鳳仙現出極為難的神色來，望向列傳，向列傳求助。列傳畢竟是游俠的老朋友了，他明白游俠的意思，所以他向鳳仙解釋：「任何物件，就算是不能開口的死物，只要有物件在，也就能在物件上找到許多問題的答案，等於是在物件上取得證供一樣。譬如說，那武器的金屬部份，如果取得少量的粉末，也就可以弄清楚這種金屬，是在甚麼地方煉製出來的！」

游俠直到這時，才補充了一句：「豈止金屬而已！甚麼都可以得到答案！」

列傳向著鳳仙，攤開了雙手：「照片和敘述，於事無補，你們的那位領導人，如果真的希望能再次到達那個幻境，就一定要把那武器給我們做研究，我想你可以說服他的，是不是？」

鳳仙輕咬著下唇，垂下了眼瞼，好一會，才道：「我去……我去試一試……」

她遲遲疑疑地說完了這一句，忽然現出十分悲哀的神情來，聲音苦澀：「其實，我知道，根本不必試，我只要一提出來，就會被當作最危險的敵人處理！」

她說到這裏，用哀怨之極、令人心碎的目光，向列傳望來，她繼續所說的話，更叫人吃驚：「如果你一定要我去試，唯一的結果，就是我們的永別，盼你多點思念我！」

她在說的時候，已經淚光盈盈，繼而，淚花亂轉——有人說，美女在這種神情的時候，最是動人。列傳已經雙手無意義地揮動著，不知如何是好了。而鳳仙說到最後，語音哽咽，終於，兩顆晶瑩的淚珠，自她的眼中湧了出來，列傳發出了一下呻吟聲，一伸手，把她拉了過來，擁在懷中，去親吻她的臉，恰好將兩顆淚珠，輕輕地吸進了口中！

然後，列傳向游俠望去：「或許，不一定要——」

他的話還沒有說完，游俠卻心如鐵石，一點也沒有憐香惜玉之心，冷冷地道：「沒有實物，我絕對無法進一步的探索！」

鳳仙和列傳兩人緊緊地摟抱著，一副生離死別之前的纏綿，可是這種情景，顯然絲毫也不能打動游俠的心，他甚至道：「如果沒有別的事，我告辭了！」

列傳直跳了起來：「好，你要實物，我就給你實物！」

鳳仙發出了一下驚呼聲，把列傳摟得更緊，列傳挺直了身子，那使緊靠著他的鳳仙，感到了他的男性氣概和堅強，可是也更令她心悸，所以她不由自主，嬌軀在微微發顫。

列傳沉聲道：「我無法獨立找出『神秘俱樂部』，要你幫忙，自然要依你的條件！」

游俠對待列傳，比對鳳仙溫和得多，他嘆了一聲：「你準備去『夜盜九龍杯』，把那柄幻境之槍，自那個領導人處偷出來？」

列傳高聲問：「還有更好的提議嗎？」

游俠的回答來得極快：「有！我提議你們兩人合作，沒有她的合作，你不可能成功！」

游俠這句話一出口，列傳一點不覺得意外，而且，只當是理所當然，他本來就準備要鳳仙協助，不然，他哪有甚麼成功的希望？

可是這樣的話，聽在鳳仙的耳中，卻令得她大是震驚！她本來只是微微在發顫的嬌軀，陡然變得劇烈發抖，她甚至無法控制，以致兩排潔白整齊的牙齒，也由於劇烈的發抖，而發出連續不斷的「得得」聲來！

鳳仙忽然之間反應那麼強烈，一開始，也大大出乎列傳的意料之外，但是他立即明白，鳳仙的反應，實在十分正常。

試想想，她是從小就被挑選出來，接受極嚴格訓練，一向只知道服從命令，執行任務的一個「人形工具」，而剛才，游俠的提議，是要她去背叛——這在她的概念之中，是最不可饒恕的大罪，是她從來也未曾想到過，根本不敢想的一種行為！

列傳明白了鳳仙的心態之後，把她緊緊箍在自己強有力的雙臂之中，這樣做，雖然不能停止她的顫抖，但至少可以使鳳仙明白他對她的關懷。

然後，列傳的手在她的背部撫摸著，恰如撫摸一頭吃了驚的貓：「我會設計完美的盜竊過程，而你絕不是背叛你的組織，只是通過一種巧妙的方法來達成你的任務，不必因此感到任何不安！」

列傳的話，很起了一些鎮定作用，可是鳳仙仍然睜大了眼望著列傳，在她明媚動人的眼神之中，有著迷路小鹿的惶惑。

列傳又道：「你來找我相助，未必是組織授意，是你自己的決定！」

鳳仙點頭：「我實在無法完成任務，所以就只好……」

她說到這裏，兩頰陡地透出了一層緋紅，看來誘人之至，列傳的吻就像雨點一樣，灑向她如花瓣一樣嬌豔的臉頰上，所以，列傳的話聽來就有點斷斷續續：「嚴格來說，你來找我，也不是組織的意思。現在的問題是：你如何能完成任務，而不去計較完成任務的過程！」

鳳仙低下了頭一回，長長地吁了一口氣，她的身子已停止發抖，神色也漸漸回復了正常。

游俠在這時，才說了一句：「別浪費時間了，事情可能很嚴重，如果真有那麼多毀滅性的武器在，那是人類的一個大禍胎！」

他說著向外走去，到了門口，又喝了一口酒，再說了幾句：「別打情罵俏太多了，事情絕不簡單，要是你一去沒有回頭，我會時常想念你！」

列傳的心情忽然激動起來，他也知道自己要去進行的事凶險之極，要在一個軍事極權、一切都置於嚴密保安之下的地區，去從一個領導人處盜出一件那領導人極重視的東西來，這談何容易！

列傳的心情激動，甚至有中國歷史上的根源，他自然而然想起了要去刺秦王的荊軻，也就有了「風蕭蕭兮易水寒，壯士一去兮不復還」的意境。

所以，他一開口，叫喚游俠的那一下，竟然很有點蒼涼的意味。

可是，游俠可說是煞風景的專家，列傳叫了他一聲，他並沒有轉過身來，只是略停了一停，聲音僵硬，而且他顯然知道列傳在想甚麼，所以他道：「別把自己看成了英雄烈士，你肯去冒險，目的只不過是為了黑暗中和你親熱過的那個女人！」

列傳像是捱了一記悶棍一樣，被游俠的話堵得出不了聲，而游俠在嘿嘿乾笑聲中，大踏步走了出去。

鳳仙偎在列傳的身邊，微昂著頭，神情十分惶惑，欲語又止再三，仍然出不了聲，由此可知她是如何心亂如麻。

列傳輕輕抱起她來，走出幾步，在一張安樂椅上坐了下來，把鳳仙放在膝頭上撫摸著，先問：「你能隨時見到那領導人？」

鳳仙點頭：「可以，是他直接把任務交給我的！」

列傳雙臂略揚：「你們的組織如此嚴密，這樣……好像不合程序！」

鳳仙遲疑了一下，才道：「當時，組織的首腦也在，但命令由他口述……這是一種秘密，這個領導人從去年起就成為組織的最高領導層，公開為公眾所知的首腦，歸他管轄！」

列傳「嗯」地一聲表示瞭解，這種情形不算是甚麼特別，這個領導人在戰爭時期有著赫赫軍功，一直處在權力的核心，把一個龐大健全、嚴格無比的特務組織，置於他的權力範圍之內，也是理所當然的事。

列傳又問：「你可以在見到他的時候，探聽出他把那武器收藏在甚麼地方嗎？」

鳳仙昂起了頭，雙手勾住了列傳的脖子：「不必探聽，我就知道，那柄火箭槍，他一直帶在身邊，包括睡眠的時間在內！」

列傳做了一個詢問的神色，鳳仙忽然摟得他更緊，笑了起來：「你別生氣，他……我們都稱他為上將，在青年時期就在戰場上受了傷，喪失了性能力……有人說這是他作戰特別勇猛的原因之一，可是他卻有一個習慣，每晚睡覺一定要摟著女人……近幾年來，更是喜歡摟著處女……來睡……」

列傳不禁感到了一陣噁心，忙道：「不必說，我知道這種情形了！」

鳳仙十分委曲：「我們這一組人……只要還是處女的，都陪過他……現在，我當然已經失去了這個資格了。所以，我知道他得了那柄火箭槍之後的情形。」

列傳昂起頭來，發出了一下長嘯聲，才把心胸之間的那種不快抒發掉：一個老人，不論他過去多麼強壯顯赫，可是一個衰老醜惡的身體，硬要摟著一個青春煥發併射光輝的處女身體，處女在權力的強制之下不敢反抗，說不定還要順從滿足皺皮的老人的種種要求，想想鳳仙也曾經許多夜經過這樣的情景，列傳自然不會心情愉快。

他在長嘯了一聲之後，忽然靈光一閃，想起事情可能簡單到了超乎想像之外！

他把手放在鳳仙小腹之下，那一塊微微隆起，覆蓋著柔軟的絲髮的肌肉上，輕輕按了一下：「你是不是還有陪他的資格，只有你自己知道！」

鳳仙立時明白了列傳的意思，她道：「我們任何人，回到總部之後，必須在一小時之內報到，接受全身檢查，但是，我有辦法使檢查者……在報告上填寫我仍然是處女，可以瞞得過去！」

列傳聽了，望了鳳仙半晌，鳳仙低下頭去，低聲道：「似乎甚麼都瞞不過你……我的辦法是告訴檢查我的醫官，我已經不是處女了，不在乎讓你在我的身上，得到一些快樂，他不會拒絕！」

列傳喃喃地道：「沒有人會拒絕，因為得到的，絕不是一些快樂！」他在「一些快樂」上加強了語氣。這時，他的心情十分不愉快，所以有點不安，鳳仙卻顯然不願和他分開，就像是附生在他身上的一部份一樣。

列傳想不出有甚麼更直接有效的方法來，他做了一個手勢：「只要你能陪上將，總有機會碰到那火箭槍的！」

鳳仙苦笑：「當然有這個機會，也可以趁他睡著了，在臥室中提著槍走來走去，可是卻無法離開臥室，在臥室門外是一條走廊，那走廊之中裝有七度金屬探測設備，任何人身上有金屬，一經過，金屬探測儀和自動機槍裝置有聯繫，立即自動發射！」

鳳仙說到這裏，略頓了一頓，苦笑：「曾經有一個來晉見上將的師長，就這樣被射死在走廊中，這師長一直十分忠誠可靠，絕不可能在身上暗藏金屬武器，後來剖驗屍體，才知道他由於早年骨折，曾有一小片鋼片鑲在他的臂骨之中的緣故！」

列傳不禁苦笑：「這位先生，可說死得冤枉之極了！」

鳳仙望著他：「臥室除了那道門之外，沒有窗子，全部空氣調節的小孔，只有拳頭大小……」她索性一口氣把上將臥室的保安情形，詳細說了出來：「走廊內還有七度毀滅性的鐳射光裝置，一經開啟，蒼蠅也飛不過，而所有的控制由一個保安連專門負責，控制室在軍部之中，相隔甚遠，而且，控制室的所在，秘密得連我也無法知道！」

列傳的眉心打著結，望著鳳仙。

鳳仙苦笑：「我只能赤條條來去無牽掛，列傳先生，你的計劃絕行不通！」

列傳存著最後的希望：「能說服他，暫時放棄一下這柄火箭槍，就可以有機會獲得更多他夢寐以求的武器！」

鳳仙長嘆一聲，把自己的身體盡量向後仰，長髮垂下去，她道：「換了是你，你會答應？」

列傳焦躁起來：「他抱著那柄火箭槍睡，有甚麼用？他根本無法複製！」

鳳仙道：「這道理，你明白，我明白，許多人都明白，可是一個畢生夢想擁有所向無敵的武器的古稀老人，他怎會明白？」

列傳突然一鬆手，任由鳳仙仰跌在地上，她粉光緻緻的一雙腿，也就一大半裸露在外，列傳雙手抓住了她的足踝，把她拉近自己，口中發出呼嚕呼嚕的沒有意義的聲音，聲音模糊地道：「慢慢想，總會想出辦法來的，對不？」

鳳仙沒有回答，因為這時，列傳加在她身上的動作，顯然不是「慢慢想」，而是令得她的全身皮膚之下，都有一股麻癢的力量要發出來，所以，她只是發出一陣又一陣的叫聲。

列傳和鳳仙究竟怎樣慢慢想，是不是終於想得出辦法來，暫且不說，且說另外一個截然不同的環境。

一個漆黑的環境。

漆黑，是真正的漆黑，一點光線也沒有，游俠打開了一道門又一道門，他一共打開了三道門，光線完全被隔絕了，他才到了那個絕對漆黑的環境之中。

雖然絕對漆黑，可是游俠在這個環境之中，行動卻一點也沒有受阻礙——自然，那是由於他對這環境十分熟悉的緣故，那是他和他的另一半的住所。

列傳若是知道這種情形，他就不會埋怨游俠不公開他的另一半，因為游俠自己，也沒有見過他的另一半！

黑暗中的親密接觸

那話攮進去了，直抵牝屋之上。牝屋者，乃婦人牝中極深處，有屋如含苞花蕊，到此處，男子莖首，覺翕然暢美不可言。

——明．金瓶梅．第二十七回

乃出朱雀攬紅褌，抬素足撫肉臀，女握男莖而女心忒忒，男含女舌而男意昏昏。

——唐．白行簡．天地陰陽交歡大樂賦

……中夜獨宿，夢有神女來從之……當其夢也，精爽感悟，嘉其美異，非常人之容，覺寤欽想，若存若亡……夜來晨去，倏忽若飛……他人不見，雖居闇室，輒聞人聲……然不覩其形……

——晉．干寶．搜神記

一個人竟然可以根本沒見過一個女人，就對她愛得如此刻骨銘心，這可能嗎？

當然可能。列傳就曾在漆黑之中和一個女人做愛之後，便一直神魂顛倒地在想念那個女人！

咦，等一等，列傳在神秘境界之中，在漆黑的環境之下所遇到的，和他曾有抵死纏綿的那個女人，和游俠的另一半，一直生活在絕對的黑暗之中，是不是有關係呢？

當然不能一下子說破，要看下去才知道。

游俠的另一半，一直在漆黑的環境中生活，這是游俠最大的秘密！

游俠不是不想把這個秘密和他的生死之交列傳分享，而是他感到列傳根本不會相信有這樣的事存在！

連他自己也一直對自己這種神秘生活是真實的、還是虛幻的，存在著疑問。而他對這種半真半幻的生活也已經習慣了——當他離開這黑暗的環境時，他看來完全正常，而一進入黑暗的環境之中，他就完全變成了另外一個人；本來是正常的游俠，一加上他的另一半，他就會徹底的改變。

所以，游俠自己知道得十分清楚，他是一個雙重生活的人，有時候，他也懷疑自己是不是在某種情形之下，會分裂成為兩個人了！

這種怪異的情形，是怎麼開始的呢？

大約在兩年之前，游俠在他自己的實驗室中做一個實驗，他已經找到了一種新炸藥的合成方法，這種炸藥的爆炸力十分猛烈，現有的烈性炸藥若與之相比，簡直就和胡椒粉一樣！

在游俠的計算中，這種炸藥每一克就有如今一公斤烈性炸藥的威力，也就是說，爆炸力是一千倍；具體一點說，只要有襯衣鈕扣大小的一點，就可以把一輛貨櫃車完全炸毀。

合成這種烈性炸藥的過程自然十分複雜，而且也極危險。

在接近完成階段時，雖然十分小心，可是還是出了一點意外，那意外使得游俠的眼睛受了傷害，經過搶救之後仍然失明，甚麼也看不到。醫生雖然說那可能只是「暫時性失明」，可是語氣不定，使游俠意識到他可能永遠再也看不到任何光亮！

任何人遭受了這樣的打擊，自然都沮喪之至，游俠雖然不是普通人，可是也不能例外，他堅決拒絕住醫院，而回到了自己的住所。

他沒有把自己失明的消息告訴任何人，連列傳都沒有通知，因為他不需要任何人的同情。

有必要介紹一下游俠的住所，他的住所和他以後的遭遇有著極大的關連，甚至影響了他整個生命歷程。

他的住所在海邊，是一幢極大的古舊屋子，和列傳的「無窮大大樓」恰好相反，那屋子古老得連正確的建造年代都考查不出。

游俠是從一次拍賣中買到了這幢古老大屋的，甚至拍賣行也不知道屋子的來歷，資料上只是列明：古舊而建築仍極堅實的屋子一幢。在拍買到手成為這屋子的主人之後，游俠也曾作過一番考證功夫，得出兩個結論。一個可能，是當時橫行海上的大海盜建造的，因為屋子建在十分荒僻的海邊，即使到現在，這一隅已然得到了高度的發展，屋子所在的海邊仍然十分荒僻。

由此可知，當時屋子建立的時候，這一帶是何等荒涼，恰好可以改為海盜盤踞、縱情荒淫享受的巢穴。

第二個可能，把這古老大屋的歷史推得更早，游俠認為那可能是明朝倭寇騷擾中國沿海時所建立的一個總部，地點隱蔽，正好供倭寇作秘密活動工作。

列傳曾應邀去看過這幢屋子，他上上下下看了一遍之後，皺著眉，發表他的意見，他的意見可以大大有助於了解這幢怪屋子。

列傳說：「我不認為海盜或是倭寇可以造出這幢屋子來，這屋子的形式怪極了，中不中，西不西，上下三層，建造在岩石上，主要的建造材料是大石塊，在以前，那會是多麼艱難的建造過程——」

游俠在這時加了一句：「那不算甚麼，萬里長城和金字塔都是幾千年前的建築！」

列傳自顧自地發表意見：「整幢屋子看起來像西方建築更多，最怪的就是底層——」

是的，那屋子最怪的是底層。

整幢屋子建造在海邊的一片岩石上，底層未經過甚麼整理，還是岩石原來的形狀，所以整個底層根本一點用處也沒有，甚至不能算是屋子的一部份，可是卻又實在是屋子的底層。

更怪的是，在被納入屋子範圍的岩石上，有四個岩洞，那四個岩洞直達海水，每當漲潮的時候，海水雖然不至於湧進來，可是潮水都會在岩洞之中發出轟轟發的聲音，十分震耳，全屋子的每一個角落都可以聽得到。當初建造這屋子的人，若不是極度熱愛海潮的聲音，一定不會作這樣的處理。

而游俠可以在這屋子中住下去，是由於他恰好十分愛好海潮這種轟然的聲音，他認為那種聲響，比任何音響效果更好聽！

這四個岩洞通向海中的深處，游俠在買進了屋子之後不久，就曾配備過完善的潛水設備，一個一個去探測過，並且都在海底找到了岩洞的出口。其中最長的一個，長度超過一千公尺。

所以，整個屋子的底層的可用部份，只是一道樓梯，一入大門，就是樓梯。當年屋子的建造者，為甚麼不放棄這樣的一個底層，不得而知。

出了樓梯後，是一個極寬敞的大廳，那算是第一層，然後是第二層、第三層。游俠才買進這屋子的時候，只是一間空屋，空得徹底之極，甚麼也沒有。而他搬入居住之後，自然不到一年就大是改觀。

游俠雙目失明，離開醫院，他雇了一個陌生司機，送他到屋子的門口。猝然而來的失明，自然對他的行為造成極大的不便。不過幸好他的感覺十分敏銳，而且對自己的屋子十分熟悉，不至於造成太大的困難。

打發走了車子，他定了定神，摸索著走到了大門之前，取出鑰匙，打開了門，一下子就找到了樓梯，反腳踢上門，開始上樓梯——那正是他每次進門時一定的動作。

這時，岩洞之中正開始有點聲音傳出來，十分空洞，正是海水退潮時所發出的聲響。

游俠一手拄著手杖，一手撫著扶手，向上走去，才走了三四級就呆了一呆，仰頭向上。

這時候，他有一個怪異之極的感覺！他感到有一個人正居高臨下看著他！這種感覺之強烈，令得他幾乎整個人都僵呆，形成一種極度的恐懼感。

他一直一個人獨居，怎麼可能忽然會有人在屋子之中！

他出了意外後，在醫院過了一晚，難道就在這一晚之中，就有人侵入了屋子？

游俠緩緩吸了一口氣，他雖然失明，但是他知道，自己要對付一個普通的入侵者，還是沒有問題。所以，他立時鎮定了下來。

他沉聲問：「誰？誰在我的屋子中？」

在他這樣問的時候，他通常希望聽到列傳的聲音——列傳有可能得到了他出了意外的消息，而來探望他。在如今這種情形下，有好朋友在身邊總是好的。

可是他沒有得到回答，一點人聲都沒有，只有岩洞中傳來的水聲。

游俠繼續向上走，每踏上一級樓梯，他心中的驚異就增加一分。

因為他感到自己每踏上了一級樓梯，那個居高臨下看著他的人就後退一級，兩者之間的距離，沒有改變。

等到他踏上十七、八級之後，他已經完全恢復鎮定：如果真有一個人在，這個人在他前進時就後退，那至少可以證明這個人不是很有惡意，暫時也沒有攻擊性！

所以，在他上了樓梯之後，他仍然昂著頭，沉聲道：「歡迎！歡迎！你不愛出聲，請自便！」

那種「有人在」的感覺雖然強烈，但畢竟只是感覺，不能絕對肯定，和視力正常時看得到不同。而且，他絕不知道那是甚麼人，在這種情形下，他儘管心中恐慌，可是卻一定要維持極度的鎮定，所以他才故意十分輕鬆，像是有恃無恐一樣。

在講了那兩句話之後，仍然一點反應也沒有。那時，他受傷的雙眼上還紮著厚厚的綳帶，他就向自己的眼部指了一指：「你看到了，我失去了視力，不然，可以好好招呼你，現在一切只好請你自己來了！」

他估計自己在這樣說了之後，對方可能會有一些動作來試探他是不是真的喪失了視力，所以，話一講完，他就集中精神，果然，沒多久，他就感到額頭有點發癢，而面前的空氣流動似乎也在加速。這種情形分明是一個人在他面前近距離處搖著手，試探他是不是真的看不到東西！

真的有人！游俠肯定了這一點之後，心頭不禁狂跳，可是他神色木然，像是甚麼事也沒有發生過一樣，口中還在喃喃自語：「嘿，根本沒有人，難怪人家說瞎子特別容易疑心，果然」

他不急不慢地在自言自語，可是話一講到這裏，他已經陡然出手！

游俠受過極深湛的中國武術訓練，他學的功夫很雜，和幾個大門派都有很深的淵源，但幾個大門派都不把他當自己人。江湖上的是非恩怨何等之多，游俠早已看透了無非也是些名利追逐，所以他也從來不去淌這個混水。武林中提起來，就當沒有他這個絕頂高手一樣，他也毫不在乎。他這時突然出手，若是另外有武學高手在場，一定會看得神為之奪，氣為之窒！

別看他身形矮胖，可是一行動，動作快絕，雙臂一圈，小臂揚起，左右雙手同時抓出，左手是一式大擒拿手中的「飛擊長空」，右手是十三路蛇刁手中的「盤身取食」。

這兩式一同使出，再配上隨時可以扭轉的身子，在他四周一公尺之內，不論是動的還是靜的事物，一定會被他抓中！

若是他視力正常，自然不必如此大陣仗，可是此際他甚麼也看不到，不發攻擊則已，一發動攻擊，自然要一下子就抓中目標才行，不然，對方一反擊，他非吃大虧不可！

所以，一開始攻擊，他先揮動雙手，實際上，胸、腹、腰、腿已無處不蓄定了力道，就算遇上對方的抵抗，他各種殺著可以源源不絕發出！

他雙手十指齊發，右手才一翻手腕，便碰到了甚麼，五隻手指立時像靈蛇一樣纏了上去，一下子就把那東西緊緊抓在手中，憑感覺，那像是一截手臂，觸手處柔滑之極，那種柔滑軟膩的感覺，一下子通過了他的手指和掌心傳到了他的大腦中樞，也一下子就使他判斷出那是一個女人，而且是一個年輕女人的手臂——只有正當妙齡的女性，才會有在觸摸的感覺上，給予男性如此快慰感覺的豐腴肌膚！

游俠陡然一怔，可是他已發出的動作，卻由於蓄足了勁，實在太快，根本無法收得回來，左手揚處，五指一緊，又抓到了一樣東西。

那東西一入手，毫無疑問，是一把女人的長髮，游俠的右臂一沉，就聽到了一下嬌吟聲。

游俠肯定這個對方是一個妙齡女子，也知道現在的情形是他一手抓住了那女郎的手臂，一手扯住了她的頭髮，並且把她的臉拉得仰向上。

他可以說已占了絕對的上風！

他想表現一些風度，不再繼續進攻，可是他剛才實在太緊張，所以攻擊是一整套的，無法收得住。他這時一腳勾出，將那女郎的身子勾得向下就倒，他自己也跟著壓了上去，在壓上去之時，把那女郎的手臂扭向身後，令她失去抵抗力。

那女郎又發出了一下嬌吟，兩個人一起倒下地時，倒並沒有發出多大的聲響，因為廳堂的地上，鋪著極厚的地毯。游俠的身子一壓到了那女郎的身上，他就發出了一下驚呼聲來！

他一攻得手，已占了上風，如何還會發出驚呼聲來呢？這得先從他和她倒下去的情形說起。游俠將女郎的手臂拗到了背後，再把那女郎壓在身下，他的手自然也被壓在女郎的背下，手部就有了感覺：那女郎的背部，同樣的滑膩柔嫩。

然而，那還不足以令游俠發出驚呼聲來，游俠壓到了那女郎的身上，臉部所碰到的，竟然是一團又香又滑、充滿了彈性的軟肉！他的鼻尖所碰到的，是一個較為堅硬的部份。

他的臉，竟然壓向一個女性豐滿的胸脯，高聳的乳房之上！

而且，那女郎顯然是裸體，至少上身是赤裸的！

游俠由於看不見，已經設想了許多關於那不速之客外形的可能性，可是再任他想，他也想不到忽然在他屋中出現的，會是一個裸女，而且，憑藉著那幾下接觸，他已可以肯定，那是一個身材美好之極的裸女！

這就令得游俠不能不呼叫，而且他立時鬆開雙手，一躍而起，後退了兩步，站定了身子，一動不動！

他的這種反應，其實冒了極大的危險！

他一攻得手，已經完全制服了對方，可是這時他卻呆立不動，把自己完全暴露在對方的攻擊範圍之中。雖然，對方若是向他徒手攻擊，或者持刀攻擊，他仍然有充份的自衛能力，但如果對方手中有槍械呢？只消一扳手指，就可以置他於死命！

可是這時，游俠卻絕未想到這一點，他腦中「轟」地一聲響：對方是一個裸體女人，他就在十分之一秒的時間內，決定了自己的行動。

等到他意識到自己的處境危險時，至少已經過了一分鐘，這時候他反倒冷靜了下來。

他想到，自己一進屋子，對方沒有發動攻擊。這時，有一分鐘的攻擊機會，對方也沒有行動，那麼，有足夠的理由可以認為：危機並不存在！

他心跳仍然十分劇烈，他當然不是從來也未曾親近過裸體的女人，在他二十歲出頭的時候，曾有過山盟海誓的蜜友，兩情相悅，靈魂和肉體的結合也有過數不清的次數，可是結果卻是令他傷心不已的分離——那又是另一個故事了。

自此之後，他就過著連女人的手都沒有碰過的清教徒式的生活。可是剛才，他的臉竟然整個壓在一個豐滿的乳房之上！

直到這時，他整個臉還有一種異樣的舒服感，鼻端更縈迴著淡淡的乳香，那種感覺令他煩躁不安，感到雙手沒有地方可放，只好無目的地揮動著。

然後，他才盡量使自己的聲音聽來溫柔：「對不起，你……究竟是誰？」

他沒有得到回答，可是他聽到了一陣嬌細的喘息聲——在他面前不遠處傳出來，可以憑聽覺來肯定，那女郎並沒有站起來，還伏在地上。

游俠又不由自主吞了一口口水，想起了剛才自己行動的粗暴，他又問：「我看不見，不知道屋子裏忽然多了一個甚麼人，動作緊張了一些，你……受了傷？」

他連說了兩遍，感到嬌喘聲在漸漸接近，終於就到了他的面前。游俠想抬起手來去觸摸，可是又明知對方裸著身體，所以大是手足無措。

也就在這時，他略動了一動的手，被一隻柔若無骨的手輕輕握住。游俠屏住了氣息，那隻手握住了他的手，把他的手提起來，游俠的手碰到了她的臉。

這是無可抗拒的誘惑——其實也不是誘惑，而是自然之極的發展。游俠的手開始輕撫著那女郎的臉，他的另一隻手也抬了起來，想起剛才曾那樣地扯動對方的秀髮，他的手也就輕撫著那女郎的頭髮。

手的感覺當然不能完全代替眼睛，但是也可以有眼睛所沒有的感覺。那女郎的臉頰，觸手處是如此之嫩滑，叫人撫摸時，用最輕最輕的力道。她的身子挺而直，口唇不厚不薄，臉型恰當，那是不折不扣的美女。

而他另一隻手順著柔髮向下移，長髮垂到腰際，游俠的手在髮梢停了一停，就輕輕按到了她柔軟之極的細腰上！

不明來歷的妻子

玳瑁筵中懷裏醉，芙蓉帳裏奈君何。

——唐・李白・對酒

着笑把郎供奉，耳朵兒畔，盡訴苦悰。臉兒粉膩，口邊朱麝香濃。錦被翻紅浪，最美是玉臂相交，偎香恣憐寵，鶯鶯何曾改，怪嬌痴似要人擱縱。丁香笑吐舌尖兒送，撒然感覺，衾枕俱空。

——金・董解元西廂記卷五「仙昌洞」

這時，那女郎的身子，也自然而然向游俠貼近，游俠幾乎可以知道，那女郎不但是上半身裸露，而且是全身都一絲不掛。

游俠勉力想使自己理智一些，可是在這樣的情形之下，他實在無法做到這一點。尤其當那女郎的雙臂，掛上了他的身子之後，他實在不能再想甚麼了，他先是把雙手按在細腰上，然後向下滑，經過了一個美妙的弧度之後，雙手就捧住了渾圓翹起的臀部。

游俠的雙手停了一停。由於那種感覺實在太奇妙了。所以他不想那麼美妙的感覺一下子消失。他要留著慢慢品味，仔細咀嚼。

是的，那是一個年輕女性渾圓結實的臀部，游俠雙手撫摸到的，是兩團高聳挺翹的圓形，滑膩得令人心蕩，手掌心緊貼著這樣的肌膚，所得到的快感，叫人喉頭發乾。

單是撫摸，已經有那麼美妙的感覺，若是稍為用力，捏上去，堅實而有彈性的肌肉，就會自然而然地彈跳反抗，那更令人心跳加劇。

挺翹的臀部之上，是明顯的後腰，那女郎的身子站得很直，所以她的線條，也特別突出。游俠的腦中，這時也開始向原始的曠野邁進，他迷迷糊糊地想到：啊，是黑人！只有黑人女性，才會有那麼美妙的身材。

可是，他鼻端所聞到的一股股幽香，又說明了那女郎不可能是異種人——人的身體氣味，沒有香臭之分，自小聞慣的氣味，就是好聞的氣味，那自然以同種的人，體味最是接近。

那女郎在游俠的撫捏之下，氣息變得急促，身子貼得游俠更緊，游俠也感到了近乎窒息的擠逼——當然不只是來自那女郎的豐滿胸脯的擠逼，而是在他的內心深處，升起了一股火，那股火正逼得他的動作更快，更原始。

他不知道自己是在甚麼樣的情形下，變得和那女郎肌膚相貼的了，當他的胸脯，直接地壓向兩團軟肉之際，兩人的身體都不由自主輕輕搓揉，擦出的火花，足以把任何東西燒成灰燼。

這時，已沒有甚麼可以阻止兩個人身體的結合了，一切都是那麼自然。很長一段時間沒有接觸女體的游俠，感到了一陣無比的震盪，他甚麼也看不見，可是在一下原始的呼聲之後，他的眼前，猶然炸開了一大團各種各樣的色彩，那真是難以形容的舒暢和愉快，他叫了又叫，伴隨著他叫聲的，是那女郎越來越急促的喘息，但即使急促，嬌喘還是細細的，叫人說不出的愛憐。

嬌喘聲就在游俠的耳際持續著，那女郎雙臂緊握著游俠，把她自己的身體，緊貼著游俠的身子，以後她的胴體，幾乎完全隨著游俠的身子在起伏。

游俠也把她抱得極緊，兩個人之間，可以說沒有任何空隙，美妙的感覺漸漸擴大，人像是正在隨之脹大，一直到如同飛瀑一樣，直瀉千里的渲洩——疑是銀河落九天！游俠在那一剎間，全身所有的細胞，都感覺到那一陣接一陣的爆炸！

然後，是極度的靜止。

又然後和游俠緊貼著的身子，在緩緩扭動，游俠自女郎的背部，把雙手抽出來，開始去輕撫那女郎的臉。他的手指摸到了挺直的鼻子，豐滿的紅唇，整齊的牙齒——這牙齒剛才在游俠的肩頭，留下了深深的嚙痕。

游俠的手指，也觸到了長長的，在急速顫抖的睫毛，他絕對可以肯定，那女郎有一張無比標緻的俏臉。

他不願意起來，也怕這突然出現的女郎，會突然離去，所以始終用力握住了她的一隻手。

游俠不出聲，那女郎也不出聲，直到兩人的呼吸和心跳的速度，漸漸恢復了正常，游俠才一字一頓道：「我不管你是誰，絕不會叫你離開我！」

那女郎這次卻開了口——不多久之前，她對游俠來說，還只是一個完全陌生的異性，但是現在，經過了身體的接觸之後，自然而然，他們成了最親近的人。

那女郎居然肯開口了，她的聲音相當低沉，可是輕柔得猶如初夏的晚風，叫人聽了就有說不出來的舒適感覺。她說道：「只要你能不管我是誰，我就絕不會離開你！」

在接下來的一秒鐘之內，游俠每當想起來的時候，他就覺得自己犯了極大的錯誤。

雖然他並不後悔，但錯誤就是錯誤！

當時，他一方面陶醉在那女郎美妙的聲音之中，一方面那女郎突然開了口，令他喜出望外；另一方面，他無論如何也想不到「只要你能不管我是誰」這句話的含義，竟然可以如此之廣，所以他不假思索，立刻答應：「好！」

女郎長長地呼了一口氣，像是本來，那是她心中最放不開的心事，這時卻已解決了一樣。

女郎也在這時，輕輕推開了游俠，然後道：「這屋子我已相當熟悉，你看不見，我扶著你走！」

游俠心情舒暢，失明造成的心理壓力，幾乎已不再存在，他在那女郎的扶持之下，跨進了浴缸，然後是他自己根本不必動手的徹底清潔，而當大浴缸放滿了水，女郎輕柔的手指，再次點燃了體內的烈火之際，溫水的溫柔替代空氣，游俠又再一次親歷了男女陰陽過化之樂趣。

當游俠被扶著在床上舒服地躺下來時，他問：「你究竟是甚麼人？」

他得到的回答是：「我是你的妻子！」

游俠一把把她摟在懷中：「你當然是我的妻子，可是你究竟是甚麼人，怎麼會出現在我的屋子裏的？」

他得到的回答是：「你答應過不管我的！」

游俠呆了一呆，這時他已經覺得事情很不尋常了，可是他也決預料不到事情竟然會反常到了這一地步！他又問：「名字呢？也不能告訴我？」

他得到的回答是十分甜蜜的一吻，然後：「你的妻子，就是我的名字！」

游俠又問了一些問題，可是無論他問得多麼巧妙，他得到的回答都是：「你應允過不管我的！」

一連三天，游俠一點也不知道，已成了自己的妻子，雖然在失明狀態之中，但仍然給了他極度快樂的女郎是何方神聖，一點也不知道！

游俠雖然心急，可是卻也沒有放在心上，因為他知道自己的能力，只要視力一正常，他相信自己極快地就可以把他的妻子的一切弄清楚。

相當久之後，他習慣那種「反常」的情形，他曾自己問自己：當時為甚麼會一心想把自己妻子的來歷弄清楚呢？自己和她在一起不快樂嗎？不愛她嗎？一個人的來龍去脈，和這個人生活是否快樂，又有甚麼關係？為甚麼自己竟然會庸俗得和別的男人一樣，一定要清楚知道妻子的來龍去脈？

這樣說來，游俠是一直不知道他妻子的來歷了？對，這一點，一開始就說及過。

非但如此，還有更進一步，游俠在相當一段時間內，都認為荒謬之極，但現在卻也習慣了的情形，開始在女郎出現的三天之後；他從醫院拆除了繃帶，暫時失明現象消失，他衝進屋子來之後。

他高叫著：「我現在正常了！」

然後，他衝上樓，聽到那女郎的聲音從臥室中傳出來，他打開門，衝進去，早已盤算了千百遍，把自己心愛的妻子，好好地看個飽，要把她身上每一個毛孔，都看得清清楚楚。

可是一打開房門，他就呆了，眼前一片漆黑，甚麼也看不見，那使他幾乎懷疑自己仍然處在失明狀態之中！

他可以肯定，他那神秘的妻子就在黑暗之中——這時，他已感到自己的妻子，簡直神秘之至！

他知道她在黑暗之中，和她距離，大約是三公尺，因為他可以聞到自她身體上散發出來的幽香。那股幽香，當他伏在她飽滿的胸脯前，深深吸著氣的時候，可以在感覺上令地心吸力不再存在——他的身體會飄向空中！

他也知道自己的視力已經完全恢復了正常。

可是眼前卻一片漆黑，甚麼也看不見。

游俠行事十分鎮定，即使在這樣意外的情形下，他也絕不驚惶失措，他雙手摸索著，向前走出了一步，發現自己在才推開門之後，就穿過了一層薄幕，那層幕十分薄，一穿就過，在特別興奮的情形之下，竟然沒有注意。游俠伸手摸了一下，觸手相當滑，可是卻說不出那是甚麼質地的。而這層幕，顯然有著極佳的隔光作用，因為房間中是如此黑暗。

他站在黑暗之中，暫時沒有出聲，當然，這種意外的情形，使他的呼吸，不免有點濃重。於是，在黑暗中，他聽到了妻子那動聽的聲音：「我知道你今天視力必然可以恢復正常，所以把我們的臥室，作了一些改動，你不會反對吧？」

游俠知道事情絕不會如此簡單，他對一切怪異的事情，都有一種天然的敏感，他已經可以感到，即將發生的事，可能是他一生之中最怪異的遭遇！

所以，他的回答十分小心：「一個漆黑的環境，和我視力喪失的時候一樣！」

他妻子的聲音之中，有著哀求的軟音：「只是這間臥房，我……唉……我不能在有光線的情形下生活，臥室的改裝其實早已完成，只不過那時候你喪失了視力，所以不知道而已。」

游俠「啊」的一聲：「寶貝，你有高度的畏光症？」

畏光症是一種極罕見的疾病，生了這種病的人，對光線敏感之至，但是大多數也只是不能直接暴露在日光之下，一般陰暗的環境，就十分適應，從來也沒有聽說過只可以在漆黑的環境中生活的！

他妻子的聲音更動聽，令人心醉，同時，幽香在漸漸移近，游俠伸出雙手，已經摟住了她的細腰，她在游俠的唇上親了一下，聲音悲哀：「親愛的，不是，是我無法……不能給你看到……你明白嗎？你不能看到我，你要和我在一起，必須在絕對的黑暗之中！」

游俠駭然：「哪有不讓丈夫看到的妻子！」

她的回答是：「有，我就是！」

游俠感到事態十分的嚴重，他要好好想一想，可是思緒紊亂之極，他只好道：「你為甚麼要這樣！」

她的回答，令得游俠倒抽了一口涼氣：「你答允過不管我的。只要你不管我，我絕不會離開你。如果你一定要尋根究底，我就會離開——像我來得那麼神秘一樣，消失得同樣神秘！」

游俠感到了另一股涼意，他聽得出，她說得十分認真，絕對不是在開玩笑。

他不出聲，她也不出聲，過了好一會，她才道：「你不喜歡？」

游俠嘆了一聲：「我多麼喜歡看到你的模樣！」

她輕輕地笑，笑聲之中，有著一定程度的無可奈何。一開口，聲音中又有著動人的羞澀：「這三天之中，我是甚麼模樣的，你早就該知道了，要是不知道，你可以再從頭到腳摸一遍！」

她說著，捉住了他的手，把它放在自己的頭頂上，游俠觸摸到的，是柔滑的頭髮，然後，她又令他的手向下移，游俠嘆了一聲，的確，他是知道她的模樣的，三天來，他的雙手，不知多少次摸遍她的嬌軀，而晚上，把她擁得那麼緊——在那時候，她會嬌聲笑：「啊啊，你把我纏得那麼緊，像是五花大綁一樣！」

游俠由衷地道：「我覺得你不是人，是妖精，不把你抱得緊一點，你會化為一陣清風消失！」

她就嬌笑，在笑的時候，軟馥馥的身體顫動，那種情形下，游俠就會喘息著，把自己化為一頭猛獸。

那時候，他說她是妖精，只不過是打情罵俏，可是現在居然出了這種情形，她是否妖精，要提到認真考慮的層面了！

他沉默了片刻，雙手緩緩搓揉著她的雙乳，又緩緩地問：「我……不能看到你，要繼續多久？」

她呆了一回才回答：「只怕……是永遠！」

游俠有點憤怒地叫了起來：「不！為甚麼？」

她還是用那句話來回答：「你答應過不管我的。親愛的，你會習慣，我知道你一定會習慣，過去三天，我們不是很好嗎？你不快樂？」

游俠由衷地道：「哦，我願意永久失明！」

她呼了一口氣：「再繼續下去，你一定會習慣，發現比失去我好得多，我也不能失去你，所以才請求你……適應這種不尋常的環境！」

游俠咕噥了一句：「簡直反常之至！」

她忽然道：「嗯，你那烈性炸藥的配方，很有問題，照你的配方，炸藥太活躍，穩定係數幾乎是零，隨時會自動爆炸，比硝化甘油更危險！」

在黑暗之中，游俠忽然聽得她講出了這樣的一番話，他「啊」一聲，幾乎直跳了起來！

她在輕笑：「怎麼？我說得不對？」

她當然說得對，確然是配方有問題，所以才會在實驗室中發生了輕度的爆炸，那正是由於穩定性太差的原故。而他也一直無法解決這個困難！

他足足呆了一分鐘之久，在那一剎間，是不是只能在黑暗中和妻子相會，似乎無關究旨了。游俠對一切研究工作，都全心全意投入，那簡直是他的第二生命——

後來，他說自己的生命「一炁化三清」，變成了三位一體：他自己，他妻子，和他的工作！

當下，他恢復鎮定之後，第一句話就是：「你怎麼會對我的配方有認識？」

她回答：「對不起，你到醫院去的時候，我到你的實驗室去，轉一轉。」

他追問：「你看得懂我的研究資料？」

她的回答聽來很謙虛：「要做大名鼎鼎游俠的妻子，各方面的知識，總得有一點。」

游俠不必多久，就知道她的「各方面的知識總要有一點」的真正意思，是她幾乎甚麼都懂。接下來的第一件事，是她幫他改良了那種烈性炸藥的配方，糾纏了大半年無法解決的困難，一下子解決了，令得游俠在精神上，得到了無比的暢快，心理上沒有了顧慮，當他盡情在黑暗中享受她的身體時，也就格外狂放。

游俠也很快就知道，她的所謂「只能在黑暗中生活」，是針對他的，意思是只有在他看不見的情形下，才能和她在一起。也就是說，她並不怕光線，只不過是他，絕無可能在光線下看到她！

那天在討論了烈性炸藥之後，她用十分誠意的聲音要求：「答應我，別設法想看我的模樣，絕對別做這種事，別企圖通過秘密的攝影裝備和紅外線夜視鏡來看我，親愛的，如果你這樣做，唯一的結果就是失去我，我想你一定會後悔！」

游俠的心中，正有此意，所以一聽得她這樣的警告，就不由自主，手心冒汗。他知道自己絕不能失去她，雖然只有幾天，但是已到了絕不能失去她的地步了，所以他也立時答應：「好，我不會有任何行動，企圖看到你的模樣，我……也不問為甚麼！」

她格格嬌笑起來，還是那句話：「你答允不管我的！」

游俠長嘆一聲，他不是生性不好奇，可是在這樣的情形之下，有甚麼辦法好想？

就這樣，他和他的妻子，恩恩愛愛，度過了兩年。兩年來，他撫摸了她幾千遍，在他的書房之中，他一遍又一遍憑自己的想像，畫出她的樣子來——游俠有多方面的才能，繪畫方面的造詣也極高。

他明知她看得到這些畫像，可是他從來不問她自己畫對了沒有，她也絕口不提。雖然在撫摸之中，他知道自己畫得已十分接近了，在畫像中看來，那是一張清麗無比的臉，可是她真正是甚麼模樣的，他還是沒有看到過。

非但沒有看到過，而且不知她的名字，不知她的來歷，而她各方面學識之豐富，分析疑難的推理能力之高，兩年來，為游俠解決了不少重大的問題，游俠只好嘆一句：「你不是人，也不是妖精，是上天仙女落凡塵！」

她只是笑，不承認，也不否認。

游俠的另一半，就是那麼古怪，這種古怪的情形，他甚至連生死之交的列傳面前，也沒有提起過，怕提了列傳也不會相信，而且，對他男性的自尊心來說，這種情形，也十分尷尬。可以不提，列傳也不會追問，還是糊糊塗塗過去的好，列傳只知道游俠的那一半神通廣大，詳情不明。

而這時，游俠又有了難題，和兩年來每當有難以解決的問題時一樣，他會和她商量。

在黑暗中，他又聞到了那股百聞不厭的幽香，正向他飄來：「又喝酒了，有心事？」

危機降臨

嘆流光迅速，恰似大江東去。茫宇宙人無數，能幾個是丈夫。

——明·黃祖儒·雙調步步嬌

寧可身臥糟丘，索強只命懸君手。

——元·不忽木·仙呂點絳唇

鍾山之神名曰燭陰，視為晝，瞑為夜，吹為冬，呼為夏。

——山海經·晉·郭璞

一切除了是在黑暗之中進行之外，都正常之極。她軟言俏語，正是一個妻子迎接丈夫時所用的正常語言。

游俠沒有出聲，只是享受著溫存。過了好一會，他才道：「聽說過一個叫作『神秘俱樂部』的組織沒有？」

她立即笑：「至少有兩千個俱樂部，自稱神秘。」

游俠「嗯」地一聲：「這個……有點與眾不同。列傳曾在這個俱樂部的巧妙安排之下，在黑暗之中和一個女人親熱，後來他費盡心機，也找不出這個組織來。」

游俠忍住了一句話沒說：「那情形和我們相仿，我們一直在黑暗中親熱。」

她久久沒有反應，要不是幽香還在，他幾乎以為她消失了！

游俠並沒有催促她，只是心中感到訝異——兩年來的經驗，游俠每次問他的妻子甚麼問題，幾乎都立刻有回答，像是她的記憶系統之中，藏有任何資料一樣。

有一次，游俠一面輕撫著她的乳尖，當她的乳尖漸漸變得堅挺的時候，游俠心滿意足地笑：「我擁有一具活的電腦，可愛極了！」

他的手順著她的嬌軀向下移，她的身子開始扭動，聲音膩得化不開：「這個電腦……需要你給予能量！」

兩夫妻之間的調笑話，自然不止如此，那只不過是一個例子而已。

可是這時，他妻子在沉默了三分鐘之後，居然仍然沒有出聲！

游俠緩緩吸了一口氣：「可有甚麼困難？」

她的回答，是「嗯」地一聲鼻音。這表示真的有困難，不但有，而且有很大的困難。

游俠突然心跳加劇，他在那一剎間感到了一陣莫名的恐懼；他絕沒有來由感到害怕，可是他卻真正感到害怕！

游俠而且明顯地感到，害怕的不單是他，還有他的妻子（或許，他的害怕，就是她傳染給他的）！她還緊緊地擁著他，把她柔軟的身子緊貼著他，而她的身子正在發顫，她的手也發著抖，摸向他的胸膛，像是在尋求一種保護，她的手冰涼。

游俠連忙也緊緊地抱住了她，一手撫摸著她的臉，一面輕拍著她的背，自然而然地道：「別怕，寶貝，別怕！」

他根本不知道她為甚麼要害怕，但是他既然感到了她在害怕，自然要這樣安慰她。

她的呼吸很急促，看來，她是在勉力使自己鎮定，可是至少在一分鐘之後，她才達到一半目的，那更令得游俠的心突突亂跳。

又過了一分鐘，才聽到了她顯然是勉力鎮定下來的聲音，在長長地吁了一口氣之後：「是不是可以……不要再提那個話題！」

她的聲音之中還有著恐懼，也有著哀求。游俠嘆了一聲：「寶貝，看來，就算不談這件事，也不能消滅你的恐懼！」

她默然不語，又過了好一會，她的上身向後仰，游俠自然用手梳理著她的頭髮，她一字一頓地道：「是，我害怕，我一直怕有這個日子來到，現在，終於來了。我們在一起多久了？兩年了？這兩年，必然是我一生之中，最快樂的日子。」

游俠在陡然之間聽得他的妻子講出了這樣的話來，當真魂飛魄散。剎那之間，全身發僵，耳際轟轟直響，汗出如漿，喉頭像是被甚麼東西哽著一樣，一句話也講不出，只是怪聲大作。

她這樣說是甚麼意思？是有甚麼危機要降臨，會令得她離開？

失去她，對游俠來說，是絕對不能想像的事——也不是不能想像，很容易想像：失去她，等於失去了他自己的生命！他決不能沒有她！

游俠雙臂環抱，把她緊緊箍在自己的懷中，令得他和她的身子，緊緊地正面相貼。

他也不由自主喘著氣，過了好一會才道出了一句話來：「你在胡說八道甚麼？」

她的回答，出乎他的意料之外，也令他聽來莫名其妙，她道：「我也不知道。」

她頓了一頓，忽然又道：「把你所知的那個神秘俱樂部的事，全告訴我！」

游俠的心中，不知道有多少疑問，可是他卻沒有問，因為他的妻子，一直就是那麼神秘，神秘到了超乎想像的程度，根本想問也無從問起！

他吸了一口氣，仍然緊擁著她，想了一想，才道：「那個俱樂部，有一種力量，把人帶到一個事後回憶起來疑真疑幻的境地之中。可是那又不是幻境，是實實在在的一個經歷。」

她喃喃地道：「太虛幻境。」

游俠咽了一口口水，沒有插言，她又道：「太虛幻境，有一位賈寶玉先生，曾在太虛幻境中和一個絕色美女、自稱警幻仙姑的做愛。」

游俠苦笑：「我以為這是曹雪芹所寫的小說。」

她的回答更妙：「曹雪芹如果沒有過這樣疑真疑幻的幻境經歷，他也寫不出紅樓夢來！」

游俠把她抱得更緊：「這種幻境是早就存在的？列傳和那位將軍，都曾真的闖進那個幻境之中？」

她陡然失聲：「甚麼將軍？不是只有列傳一個人有那種神奇的經歷？」

游俠沉聲道：「不止一個，我相信，也不止兩個，神秘俱樂部正在全世界活動，被他們導引到幻境去的人，一定不止兩個！」

她喘息著：「詳細告訴我。」

游俠用最簡單的語言，把相當複雜的事說了一遍。她只是默默地聽著——可是由於兩人身子緊貼的原故，游俠可以清楚地感到她的心跳速度，在隨著自己的敘述而逐步加快！

這種現象，自然使有慎密推理頭腦的游俠想到：他的妻子和那種幻境，大有關係！

游俠甚至進一步想到：她是不是有可能正來自那個幻境！是另一位警幻仙姑？

當他想到這一點的時候，他也不禁心跳加速，由於兩人緊貼著，雖然還有身子隔著，可是在游俠的感覺上，就像是他和她的兩顆心，正在一起撞著一樣！

沉默維持了相當久，游俠才道：「寶貝，你——」

他沒有把問題全問出來，因為她已經在這時候嘆一聲：「你料到了？」

游俠的思路再慎密，這時，腦中也不禁變成了一片空白，或者說，被無數問號所充塞，那和一片空白也就幾乎一樣。

他沒有發問，等著她進一步的解釋。他又想起剛才她說的甚麼「這兩年是一生中最快樂的日子」，他又禁不住身子有一陣陣的抽搐。

過了好一會，兩人緊貼著的身子之間，卻被汗水佔據了，汗水竟然在他們的身體之間緩緩流動，形成一種麻癢。她仍然不出聲。

游俠苦笑：「寶貝，你還要說甚麼？」

她這才開口：「是，我……和你所想的一樣，來自那個幻境，你可以稱為太虛幻境！」

游俠深深吸了一口氣：「那是甚麼所在？另一個空間？另一個星球？還是就在地球的某一個角落。」

他的妻子在剛才講出了那句話之後，像是剎那間完全鎮定了下來——那是一種一個人身在險地之中，明知已然絕望之後的平靜。

她的這種平靜，更令得游俠心悸！

她的回答是：「別問了，你答應過不管我的！」

游俠沉聲道：「我不管你，你也不離開我！」

她的聲音極低：「我不會離開你，只要你再也不去理會那個神秘俱樂部的事！」

游俠十分為難，他是一個十分有決斷力的人，可是這時也不禁猶豫了三分鐘之久，才道：「好，我不再理會，我去回絕列傳！」

他在說了這句話之後，又有許多問題正要衝口問出來，可是一隻手指已經按上了他的口唇，她的聲音在耳際響起：「你已經想得太多，我也已經說得太多了！只要我不離開你，一切都可以忍受的，是不是？」

她最後那句話十分有效。自然，對游俠而言，只要她不離開，甚麼都可以忍受，就算無數疑問像蟲一樣在他體內亂竄，他也可以忍受。

但是，他也無法掩飾他在情緒上的不滿，他發出了長長的一下嘆息聲。

在他的嘆息聲中，他聽到了她的話：「人的一大毛病，是喜歡尋根究底，把甚麼事的來龍去脈都要弄清楚，這是一種十分愚蠢的行為！」

游俠不同意：「那總比不明不白的好！」

她嬌笑起來：「其實，許多事都是不明不白的，人人都知道中華毛蟹美味無比，有幾個人能說出牠蛋白質的分子結構來？」

游俠不禁無話可說，而這時，她豐潤的雙唇已貼了上來！就算是心事重重，她這種身體語言，也轉化為熾熱的行動，把一切暫時丟諸腦後了！

第二天，游俠又出現在「無窮大」大樓。當他進去時，正在「慢慢想」辦法的鳳仙和列傳，顯然還沒有想出辦法來。

不過看他們兩人的情形，他們好像也並不在乎是不是想得出辦法來。

游俠看到他們的時候，兩個人正扭股糖兒一樣地纏在一起，而且絕對沒有分開的意思。兩人身上的穿著都少到了極點，而且赤裸的部份，幾乎都緊黏在一起，在磨擦著。

列傳翻了翻眼睛，卻無法說話，因為鳳仙的舌尖，正在他的口中。

游俠悶哼了一聲：「子曰：人之有異於禽獸者……。」

列傳不等他講完，就仰了仰頭，口唇離開了鳳仙的口唇，打斷了游俠的話頭：「佛曰：眾生平等！」

鳳仙回過頭來，向游俠笑了笑：「對不起，我們感到前途茫茫，自然不免有世紀末的情懷！」

游俠揮了一下手，不說甚麼，坐了下來，摸出扁平的酒瓶，喝了一口。

列傳神色微變：「沒有結果？你的另一半，不是甚麼都知道的麼？」

游俠在半晌之後才道：「我沒有甚麼好說的，只是勸你們一句話：從此忘記那俱樂部，忘記那幻境！」

游俠的神態竟然如此沮喪！永不言敗的游俠竟然一副絕望的神態，這更令列傳覺得不可思議，一時間，講不出話來。

而鳳仙在一聽之後，反應更是奇特，她格格嬌笑起來，笑聲放蕩之至。然後，她白生生的兩條手臂，蛇一樣地繞住了列傳，膩聲道：「反正難逃一死，不如且圖個快活，你能給我甚麼快樂？」

列傳的情緒雖然激動，但沒有鳳仙厲害。自然，如果找不出那個「幻境」來，列傳至多是思念那個在黑暗中的女人而已，可是鳳仙卻面對不能完成任務的制裁，難怪她在隱忍十分的傷痛的情形下，反應會十分失常。

列傳一伸手，緊緊將鳳仙摟在自己的身邊，目光卻直逼著游俠。游俠便假裝喝酒，仰著頭，不和列傳的目光相接觸。

朋友的交情，到了游俠和列傳這樣程度的，有時根本不必說話，就可以知道對方在想些甚麼。這時，列傳自然也看穿了游俠的心意，但由於吃驚，他還是叫了出來：「游俠，你害怕？」

游俠大口吞下了一口酒，臉色反倒十分青白，他並沒有否認，只是點了點頭，直認不諱：「是的，我害怕！」

列傳更是訝異莫名，如果要他在地球上五十億人之中，選擇一個真正天不怕地不怕的人，他不會選他自己，而毫無疑問地選游俠！

他所知道的游俠的勇敢事蹟實在太多了！游俠曾身處在一個裝置之中，深入一個活躍的火山中，那裏的溫度是攝氏三千度。游俠曾在南美洲的原始森林中，和億萬兵蟻進行過搏鬥；他視新幾內亞獵頭族為無物，也曾出入警衛森嚴的獨裁者的寢室。

游俠常作的豪語是：「死亡絕不可怕，每一個人都免不了有死亡，真不明白人為甚麼怕絕逃不過去的事！」

可是現在，這個人——這個列傳一生之中最敬佩的勇士，卻面色青白地承認他害怕！

正因為是好朋友，所以列傳儘管心中疑惑之極，可是他絕沒有問游俠怕甚麼——游俠要是想說，不問也會說，他要是不想說，問了也不會說！

他只是定定地看著他，而游俠卻一直在迴避著他的目光。列傳心念自轉，估計游俠的害怕，多半是來自那個「幻境」。他假定游俠對這個「幻境」的所知，已比他為多，所以他又問了一句：「如果我不放棄，進行下去，危險的程度怎樣？」

游俠看來有點失神落魄。這時，他又想到了緊緊地擁著他、身體發抖的妻子，他的思緒無法集中，他聽到了列傳的問題，可是卻張大了口，合不攏來。

列傳看到了這種情形，不禁長嘆了一聲，一手摟著鳳仙，走向游俠，伸手在游俠的肩頭上，輕拍了幾下，然後把手擺在他的肩上。游俠反手過來，又按在列傳的手背之上。

直到這時，游俠仍然不和列傳目光接觸。

因為在游俠心中，感到十分慚愧。

他一直以男子漢大丈夫自居，不知道甚麼叫危險，出生入死，表現他的英雄氣概，丈夫豪情。可是這時，卻兒女情長，英雄氣短，為了怕失去他的妻子，他真正感到了前所未有的害怕！

這種情緒令得他在自慚之餘，感到即使在列傳面前他也無法啟齒作解釋，因為那違背了他畢生做人的原則。可是，如今他卻不得不屈服在這種情緒之下。

終於，他發出了一聲長嘆，然後轉過身去：「如果沒有甚麼事，再見了！」

鳳仙一聽，就笑了起來：「再見！你再也見不到我了！不能完成任務，我會被消滅！」

游俠在這一剎那間又變得十分鐵石心腸：「你既然有這樣的身分，自然隨時準備被消滅！」

列傳叫了起來：「我會盡一切力量保護你！」

鳳仙的聲音之中充滿了悲哀：「你絕對沒有法子對抗一個龐大的組織！」

游俠在又喝了一口酒之後，才道：「可以不必對抗，我相信以你們兩個人的才智，是可以應付一個風燭殘年的老頭子！」

列傳苦笑：「可是，這個老頭子卻掌握著難以想像的龐大軍事力量！」

游俠伸手指了指自己的腦袋：「運用智力，就可以對付這個老頭子！」

鳳仙的話中有著明顯的挑戰：「應付了又怎麼樣，就算把那柄火箭槍弄到了手，你也放棄了！」

游俠緩慢地一步一步跨向前：「是，我放棄了，我和你們不同，我……我……」

他連發了兩個「我」字，沒有再說下去，他已走出了房間，順手關上了門。

鳳仙和列傳都不由自主喘著氣，列傳低聲道：「有極不尋常的事發生在他的身上，他需要幫助！」

鳳仙緩緩搖頭：「他不需要幫助，只是需要不受打擾，不要我們向他求助。」

列傳深深地吸了一口氣，把鳳仙攔腰打橫抱了起來，啜吸著她的乳尖，深深地嗅著她的乳香。鳳仙發出蕩人心魄的呻吟聲，不但雙臂緊纏著列傳的腰，而且雙腿緩慢地磨擦。

她掙扎著說：「要是沒有你……要不是……有了你，我不會怕被消滅……我是女人……不是工具，我要做女人，一直做下去，不要……被消滅！」

列傳沒有說話。鳳仙挺聳的乳尖給他異樣的刺激，他順手拿起一瓶酒來，淋在鳳仙的身上，然後又在鳳仙的身上瘋狂地吮吸和舐著。

是不是由於他們想到他們將要做不可能實現的事，所以才有這樣的瘋狂呢？

而在這樣故意放縱的心情之下，肉體上的快愉也有了奇蹟似地倍增。一男一女的身體糾纏，竟然可以達到這樣的程度，連列傳也絕想不到。

等到列傳的喘息漸漸平復時，鳳仙才說了一句：「做女人真好！」

列傳的呼應是：「做有你這樣女人的男人真好！」

他講完了一句，忽然坐了起來，鳳仙也想坐起身，可是卻被他按得側臥在他的身前。

他先托高了鳳仙的臉，打量著她，然後，拉開了她的雙臂，看她挺聳的胸脯，那豐滿的雙乳，剛才曾晃起眩目的乳浪！

古怪的夫妻關係

一個道士，師徒二人往人家注疏，行到施主門首，徒弟把滌兒鬆了些吊下來。

師父說：「你看那樣倒相，沒屁股的。」

徒弟回頭答道：「我沒屁股，師父你一日也成不得。」

——明・金瓶梅・第三十五回

婉變數恩寵，百態隨所施。

——明・金瓶梅・第三十五回

列傳又把鳳仙的手臂，放在她的胸前，然後，輕輕托著她的腰，令她的小腿向上挺起，雪一樣白的肌膚，形成誘人之極的線條。

鳳仙輕咬著下唇：「冤家，你——」

列傳並沒有回答，又握住了她的一隻足踝，把她的一條粉光緻緻的玉腿，抬了起來。

雖然鳳仙和列傳，她和他之間早已到了甚麼都不必保留的程度，可是在這樣的情形之下，她的手還是自然而然地去遮住應該遮住的部份。列傳捉住了她的手，移開，鳳仙發出嬌吟聲，掙扎著，把身子盡量轉過來，不使自己的正面暴露在列傳的視線之下。

她的嬌軀在扭動的時候，列傳只覺得眼前閃起了一片眩目的光彩，她的動作，把她的纖腰豐臀，表露無遺。列傳鬆了鬆手，在鳳仙完全翻轉了身子之後，他就自她的身後，緊緊抱住了她。

鳳仙在急速喘氣，同時她也在急急搖著頭，像是知道會有甚麼事降臨在她身上，她正在哀哀求告，懇求倖免，她勉力轉過頭來，望著列傳，喘息著，仍然在搖頭。

她的身子在掙扎，可是列傳強壯的身軀，把她緊緊壓住，令得她的掙扎，只是兩個身體之間的磨擦，結果是令得列傳的野性，更加如燎原的野火一樣，一發不可收拾。

列傳的右手，伸到了鳳仙的小腹之下，用力向上抬了一抬，鳳仙在那一剎間，緊閉著眼睛，緊咬著下唇，她仍然勉力轉頭向後，所以列傳可以清楚看到她緊閉的眼中，有痛苦的淚珠滲出來。

在那一剎間，鳳仙的眼淚，曾令得列傳的手臂，鬆了一下，可是那只是極短的時間，緊接著，就是鳳仙的一下呻吟聲。

那種發自美女心底深處的呻吟聲，是令男性加倍興奮的最好催情劑，列傳把她的小腹托得更高，鳳仙的雙手，想反手來抓列傳的手臂，可是卻沒有機會，只是捏住了列傳的腰際。

她的手指，深陷列傳的肌肉之中，列傳也不覺得疼痛，這時，對列傳來說，全身每一個細胞都在瘋狂地膨脹，而在膨脹之中，感到了極度的快感，除了那種快感之外，任何感覺都不再有。

而鳳仙的俏臉上，開始沁出細小的汗珠，她身子扭動，大口喘氣，呻吟聲也越來越驚心動魄，她一下子放開了手，雙臂雙手用力劃著，想掙脫列傳，可是在無濟於事之後，她又反手在列傳的身上亂捏，她緊咬著牙，又緊咬著擺動時所能咬到的一切，而雖然她的口中緊咬著甚麼，自她喉際發出來的呻吟聲，仍然令得列傳繼續他的狂野！

鳳仙最後，終於尖聲叫了起來，身子用力向上拱，像是一匹野馬，想把她的騎者拱下背來。那種大幅度的動作，把列傳的快感推向高潮，列傳的雙手，用力按住了鳳仙的背部，想令她靜下來，但終於，他大叫著，整個人軟癱在鳳仙的背上。

當他已耗盡了駕御的力量之後，鳳仙仍然喘息了好一會，才能轉過身來，拳下如雨，敲打著列傳的胸口，又張口在他的肩頭上用力咬著，留下了極深的嚙痕，而且咬了又咬，一面咬，一面流淚。

列傳並沒有阻止她，任由她在自己的身上肆虐，正像剛才，他在她的身上肆虐一樣。

鳳仙終於嚶嚶哭了起來，伏在列傳的胸口，淚水大滴大滴地落在列傳的心口，列傳感到了她淚水的溫暖，他深深地吸了一口氣，輕輕撫摸著鳳仙滑膩的背部。

鳳仙雖然淚如泉湧，可是她一直閉著眼，淚水自她長長的顫動的睫毛之中流出來，這情景看來也就格外動人。列傳用極低的聲音道：「對不起！」

鳳仙又陡地張口，在列傳的手背上，咬了一口，這才用聽來令人肝腸寸斷的聲音，顫顫地道：「痛死人了……你好……狠心！」

列傳嘆了一聲，搖了搖頭——這時，連他自己也不知道搖頭是甚麼意思：是否認自己的狠心呢？還是說自己的行動太狂野？還是在回味剛才狂野所帶來的歡樂？

好一會，兩人都不再說話，然後，鳳仙忽然慘慘地一笑：「我反正快被消滅了，反正躲不過去，也很應該給自己喜歡的人，多一點快樂！」

她在這樣說的時候，仍然滿面淚痕，可是卻又有著喜悅的神情。

列傳雙手捧住了她的臉，感激地望著她。鳳仙調勻了氣息：「我不怪你……如果你喜歡……你只管……」

列傳緊抱住了她，陡然大聲道：「寶貝，真的，我不再想那個在黑暗中的女人了，幻境中的一切，哪裏及得上我和你一起的真實！」

可能是由於激動，鳳仙的身子又在發顫：「可是我們的真實，是必然歸於虛幻！」

列傳怔了一怔：「嚴格來說，世上的一切真實，都必然歸於虛幻的！」

鳳仙忽然傷感起來：「可是我的虛幻卻來得太快了！還有……只有幾天了！」

列傳感到了一股涼意，鳳仙執行任務的日期是有限定的，一到了日期，她得當面去報告任務的執行情形，而任務的命令下達時，曾有極嚴厲的警告：不能完成任務，就會被消滅！

在這種控制得嚴格之極的組織之中，自然沒有討價還價的餘地，唯一的可能是——列傳一想到了這一點，身子一挺笑了起來。

他握著鳳仙的手：「如果那老頭子肯放過你，你自然可以不被消滅！」

鳳仙點頭：「是，可是我如果任務失敗，最惱怒的就是他，最要把我消滅的也是他，怎能盼他會發善心？」

列傳抬起了頭，心中感到了一股莫名的悲憤，想要大聲呼叫來發洩，而這時，鳳仙柔柔地道：「他……太老了，老到了已不能算是人，只是一具活屍……真不知道還有甚麼能打動他的心，只要他還是人，我……也還有辦法使他殺機消滅！」

列傳明白鳳仙的意思，老頭子若是有男性的活力，鳳仙這樣美麗的女人，自然會有辦法，可是他不但不是，而且可能有變態的心理，憎恨美麗的女人，以看到美麗的女人被消滅為樂！

那麼，鳳仙就必無倖免了！

列傳雙手緊握著拳，指節骨「格格」作響。他憤然叫：「連游俠也放棄了，為甚麼？為甚麼？」

鳳仙憤然瞪著他，列傳用力一揮拳：「你不會被消滅，鬥不過可以逃亡！」

鳳仙緩緩搖著頭，列傳意氣極豪：「你就躲在我這裏，我不信會有甚麼人攻得進來！」

鳳仙仍望著列傳，沒有說甚麼，在那一剎間；列傳感到了一股寒意，因為他在鳳仙的臉上，看到了一陣冷漠，那是絕望的冷漠！

雖然她沒有說甚麼，可是她的神情已經再明白也沒有，她感到了絕望！

她為甚麼會感到絕望？是不是另有隱情，她沒有說出來？

過了好一會，鳳仙才喃喃地道：「我必須在期限之前趕回去，才……還有萬分之一的希望！」

列傳揚了揚眉，投以詢問的眼色，可是鳳仙卻緩緩搖了搖頭，也不知道她是不想說，還是不能說，列傳心亂如麻，把鳳仙摟在懷中一會，才一躍而起：「不行，我再去找游俠，和他的另一半見一見！」

鳳仙訝道：「你沒有見過他的另一半？」

列傳點了點頭——這時，他們若是知道連游俠也沒有見過他妻子的話，只怕更會驚詫！

鳳仙吸了一口氣：「我們一起去！」

列傳來回走動了幾步，手指相扣，發出了「得」地一聲：「走！」

二十分鐘後，列傳和鳳仙在車中，箭一樣地在寂靜的公路上飛駛，駛向海邊。

等到他們可以看到游俠那幢奇異的屋子之時，正是夕陽西下時分，那幢屋子在夕陽的餘暉之中，看來有一股十分怪異的氣氛。

車子停在門口，在行程中，列傳曾不斷的試圖和游俠聯絡，可是都沒有回音

——這種情形，十分罕有，簡直不可能，因為這一雙生死之交，有他們獨特的聯絡方法，各自有微型的、性能極佳的通訊儀，可以直接通話。

而且雙方的約定，不論在甚麼樣的情形之下，一接到了對方的訊號，在半分鐘之內都要回答。

「半分鐘」的時間，是游俠提出來的，游俠在提出來的時候，曾調侃列傳：「就算正在最緊要的關頭，有半分鐘的時間，也已經過去了，可以答覆朋友的呼喚了！」

可是，現在卻一直得不到游俠的反應！

所以，當車子停下來之後，列傳的心情十分緊張，他和鳳仙一起出了車子，來到門前，深深地吸了一口氣，然後，列傳就把自己的手，按在門上，一塊看來像是銅片一樣的金屬板上。

游俠的屋子雖然古老，可是新奇的設備之多，絕不在「無窮大」大樓之下，列傳有權隨時進入這房子，就像游俠隨時可以進入「無窮大」大樓一樣。

列傳把手按在那金屬片上，他的掌紋就傳到電腦資料上，門就會打開。

在門緩緩打開時，列傳縮回了手，海潮聲立時傳了過來，鳳仙看到了門內的情形，現出驚訝的神情來。

列傳大叫了一聲：「游俠！」

他的叫聲在空闊的空間中，響起了回聲，回聲還未有停止，就聽到了一個動聽的女人聲音：「請上來，兩位都請上來！」

列傳和鳳仙互望了一眼，鳳仙的眼神之中，只有驚異，可是在列傳的眼光中，卻有著明顯的驚恐。

列傳這是第一次聽到游俠的另一半的聲音——游俠居然不作聲，不知吉凶如何，作為性命相干的老朋友，列傳實在無法不擔心！

他知道一定有甚麼絕不尋常的事發生在游俠的身上了，所以他才會感到害怕！

而當鳳仙在列傳的眼神之中，看到了恐懼之時，她也忍不住打了一個寒戰！連列傳都會感到害怕，事情一定非比尋常了！

列傳拉著鳳仙的手，飛快地自樓梯上奔了上去。

游俠的這幢大屋子，以前已經約略地介紹過，這時再詳細的介紹一下，一上了樓，第二層是一個相當大的客廳和游俠的書房，以及游俠的四個工作室。

那四個工作室和書房的面積，每一個都超過一百平方公尺，由於游俠的「工作」範圍是如此之廣，所以那四個工作室中，也可以說應有盡有，其中的詳細內容，無法一一細表，只好到有需要的時候再說。每個工作室中，都有和工作需要的相應實驗設備，電腦設置則在書房。

列傳和鳳仙上了二樓，那女聲又傳了過來：「請再上一層樓！」

這時，列傳已定了定神，他聽出，聲音不是直接發出，而是通過了甚麼發聲裝置傳出來的，他一面再拉著鳳仙奔向三樓，一面大聲問：「游俠呢？」

那女聲立時回答：「你一上樓就可以看到他！」

列傳怔了一怔，一時之間不明白是甚麼意思，前後只不過幾秒鐘，他已經衝上了三樓。

一上三樓，是一個佈置得十分精雅的起居室，列傳的確立即看到了游俠，游俠扎手扎腳，作「大」字形，仰躺在厚厚的地毯上。

列傳並不吃驚，一點也沒有以為游俠遭到了甚麼傷害，因為他在看到游俠這副德性的同時，也聞到了極濃烈的酒味，和聽到了游俠所發出的濃重的呼吸聲。

那酒味，列傳十分熟悉，正是游俠經常隨身帶的那一種，平日他只是喝上幾口，像是那種酒十分昂貴，不可濫飲一樣。

可是此際，他卻喝得爛醉如泥，可知一定是受了甚麼重大的刺激！

一看到好友無恙，只是喝醉了酒，雖然事情十分蹊蹺，列傳也放了一半心，他打了一個「哈哈」，抬起頭來：「嫂子，你給了游老大甚麼刺激？」

那女聲幽幽地嘆了一聲，列傳立刻找到了聲音的來源，來自一只花瓶。

鳳仙也發現了這一點，她向列傳投以訝異的一瞥，列傳心中也有點不高興，但他當然不會在第一次見面時就表示自己的不愉快，他仍然用帶笑的聲音問：「嫂子不準備和我見面麼？游老大一直沒有介紹，好幾次我提出來，他都支吾以對，現在我來了，難道以我和游老大的關係，還要通過傳聲裝置來交談？」

那女聲又嘆了一聲，過了片刻，在列傳的兩道濃眉越揚越高的時候，她才道：「請你原諒，難怪你不快，甚至生氣，但我有極不得已的苦衷，我們無法見面！我們不能見面，我的意思是，我不會讓別人看到我！」

她顯然也十分心慌意亂，所以把她不能和列傳見面的原因，重複了幾次。

列傳沒有再說甚麼，用沉默來表示他心中的不滿，他望了游俠一眼，想去扶他起來，可是那女聲卻立時道：「讓他平躺著，他會舒服一些！」

列傳一聽，心中更增不快，因為對方顯然可以看到他，而他卻連她在甚麼地方都不知道，久經冒險生活的鳳仙，自然也覺察到了自己在明，別人在暗的處境，所以立時提高了察覺，向列傳靠了一靠。

列傳挺直了身子，神情已有掩飾不住的怒意，可是接下來，那女人所說的話，卻令得他怒意全消，只剩下了說不出的訝異！

那女人所說的是：「你別生氣，我知道你是他最好的朋友，我的行為，當然看來無禮之極，可是，他如果不是醉成那樣，他就會向你親自解釋，我成為他的妻子已經兩年了，可是他也沒有看到過我！」

列傳怔了一怔，鳳仙先失聲叫了起來：「甚麼？那……怎麼可能？」

那女聲：「起初的十天，他雙眼受傷，甚麼也看不到，等到他眼傷痊癒時，我已經安排了一個絕對黑暗的環境，我和他在一起的時候，只在這個環境之中，所以他一直沒有見過我！」

列傳由於過度驚訝，面部肌肉甚至有點扭曲，他張大了口，合不攏來。直到這時，他才明白何以游俠一提起他的另一半，總有十分古怪的神情，那是因為情形古怪之極，他也明白，何以游俠總是不願多提起他另一半的情形，實在是無從提起！

一切太神秘了，神秘到了完全超乎常理的地步！

女聲繼續傳來：「我們相識之初，他就答應過——是我要求的，他絕不能追究我的來歷，不然就會失去我，所以他……並沒有問過我！」

這時，不但列傳張大了口說不出話來，連鳳仙也是一樣，他們心中都在想：天下竟然有那麼古怪的夫妻關係！

可是雖然事情怪異無比，列傳和鳳仙也知道絕不會是假，因為游俠酒醒了之後，就可以證明的！

列傳的心中，疑問翻滾，可是他一個也沒有問出來。他是聰明人，知道游俠兩年來都沒有答案的問題，他絕不可能一下子就有答案的。

他問的只是：「游老大為甚麼要喝醉酒？」

他得到的回答是：「他一回來，精神就十分憂鬱，他說，他實在想幫你，可是又不能出力，所以感到十分難過，他一面喝酒，一面說那違反他做人的原則，會使他懷疑自己的存在價值！」

列傳聽得十分感動，他的視線停留在游俠的身上，嘆了一聲：「既然如此，何不幫我，也就不用那樣自責了！」

那女聲道：「他寧願那麼痛苦，而仍然不做，自然有他的原因。」

列傳和鳳仙並沒有問，「是甚麼原因」，他們知道必然有進一步的解釋！

果然，那女聲只略停了一停，就道：「是我要求他別那麼做！」

那女人在說這句話的時候，心情顯然十分激動，所以聲音有些發顫。

列傳仍然十分鎮定——這是列傳的過人之處，他不會大驚小怪，在通常的情形下，他都可以保持他的沉著，他甚至不問「為甚麼」。

他只是吸了一口氣，然後淡然道：「既然是這樣，我沒有意見！」

他握住了鳳仙的手，一起跨過了游俠的身體，向外便走。

並肩作戰

與朋友交而不信乎？

——孔子・論語

責善，朋友之道也。

——孟子・離婁下篇

陰晴也只隨天意，枉了玉消香碎。

——宋・朱嗣發・摸魚兒

列傳本來是準備和游俠商量如何幫鳳仙渡過難關的，但既然游俠的另一半把話說得如此明白，他自然也不必再多說甚麼了！

而就在他一步跨過游俠矮胖的身體時，他足踝突然一緊，已被人緊緊抓住。

這一下變化，雖然久歷冒險生活的列傳，也為之大吃一驚，可是那也只不過是半秒鐘的事，他立刻知道，在游俠的屋子中，不可能有對他不利的敵人，抓住他足踝的，自然是游俠。

他甚至不低頭去看一看，就「嘿」地一聲：「原來你在裝醉。」

他得到的回答，先是一個酒呃，然後才是游俠的聲音：「我真的醉了，現在還沒有醒。她的話，令你生氣了？」

列傳嘆了一聲：「我不會生她的氣，就像我不會生你的氣一樣。」

這時，游俠已放開了列傳的足踝，一手撐在地上，艱難地站了起來，站直之後，把一隻手搭在列傳的肩上，望著列傳，面肉抽動，一副不知說甚麼才好的神情。

列傳看了這種情形，心中十分難過，他嘆了一聲：「這就是你的不對了，我們兩人之間，實在不必再解釋甚麼，我相信你一定盡力而為了！」

游俠搖了搖頭：「我沒有盡力而為，我沒有，我沒有盡力而為！」

列傳怔了一怔，游俠雙手揮動著：「因為我不能失去她，我不能！」

游俠說到後來，甚至是聲嘶力竭地在叫嚷了，列傳一字一頓：「沒有人要你失去她，你已經盡了力！」

他一面說，一面在游俠胸口，重重擊了一拳，「砰」地一聲，這一拳的力道還真不輕，打得游俠「騰」地跌出一步。

游俠瞪大了眼睛，望著列傳：「我這樣子做，算是對得起朋友？算是俠義行為？」

列傳聽得哈哈大笑起來，指著游俠的頭：「你腦袋中裝載的觀念，實在太落後了！一個所愛的女人，是人生命中最重要的部份！一個男人一生之中，未必遇得到一個他所愛的女人，而更難得的是這個女人也愛他。你得到了你一生中最幸福的，當然要盡自己的一切力量去保有它。」

游俠喃喃地道：「那麼……朋友呢？難道……就不要朋友了？」

列傳走過去，在游俠的腦袋上，不客氣地敲了一下：「說你腦筋舊，就是舊。你怕人家說甚麼？還是你過不了你自己這一關？在心理上認為自己『重色輕友』了？告訴你，你和你的妻子之間的關係，不是色，而是愛！」

當列傳十分激昂地這樣說著的時候，他覺出鳳仙已來到了他的身後，而且，背後有兩團軟肉，貼了上來，他反手摟住了她。

同時，他聽到耳際傳來了鳳仙極低的聲音在問，「我們呢？我們只是色？」

列傳吸了一口氣，轉過頭來，接觸到了鳳仙那一雙水汪汪的大眼睛。

在這雙美麗的眼睛之內，有著相當程度的殷切的盼望。列傳在一剎間，也曾意動心軟。可是他立即知道，不能騙鳳仙，更不能騙自己，所以他幾乎沒有考慮就有了回答：「當然只是色！」

鳳仙閉上眼睛，列傳沒有去看她進一步失望的神情，在那一剎間，他心中在想，不論鳳仙多麼聰明出色，她始終是一個女人，一個再聰明的女人，有時也會問出一兩個意外問題來的！

列傳又伸手指向游俠：「是你的朋友，決計不會要你犧牲自己的所愛，來幫朋友！」

游俠張大了口，人真是一種奇怪的生物，像游俠那麼出色的人，有時腦筋轉不過來，也會陷入痛苦的陷阱之中，不能自拔。

列傳剛才的那番話，雖然等於放了一根繩子給他，可是看來，他還要有一段過程，才能完全從痛苦的陷阱之中掙扎出來。

這時候，游俠的另一半的聲音又傳了出來：「列先生，你曾經愛過嗎？」

列傳苦笑了一下：「沒有！」

女聲嘆了一下：「真不幸，但如果你肯付出愛心，一定會有的。鳳仙小姐，請你過來，我有一些話，想只對你一個人說。」

鳳仙怔了一怔，用眼色徵詢列傳的意見。列傳忙道：「嫂子，如果你要犧牲自己，對你造成太大的損害的話，不是一定要幫助她的。」

他得到的回答是：「我和她都是女人，女人說些體己話，談不上甚麼幫助不幫助！」

鳳仙吸了一口氣，向前走去。游俠在她的身後提點：「轉右，再轉左。」

鳳仙轉過了牆角。列傳明知自己在這裏的話，游俠的另一半一定可以聽得到，他還是肆無忌憚地說著：「老大，怎麼一回事，娶了老婆兩年，沒見過老婆是甚麼樣子的，太難想像了。」

游俠神情迷惘地搖了搖頭。

列傳問：「她有畏光症？」

這是最自然的想法，患有畏光症的人，若是病情嚴重時，確然連最微弱的光芒都不能見的。

游俠搖了搖頭，又不耐煩地揮了手：「別猜了，我已經作過上百種的假設。」

列傳一揚眉：「或許你早已猜中了，但是由於你根本看不到她的樣子，所以也無從證實。」

游俠搖頭：「不，我們有過協定，如果我說出我的假設，她的情形真是那樣，那麼，她一定要承認。」

列傳的喉際，發出了一下可疑的聲響。那是一句話要說而沒有說出來的結果。他想說的那句話是：「你竟然相信女人的承諾！」

但是他沒有說出來，因為他知道游俠那麼鍾愛一個女人，一定有他道理的。

他揮了一下手：「很有趣，可以一直假設她為甚麼不讓你見到的原因。至少有一個理由。」

游俠苦笑：「理由是，她堅信我一看到了她，就會不再愛她。」

列傳哈哈大笑，這個理由，在他來說，當然怪誕之極。他舉起了手：「老大，我們再也別問她為甚麼了，要是憑我們兩人的智力，還猜不出是為了甚麼的話，那真是天大的笑話了。」

游俠悶哼：「你太樂觀，我已經費了兩年心神了，到現在，還一點結果都沒有。」

列傳吸了一口氣，在那一剎間，他已經有了十七八個設想。可是他都沒有說出來。

因為他知道這些設想太普遍，游俠一定早已想到過的了。他道：「你把你作出的設想列一張表，免得我再浪費時間，可以往別的方面去想。」

游俠點頭同意。看來他的好奇心，也十分強烈。

就在這時，鳳仙走了出來，她的神情，怪異之極，雙眼睜得極大，一眨也不眨，扁著嘴，像是才吞下了甚麼苦澀之極的東西。

列傳疾聲問：「她說甚麼？」

鳳仙呆了一呆，才道：「她問我是不是能保守秘密！」

游俠和列傳一聽，同時發出了一下悶哼聲來。鳳仙接著所說的，果然是他們所想到的：「我的回答是，我受過嚴格的保守秘密的訓練，不論是藥物或者酷刑，只要我不想說，我就不會洩露任何秘密。」

游俠和列傳不禁大是駭然，齊聲道：「她把她的秘密告訴了你？」

因為，若是游俠的另一半，把她自身的秘密告訴了鳳仙，那是十分不尋常的行為——她和游俠在一起兩年，游俠尚且對她一無所知，可知她的秘密，一定對她有十分重大的關係。

游俠和列傳都估計關係重大到可能有關她的生死存亡，而她和鳳仙才第一次見面，如果就把秘密告訴鳳仙的話，她得擔多大的風險？她怎知道鳳仙不會洩露她的秘密？兩人的吃驚神情，令得鳳仙也受了影響，她也不由自主拍了拍心口，又吸了一口氣：「她把秘密告訴我，有她的用意，她的用意是告訴我，要我轉告列傳，她並沒有阻止游俠幫助朋友，只是有她不得已的苦衷。而我在知道了她的秘密之後，我完全諒解她，而且，她也確然對事情無能為力。」

游俠和列傳都不出聲，只是盯著她看。

鳳仙緩緩搖著頭，避開了他們的眼光，只是道：「別忘記，我受過最嚴格的訓練，絕不會洩露秘密的。」

游俠和列傳兩人只望了一眼，以他們兩人的交情而論，自然可以知道互相的心意：

一開始，他們都有向鳳仙追問游俠另一半秘密之意，但是他們又隨即想到，平日那麼自命不凡的兩個大男人，如果向一個女孩子追問秘密，未免太丟人了。

鳳仙也顯然明白兩個大男人的心意，所以，她也格格嬌笑了起來：「你們不致於淪落到向我追問的，是不是？」

列傳「哈哈」一笑：「當然。」

游俠十分輕鬆聳了聳肩，攤了攤手：「我本沒有甚麼秘密，我愛她，她不想告訴我的事，我自然不會硬要知道——那違反她的意願。」

列傳盯著鳳仙看了半晌，才道：「看來，她不但告訴了你她的秘密，而且也另有機宜相授。」

鳳仙的眉心打著結：「是的，我們要立刻開始行動了，我們要離開幾天。」

鳳仙的這句話，說得十分清楚，可是由於實在太實在了，所以游俠和列傳，都呆了一呆，游俠自然立即明白，所以他的反應，也格外激烈，叫了起來：「甚麼？要離開幾天？到哪裏去？去多久？」

游俠並不是對著鳳仙叫嚷，而是對著那只有傳聲裝置的花瓶叫嚷的。

他得到的回答是：「少則三天，多則五天。」

游俠嚷得更大聲：「不行，我不能離開你，一天也不行，半天也不行。」

他的那一半傳出了一陣笑聲：「可以叫列傳臨時介紹一個美女給你，陪你解悶，說不定你還會嫌我回來得太快了。」

游俠漲紅了臉，額上的筋也綻了出來，又是一聲大喝：「你胡說八道甚麼？」

他一面叫，一面已直衝了進去。游俠的行動十分快，而且突然，所以那漆黑的房間中，傳聲的裝置，忘了關上。使得在外面的鳳仙和列傳，聽到了在房間之中的所有對白。

先是「另一半」發出一下驚呼，接著便是游俠的喘息聲，他一面喘氣，一面道：「我就這樣抱著你，緊緊地抱著你，看你往哪裏去！要去，大家一起去。」

「另一半」低嘆了一聲：「別孩子氣了，事關鳳仙的生死，我不能不去。」

列傳聽到這裏，向鳳仙望了一眼，鳳仙正偎依在他的身邊，抿著嘴，神色凝重。

游俠的聲音又急又高亢：「你要離開，就事關我的生死了，你不理會我了嗎？」

「另一半」笑著：「我離開幾天，又不是不回來，小小的別離，有甚麼關係？」

游俠在大聲吼叫：「你騙人！你撒謊！我知道兩年前你出現在這屋子中，一步也沒有離開過，你一定在躲避甚麼，一定在逃避十分可怕的事，你一離開這屋子，一定會有極大的危險！」

游俠說到這裏，急速喘氣，又說了一句，那是聲嘶力竭叫出來的：「你就有可能再也不回來！」

當游俠叫出了這一句話之後，大約有一分鐘的時間，是一片寂靜，只有底層傳來的海濤的聲音。然後，才聽到游俠的另一半幽幽地道：「我以為你對我的一切，一無所知，也以為你根本不想知道。」

游俠的聲音十分啞：「我確然一無所知，可是兩年來你一直不出聲，只在黑暗之中——」

「另一半」急急分辯：「我在黑暗中……那另有原因，只是不想你看到我。」

游俠接著道：「好！那你時時在半夜做噩夢呢？寶貝，我早就知道你一定在逃避甚麼，我不要你去冒險，在這屋子中，至少你是安全的。」

「另一半」發出了一下幽幽的嘆息，游俠又道：「一切全是我的推測，我相信我自己的推測能力，我知道你是從哪裏來的。」

立時傳來的是一下女聲的驚呼：「你在胡說甚麼？」

游俠大聲叫：「我一點沒有胡說，有許多線索，使我推測到你是從哪裏來的！」

列傳聽到這裏，也不禁發出了「啊」地一下低呼聲。

他也推測到了！

游俠的另一半，和他在那如夢中遇到過的那個女人一樣，都是「黑暗中的女人」。

她們是同類。

如果她們是同類的話，那麼，游俠的另一半，就是來自太虛幻境！

一想到這一點，列傳不禁大是緊張。這時，游俠的另一半的聲音也急促起來：

「你胡說。」

游俠在繼續著：「一聽到了鳳仙的任務，那老將軍的遭遇，你就害怕，那個幻境是一個實際的存在，列傳也曾進入過這個幻境，在幻境中，他也曾在黑暗中遇到過一個女人。寶貝，你來自太虛幻境！」

游俠的話住口之後，又靜寂了好一會，才是「另一半」的聲音，她的聲音聽來疲倦之極：「你的推理能力確然很強，可是那不能阻止我那麼做。」

游俠急急道：「我相信你是從那個幻境中逃出來的，你躲了兩年多，一出現，就會被捉回去，我沒有能力找到你，更別說救你出來了。求求你，我不能失去你，求求你別離開！」

游俠這個自命是頂天立地的好漢，在說到後來時，竟然語帶嗚咽，所謂英雄氣短，兒女情長，這就是寫照了。

他的另一半在沉寂了半晌之後，所說的一句話，更令得列傳和鳳仙心驚，她這樣說：「我可以逃得一次，就可以逃得第二次。」

她這樣說時，等於是承認了游俠的推測。

她真的是從那個不知是甚麼地方的「太虛幻境」中逃出來的，她確然一直在躲避，而她離開這裏，一定會有巨大的危險。

鳳仙首先有了反應，她叫了起來：「我不需要幫助，由得我自己去想辦法，大不了是我被消滅，我不要你幫助，你不要犧牲自己來幫我。」

列傳沉聲問：「她本來的計劃怎樣？」

鳳仙道：「她說可以帶我到那個幻境去，看到一些老頭子夢寐以求的武器，好給我回去交差。」

游俠當然也聽到了鳳仙的話，他陡然叫了起來：「寶貝，你太偉大了。」

「另一半」笑得十分淒然：「和你一樣，幫不了朋友，你就把自己灌醉。我告訴你，一開始，聽你說起了鳳仙的事，我確然十分害怕。可是現在我想通了，不如讓我去涉一次險，救了鳳仙。不然，你內疚於心，我可不想要一個整天酗酒和自怨自艾的人做我的丈夫。」

游俠叫了起來：「我也不要一個一去不回的妻子。」

「另一半」道：「我知道自己在做甚麼，不會有太壞的結果的。」

游俠叫：「不行不行。」

鳳仙在這時，突然縱笑了起來：「游夫人，你錯了，你幫不幫我，你丈夫都不會內疚，我算是甚麼呢？我只不過是由於有所求，而向列傳自動獻身的一個女人，在我離開之後，他不幾天就會把我忘記，更不會怪游俠不出手相助，我……是一個無足輕重的人。」

她說到這裏，陡然停了下來，向著列傳：「你盯著我做甚麼？以為我會哭？

我不會哭，我也並不後悔來找你，能在被消滅之前遇到你……那是十分令人高興的事，謝謝你給我的快樂。」

列傳雙手緊握著拳，抿著嘴。鳳仙雖然面臨被消滅，可是也決無理由叫游俠的另一半去涉險，他想了一想，毅然道：「那……太虛幻境怎麼去法？讓我去！」

列傳這句話才出口，游俠立時道：「我們去，游俠列傳好久沒有並肩作戰了，讓我們一起聯手，去大鬧太虛幻境，鬧個天翻地覆！」

仙女下凡

碧天無際路漫漫，孤雲獨去閑。

——清・紀映淮・醉桃源

好色即淫，知情更淫，是以巫山之會，雲雨之歡皆由悅其色復戀其情所致也。

——清・曹雪芹・紅樓夢第五回

列傳一聲長嘆：「老大，算了吧，你不讓你的另一半去涉險，你的另一半又怎麼會讓你去？鳳仙的事，和我自己的事，都只有我去，我還要去找那個在黑暗中相處過的女人！告訴我，如何可以知道那個太虛幻境？」

列傳說得十分堅決，在他的說話之後，是一個相當長時間的沉默。

鳳仙的一雙妙目，淚光流轉，望定了列傳，列傳在深深地吸了一口氣之後又大喝：「告訴我，怎樣才能到那個幻境去？」

又過了好一會，才又聽得游俠的另一半，用十分平靜的聲音道：「請別激動，能讓我從頭細說？」

當然不會有人反對她的意見，所以在幾秒鐘的沉默之後，游俠的另一半就道：「關於我們的存在，地球人其實早已知道，尤其是中國人——」

她才講到這裏，游俠、列傳和鳳仙都一起發出了「啊」地一下驚呼聲。

游俠和列傳齊聲道：「啊，你是——」

鳳仙叫的卻是「啊，你不是——」

不論「是」還是「不是」，游俠另一半的真正來歷，他們三人都同時想到了！游俠和列傳叫的是「你是外星人」，鳳仙叫的是「你不是地球人！」

鳳仙在叫了一聲之後，又道：「原來你——」

她只說了三個字，游俠的另一半就叫：「你說過你能保守秘密。」

鳳仙立時住口，現出十分慚愧的神情，她低嘆了一聲：「我……實在太震動了。」

列傳則喃喃地道：「竟然不是地球人，我早該知道了。地球上哪有這樣的女人，游老大，恭喜你。」

游俠也在喃喃地自言自語：「仙女，你是仙女，我早就說過，你是仙女下凡，你卻不承認。」

他的另一半笑了起來：「是的，尤其是中國人，一和我們有了來往，總喜歡稱我們為仙女——」

她說到這裏，游俠和列傳又一起發出了一下驚呼聲——從她的話中，游俠和列傳兩人，聯想到了許多事情。他們想到的全是一樣的，歷史上有著若干凡人遇到仙女的傳說，照她的話來看，所有的「仙女」，都是她們的同類，都來自太虛幻境。

他們也想到，所有遇到仙女的記載，在記述當時的情形時，都有如夢如幻的感覺——列傳是這樣，已經和另一半生活了兩年之久的游俠，想起來，也一樣有夢幻一樣的感覺！

凡人——地上的人，就是地球人。

仙女——天上的人，就是外星人。

這其實是再也簡單不過的事，為甚麼以前竟然沒有人想到過？還是有了奇遇的人，根本以為自己是在做夢，是一種幻覺？似乎從來也沒有人再去尋根究底，或者是有人做了可是卻沒有結果？

兩人的思緒都十分紊亂，所以，一時之間，他們都不作聲。

游俠的另一半嘆了一聲：「我們其實是十分可憐的一群，你們並沒有注意到，不論是甚麼記載傳說，都只提及仙女，是不是？我們全是女性，沒有男人！」

列傳和鳳仙互望了一眼，兩人都現出了怪異莫名的神情來，只有女性，沒有男人，這是一種甚麼樣的情形？

另一半又嘆了一聲：「我們是一個遙遠的星球上……逃出來的遺子……我們的星球大禍臨頭，我們一批，一共一百個人，和許多其他人一起逃亡，婦女先走，這一點倒和地球人的習慣相近，而事實上，我們和地球人幾乎……一模一樣……」

游俠的聲音聽來像是在呻吟：「寶貝，你根本就是地球人，不是幾乎一模一樣，而是完全一模一樣。」

另一半苦笑了一下：「畢竟還是有不同的地方，這就是為甚麼你一直只能和我在黑暗中相會的原因。」

游俠固執地道：「一樣，完全一樣，沒有甚麼不好，黑暗中也一樣。」

說到這裏，便是一陣「嘖嘖」的親吻聲，和他們兩人的微喘聲。

列傳忙道：「老大，先別親熱。」

游俠仍在堅持：「一樣，一樣，一樣。」

他的另一半順從了他：「一樣，一樣。」

游俠心滿意足地吸了一口氣。

列傳在這時候，留意到鳳仙現出了十分古怪的神情來，又避過了列傳的眼光。

列傳知道，剛才游俠的另一半，曾把這個秘密告訴了鳳仙，鳳仙這時，就是想到了有不一樣之處，才現出這種古怪的神情來的。

就是為了這一點「不一樣」，使得游俠無法看到自己妻子的樣子。

為甚麼呢？列傳心中悶哼了一聲，他自然不會去問鳳仙——問了鳳仙也不會說的。

游俠的另一半的聲音，變得十分沉重：「其他的人是不是逃了出來，逃了出來之後，又散留在浩渺宇宙的甚麼角落，多少年來，我們一直在努力探索，可是卻一點結果也沒有，我們這一組，變成了宇宙中的流浪兒，流落在地球上。」

列傳感到了心情的沉重，雖然不語，鳳仙也呆了一會，才道：「你們的生命——」

另一半嘆了一聲：「地球上的時間，對我們不發生作用，本來，突破了時間的限制，生命變得不受時間的束縛，是一件大大的好事。可是，天長地久沒有異性的生活，又是如何的寂寞。」

鳳仙的身子震動了一下，她自然而然低吟：「嫦娥應悔偷靈藥，碧海青天夜夜心。」

游俠的另一半繼續說著：「我們的天性，對配偶都十分忠貞，一生只與一個異性……親熱，在我們這一組之中，有一大半原來已有配偶，自然死心塌地，堅決不會去沾惹地球男人，可是也有一小半，原來並沒有配偶，對她們來說，寂寞更加難奈，所以就不時有『仙女下凡』的這種情形發生。」

列傳失聲道：「我的那個——」

游俠的另一半道：「我知道她是誰，她是我的一個好朋友——所有和地球男性親熱過的，都發現在經過了親熱之後，日子更難過，可是由於嚴格的控制，那些原來已有配偶的，控制了局面，所以我就索性逃了出來，不想和自己的男人分開。」

游俠失聲道：「她們會……捉你回去？」

他的另一半柔聲安慰他：「別怕，我們雖然遠比地球人先進，可是也不是那麼可怕，我們聚居的地方，還是在當年載我們逃亡的飛船之中，我們也怕被地球人發現，所以經常轉換飛船的所在，所謂『太虛幻境』，其實是一個真正的幻境，幻境中見到的一切，大多是刺激腦部，產生異樣活動的結果。」

列傳忙道：「不！我就曾真的擁著一個……柔軟得難以解答的胴體。」

游俠的另一半道：「那自然是真的，我們要享受男女之間的歡愉，自然也要讓男人有真實的感覺！」

鳳仙吞了一口口水，她的心境十分複雜，她知道不論她和列傳在交歡的時候，雙方是多麼熾熱，是多麼全心全意投入歡愉之中，但是她始終只是列傳心目之中的「色」。

列傳所想念的，是那個黑暗之中的女人，那令得她十分傷感。

然而，另一半的話，卻又令她感到，自己的「任務」有了轉機，那又令她高興——她年輕，當然想活下去，尤其當她和列傳在一起，領略到了男女之間竟可以有那麼震撼的歡樂之後，使她感到了生命的奧秘玄妙！

她疾聲問：「老將軍得到的武器，也是真實的。」

游俠的另一半嘆了一聲：「我們之中，為了想和地球男人親熱，每個人都有不同的辦法，其中有幾個，組成了一個小組，來使地球男人……上釣……」

她用了「上釣」這個詞，列傳想起自己在黑暗之中突然擁抱了一具香馥軟滑的胴體的經過，倒真有點像上了釣的魚，他不禁苦笑。

游俠的另一半繼續說著：「那一個……她並不知道老將軍的真正情形，每一個人，自然都憑自己的性格，選擇地球男人，她喜歡軍人，所以選擇了幾名赫赫的老將軍，誰知道將軍對於在黑暗中投懷送抱的女人身體，一點興趣也沒有，她只好向將軍展示地球上沒有的武器，將軍一見就大喜若狂。」

游俠、列傳和鳳仙聽到這裏，都覺得事情簡直古怪得不可思議，他們都忍不住哈哈大笑了起來。

列傳一面笑，一面叫：「老將軍不是不想，是不能。」

游俠的聲音之中，倒是充滿了同情：「他早年在戰場上受了傷，一輩子沒和女人親熱過，這是他的大缺憾——寶貝，你們那麼先進，難道就不能使他在垂暮之年，忽然得到新的生命！」

他的另一半發出了「啊」地一聲，顯然在這之前，她並沒有想到這個問題。過了一會，她才道：「我不知道是不是有辦法，可以叫她去試一試。」

她口中的「她」，自然是曾經試過想和老將軍親熱而不果的那個。

游俠和列傳都大是興奮，列傳大聲道：「如果能令他知道女人的可愛，再多的武器，他也不會多望一眼。」

游俠則言簡意賅：「怎麼聯絡？」

他的另一半沉默了片刻，才道：「你先出去——」

她才說了四個字，游俠已經叫了起來：「不行，你騙了我離開，然後再消失，我可不上你這個當！」

他的另一半長嘆了一聲：「我怎麼會騙你，請鳳仙小姐進來，我有話對她說。」

游俠雖然答應著，可是卻好一會不見他出來。顯然是他還是在害怕他的另一半突然消失，由此也可知，他的另一半，在他的心目之中的地位，是何等重要。

對游俠的性格，一向熟知的列傳，也不禁心中駭然，他想到的是，要是另一半真的有甚麼風吹草動，那麼游俠就會不知如何生活下去。

鳳仙也感到了這一點，她向列傳靠了一靠，在列傳的耳際低聲問：「他們……真的那麼好？比我們好得……太多太多？」

她的這個問題，聽來有點無頭無腦，但列傳自然是十分明白的。

鳳仙的問題之中，他們已是指游俠的另一半和她的同類，而「我們」是指地球上的女人。

這一個問題，使列傳又清楚地回憶起他那一段奇遇來，他不由自主深深地吸了一口氣，點了點頭：「是的，好得太多了！」

鳳仙輕咬著下唇，聲音甜膩：「或許是我……不夠好？你知道……在你之前，我雖然受過訓練，可是一切只是理論……我相信……日後會好很多。」

列傳向鳳仙看去，只見她俏麗的臉龐上，充滿了誠意，那不禁令列傳十分感動。

他伸手在她渾圓的臀部，拍打了兩下——她的肌肉，是那麼有彈性，以致列傳的手一拍打上去，會被震得彈跳起來。

他一面拍打著鳳仙，一面道：「你已經夠好了，我也不是只有過你一個女人，可是那不同，完全不同，她們……簡直使人迷戀，你看看游俠，是多麼迷戀他的另一半，她們令人迷戀。」

列傳一再重複著說「她們令人迷戀」，令得鳳仙的心中有一陣發酸。她偏過頭去，列傳也想不出有甚麼話可以安慰她。

就在這時候，游俠走了出來，一副老大不願意的神情，還在一步一回頭。

列傳望向他，他已望向列傳，兩人不約而同長嘆了一聲，很有點難兄難弟的味道。

游俠在嘆了一聲之後，又對鳳仙道：「剛才我們所說的一切，你都聽到了？她請你再進去，有話要對你說，有可能會幫你渡過難關。」

鳳仙可能是由於心情的激動，所以眼中淚花亂轉。可是她的聲音，卻還十分鎮定，她道：「如果對她有損害，我寧願不要幫助。」

游俠有點心不在焉：「會有甚麼損害？」

鳳仙道：「例如她會由此而暴露了她的所在，被她的同類發現了……強迫她回去！」

游俠的鎮定和勇氣，列傳是素知的。可是這時，這位被列傳推崇為世上十大最勇敢的人之一的游俠，一聽得鳳仙這樣說，立時臉色發白，身子竟然在微發著抖，尖聲問：「會嗎？會嗎？」

他的另一半的聲音傳了過來：「當然不會！鳳仙姑娘，你太多慮了。你來，我告訴你可能聯絡我們總部的方法，如果你成功了，你就可以和太虛幻境取得聯繫，把訊息傳遞過去，那位喜歡老將軍的……仙女，就會幫助你，如果她能令老將軍在臨死之前，重拾人生的樂趣，說不定老將軍會延年益壽。那麼，你就立了大功，不但不會被消滅，而且會飛黃騰達！」

她的話，確然其有相當程度的鼓舞力量，聽得鳳仙俏臉發紅。

連在一旁的列傳，也不禁深深地吸了一口氣：這位老將軍，可以說是世上最有權勢的人之一，如果能令他嚐到人生最大的興趣，是他這輩子早就認為不可能擁有的，那麼，鳳仙自然是立了大功。

可是列傳立即又想起了另外一點，他輕輕地把鳳仙拉了過來，在她的耳際低聲道：「小心他如果有了能力，會不放過你。」

鳳仙冷冷地一笑，聲音十分冷漠：「怎麼會呢？你不是說，她們比我們好了不知道多少嗎？老將軍有了她們中的一個，還會要我們？」

列傳聽出了鳳仙的話中，大有見怪和幽怨之意，他也就不好搭腔。

鳳仙輕輕推開了列傳的擁抱，又向那個黑暗的房間走去。

這一次，鳳仙和游俠的另一半，在那房間說了些甚麼，在外面的游俠和列傳，一點也沒有聽到。游俠十分不安地踱來踱去，搓著手。

約莫過了五分鐘左右，才看到鳳仙走了出來。游俠也急不及待地奔向房間。

鳳仙的神情相當興奮，列傳望向她，投以詢問的眼色，鳳仙道：「成功的可能性極高——對不起，她要我把一切經過，都保持秘密！」

列傳欲語又止，神情有點尷尬，鳳仙卻像是故意未曾注意到列傳的這種神情，轉過身去，斟了一杯酒，緩緩轉動著酒杯，慢慢喝著。

列傳來到了鳳仙的身後，嘆了一聲，又乾笑了一下：「本來，是你來向我求助，現在，是我要向你求助了！」

鳳仙轉過身來，似笑非笑：「哎呀，我有甚麼能幫助神通廣大的列傳先生的，一定樂於效勞。」

列傳有點惱怒，他手捏著鳳仙的臉頰：「你明知故問，太可惡了。」

鳳仙不敢再開玩笑，她握住了列傳的手，握得很緊，聲音極之誠懇：「你放心，只要我能和太虛幻境取得聯繫，一定把你對她的思念告訴她，好讓她來見你，或許……說不定在哪一個漆黑的晚上，你會突然感到溫香軟玉滿懷抱，又可以再嚐風流滋味！」

鳳仙說到後來，聲音十分急促，聲調也變得不自然。

列傳也反捏住她的手：「要不要我們先嚐一嚐風流滋味？」

鳳仙凝望了列傳片刻，才搖了搖頭，傷感地道：「不必了，我剩下的時間不多，也不想在不會對我迷戀的異性身上，多浪費時間！」

列傳也不再說甚麼，只是攤了攤手，鳳仙飛快地在他的唇上吻了一下，轉身就翩然而去。

列傳並沒有追出去，只是來到了酒架子之前，大大地喝了幾口酒。

後來，若干時日之後，在列傳的「無窮大大樓」之中，游俠和列傳並沒有確切的鳳仙是不是成功了的消息。

列傳焦急地問游俠：「你的另一半怎麼說？」

游俠搖著頭：「她不能暴露自己，所以也根本不知道事情進行得怎麼樣。可是兩天之前，還有消息說，在布魯塞爾，一個西方的高級將領中了美人計，損失了一批文件，事件中的那個美人，極可能就是鳳仙，她既然沒有被消滅，自然是成功了！」

列傳不禁黯然，因為他期待的「仙女」，並不曾突然在黑暗中出現。

他又問：「你還是不知道為甚麼你的另一半不讓你看到她的原因？」

游俠苦笑：「想不出來，你想到了甚麼原因？」

列傳也苦笑——能令游俠、列傳同時苦笑，百思不得其解的，世上怕也只有這件事了！

〈完〉

倪匡奇幻精品集 06

非常人傳奇之太虛

作者：倪匡
發行人：陳曉林
出版所：風雲時代出版股份有限公司
地址：10576台北市民生東路五段178號7樓之3
電話：(02) 2756-0949
傳真：(02) 2765-3799
執行主編：劉宇青
美術設計：許惠芳
行銷企劃：林安莉
業務總監：張瑋鳳

出版日期：2019年9月
版權授權：倪匡
ISBN ：978-986-352-732-9
風雲書網：http://www.eastbooks.com.tw
官方部落格：http://eastbooks.pixnet.net/blog
Facebook：http://www.facebook.com/h7560949
E-mail：h7560949@ms15.hinet.net
劃撥帳號：12043291
戶名：風雲時代出版股份有限公司

風雲發行所：33373桃園市龜山區公西村2鄰復興街304巷96號
電話：(03) 318-1378
傳真：(03) 318-1378
法律顧問：永然法律事務所 李永然律師
　　　　　北辰著作權事務所 蕭雄淋律師

行政院新聞局局版台業字第3595號 營利事業統一編號22759935

國家圖書館出版品預行編目資料

非常人傳奇之太虛 ／倪匡著. -- 初版 --
臺北市：風雲時代，2019.07-　面；公分

ISBN 978-986-352-732-9 （平裝）

857.83　　　　108011116